阿来序跋精选集

阿 来/著

四川文艺出版社

图书在版编目（CIP）数据

群山的声音：阿来序跋精选集/阿来著. —— 成都：四川文艺出版社，2018.9
ISBN 978-7-5411-4916-0

Ⅰ.①群… Ⅱ.①阿… Ⅲ.①序跋—作品集—中国—当代 Ⅳ.①I267

中国版本图书馆CIP数据核字(2018)第178699号

QUNSHAN DE SHENGYIN: ALAI XUBA JINGXUANJI
群山的声音：阿来序跋精选集
阿来 著

责任编辑	王筠竹
封面设计	叶 茂
内文设计	史小燕
责任校对	蓝 海
责任印制	喻 辉
出版发行	四川文艺出版社（成都市槐树街2号）
网 址	www.scwys.com
电 话	028-86259287（发行部） 028-86259303（编辑部）
传 真	028-86259306
邮购地址	成都市槐树街2号四川文艺出版社邮购部 610031
排 版	四川最近文化传播有限公司
印 刷	成都东江印务有限公司
成品尺寸	140mm×203mm 1/32
印 张	9.75 字 数 230千
版 次	2018年9月第一版 印 次 2018年9月第一次印刷
书 号	ISBN 978-7-5411-4916-0
定 价	46.00元

版权所有·侵权必究。如有质量问题，请与出版社联系更换。028-86259301

群山的声音

阿/来/序/跋/精/选/集

目录

01.

003 … 落不定的尘埃——《尘埃落定》后记

009 … 《大地的阶梯》序

018 … 《大地的阶梯》后记

025 … 《旧年的血迹》重版自序

032 … 文学延展的生命空间——《阿来文集》后记

036 … 在诗歌与小说之间——《就这样日益丰盈》后记

040 … 为什么要写作小说——《格拉长大》后记

042 … 流水账——《宝刀》后记

046 … 《格萨尔王传》：一部活着的史诗——《格萨尔王》后记

060 … 小说，或小说家的使命——《格拉长大》（韩文版）序

064 … 《空山》三记——有关《空山》的三个问题

077 … 华文，还是汉语——《遥远的温泉》（香港版）序

081 … 《看见》序

084 … 《草木的理想国：成都物候记》序

089 … 为《尘埃落定》出版十五周年而作

——《尘埃落定》（十五周年纪念版）后记

092 … 我不是在写历史，而是在写现实——《瞻对》序

096 … 文学更重要之点在人生况味——"山珍三部"序

098 … 《阿来的诗》序

106 … 就像袒露一个巨大的情感与精神秘密

——微信公众号"阿来的坝子"发刊词

02.

113 … "锋线科幻系列"序

118 … 《雯萍小说集》序

120 … 身与心的云南——《日暮乡关》序

124 … 《樽前谈笑》序

128 … 在一本书中游历故乡——《羌戎考察记》序

132 … 《守望牧歌》序

136 … 《幸存者说》序

139 … 《平凡——"5·12"汶川大地震百日记》序

144 … 《震中行》序

147 … 《九寨缘》序

150 … 小说中的史——《触摸》序

153 … "巴金文学院签约作家书系"序

155 … 治与乱的历史与现实——《金川历史文化览略》序
161 … 小篇幅也是大小说——《穿越2012》序
165 … 为"康巴作家群书系"序
169 … 民族文化，多样性中的多样性——《雪山土司王朝》序
173 … 从细部进入历史——《成都市井闲谭》序
176 … 一部研究活态史诗《格萨尔》的力作
　　　——《艺人、文本和语境：文化批评视野下的格萨尔史诗传统》
　　　代序
182 … 《康若文琴的诗》序
188 … 沉静的宣叙——《钢的城》序
194 … 为"阿坝作家书系"序
197 … 《饥饿的女儿》序
201 … 云行雨步，临观异同——《也看风景也读书》序
204 … 爱花人说识花人——《看花是种世界观》序
208 … 处处为家处处家——《行走的达兰喀喇》
211 … 好小说的两个标准——《追赶与呼喊》代序

03.

217 … 在新的高度自由歌唱——读《阳光与人群》
227 … 《藏地密码》，或类型小说
231 … 掬取比意识和理性更深沉的东西——钟正林小说印象

234 … 一本书与一个人——周克芹印象

239 … 达真,扎根在康巴高地上的写者

243 … 《缚戎人》:诗中的悲剧故事

247 … 雪域精灵与世界的相遇——记油画家林跃

250 … 写龙仁青,也是写我自己

255 … 落墨偏爱花世界——读何水法先生众花图有感

259 … 不是印象的印象,关于迟子建

264 … 马尔克斯与《百年孤独》
　　　——十月文学院"名家讲经典"系列文学讲座

283 … 从中国偷走茶叶的英国"罪犯"
　　　——读《茶叶大盗:改变世界的中国茶》

289 … 一头煽动了鸦片战争的商业巨兽
　　　——读《东印度公司:巨额商业资本之兴衰》

296 … 鸟类的悲剧是地域的,家族的宿命也是属于这个地域的
　　　——读《心灵的慰藉:一部非同寻常的地域与家族史》

302 … 除了理性与感情融合的力量,我们更感到一个伟大科学家强大的人格力量——读《爱因斯坦晚年文集》

01.

为过往的历史存真,
为消逝的生活留影。

落不定的尘埃
——《尘埃落定》[①] 后记

差不多是两年前秋天的一个日子,我写完了这本小说最后一个字,并回到开头的地方,回到第一个小标题《野画眉》前,写下了大标题《尘埃落定》。直到今天,我还认为这是一个好题目。小说里曾经那样喧嚣与张扬的一切,随着必然的毁弃与遗忘趋于平静。

就我本身而言,在长达八个月的写作过程中,许多情愫,许多意绪,所有抽象的感悟和具体的捕捉能力,许多在写作过程中才产生出来的对人生与世界的更为深刻的体验,都曾在内心里动荡激扬,就像马队与人群在干燥的山谷里奔驰时留下的高高尘土,像炎热夏天里突兀而起的旋风在湖面上揽起高高的水柱。现在,小说完成了,所有曾经被唤醒、被激发的一切,都从升得最高最飘的空中慢慢落下来,落入晦暗的意识深处,重新归于了平静。当然,这个过程也不是一种突然的终止,巨大的尘埃落下很快,有点像一个交响乐队,随着一个统一的休止符,指挥一个有力的收束的手势,戛然而止。

[①] 人民文学出版社 1998 年出版。

但好的音乐必然会有余音绕梁，一些细小的尘埃仍然会在空中飘浮一段时间。

于是，我又用了长篇中的银匠与那个有些古怪的行刑人家族的故事，写成了两个中篇《月光下的银匠》与《行刑人尔依》，差不多有十二万字。写银匠是将小说里未能充分展开的部分进行了充分的表达。而写行刑人的八万字，对我来说更有意思一些，因为，行刑人在这个新的故事里，成了中心，因为这个中心而使故事、使人产生了新的可能性。从而也显示出一篇小说的多种可能性。这两个中篇小说分别发表在《人民文学》与《花城》杂志上，喜欢这部小说的人，有兴趣可以参看一下。

两个中篇完成已是冬天，我是坐在火炉边写完这些故事的。此时，尘埃才算完全落定了。窗外不远的山坡上，疏朗的桦林间是斑驳的积雪。涤尽了浮尘的积雪在阳光下闪烁着幽微的光芒。

每当想起马尔克斯写完《百年孤独》时的情景，总有一种特别的感动。作家走下幽闭的小阁楼，妻子用一种不带问号的口吻问他：克雷地亚上校死了。加西亚·马尔克斯哭了。我想这是一种至美至大的境界。写完这部小说后，我走出家门，把作为这部作品背景的地区重走了一遭，我需要从地理上重新将其感觉一遍。不然，它真要变成小说里那种样子了。眼下，我最需要的是使一切回复到正常的状态。小说是具有超越性的，因而世界的面貌在现实中完全可能是另外一种样子。

一种更能为人所接受的说法应该是，历史与现实本身的面貌，更加广阔，更加深远，同样一段现实，一种空间，的确具有成为多种故事的可能性。所以，这部小说，只是写出了我肉体与精神原乡的一个方面，只是写出了它的一种状态，或者说是我对它某一方面的理解。我不能设想自己写一种全景式的鸿篇巨制，写一种幅面很宽的东西，那样的话，可能会过于拘泥于历史与现实，可能在很大程度上被营造真实感耗散精力，很难有自己的理想与生发。我相信，作家在长篇小说中从过去那种上帝般的全知全能到今天更个性化、更加置身其中的叙述，这不只是小说观念的变化，作家的才能也发生了一些变化。或者说，这个时代选择了另一类才具的人来担任作家这个职业。

如果真的承认一个时代有一个时代的小说，那么也就应该承认一个时代有一个时代的作家。

这个时代的作家应该在处理特别的题材时，也有一种普遍的眼光，普遍的历史感，普遍的人性指向。特别的题材，特别的视角，特别的手法，都不是为了特别而特别。在这一点上，我绝不无条件地同意越是民族的便越是世界的这种笼统的说法。我会在写作过程中，努力追求一种普遍的意义，追求一点寓言般的效果。

因为我的族别，我的生活经历，这个看似独特的题材的选取是一种必然。如果呈现在大家面前的这部小说真还有一些特别之处，那只是为了一种更为酣畅，更为写意，从而更深刻的表达。今天重读这部小说，我很难说自己在这方面取得了多大的成功，但我清楚地看到了自己在其中所做的努力。我至少相信自己贡献出了一些铭心刻骨的东西。正像米兰·昆德拉喜欢引用胡塞尔的那句话："因为人被认识的激情抓住了。"

至少在我想到下一部作品的时候，我看到了继续努力的方向，而不会像刚在电脑上打出这部小说的第一行字句时，那样游移不定,那样迷茫。

在这部作品诞生的时候,我就生活在小说里的乡土所包围的偏僻的小城,非常汉化的一座小城。走在小城的街上,抬头就可以看见笔下正在描绘的那些看起来毫无变化的石头寨子,看到虽然被严重摧残,但仍然雄伟旷远的景色。但我知道,自己的写作过程其实是身在故乡而深刻地怀乡。这不仅是因为小城里已经是另一种生活,就是在那些乡野里,群山深谷中间,生活已是另外一番模样。故乡已然失去了它原来的面貌。血性刚烈的英雄时代,蛮勇过人的浪漫时代早已结束。像空谷回声一样,渐行渐远。在一种形态到另一种形态的过渡时期,社会总是显得卑俗;从一种文明过渡到另一种文明,人心猥琐而浑浊。所以,这部小说,是我作为一个原乡人在精神上寻找真正故乡的一种努力。我没有力量在一部小说里像政治家一样为人们描述明天的社会图景,尽管我十分愿意这样。现在我已生活在远离故乡的城市,但这部小说,可以帮助我时时怀乡。

在我怀念或者根据某种激情臆造的故乡中,人是主体。抑或将其当成一种文化符号来看待,也显得相当简洁有力。而在现代社会,人的内心更多的隐秘与曲折,却避免不了被一些更大的力量超越与充斥的命运。如果考虑到这些技术的、政治的力量是多么强大,那么,人的具体价值被忽略不计,也就不难理解了。其实,许多人性灵上的东西,在此前就已经被自身所遗忘。

这样的小说当然不会采用目下的畅销书的写法。

我也不期望自己的小说雅俗共赏。

我相信,真正描绘出了自己心灵图景的小说会挑选读者。

前些天,一个朋友打开了我的电脑,开始从第一章往下看,我很高兴地看到她一边移动光标,一边发出了心领神会的微笑。我十分珍视她所具有的幽默感与感悟能力。她正是我需要的那种读者。一定的文学素养,一双人性的眼睛,一个智慧的头脑,一个健康活泼的心灵,而且很少先入为主的理念。至少我可以斗胆地说,我更希望是这样的读者来阅读我的小说,就像读者有权利随意表示自己喜欢哪一种小说一样。在我们国家,在这个象形表意的方块文字统治的国度里,人们在阅读这种异族题材的作品时,会更多地对里面一些奇特的风习感到一种特别的兴趣。作为这本书的作者,我并不反对大家这样做,但同时也希望大家注意到在我前面提到过的那种普遍性。因为这种普遍性才是我在作品中着力追寻的东西。这本书从构思到现在,我都尽了最大的力量,不把异族的生活写成一种牧歌式的东西。很长时间以来,一种流行的异族题材写法使严酷生活中张扬的生命力,在一种有意无意的粉饰中,被软化于无形之中。

异族人过的并不是另类人生。欢乐与悲伤,幸福与痛苦,获得与失落,所有这些需要,从它们让感情承载的重荷来看,生活在此处与别处,生活在此时与彼时,并没有什么太大的区别。所以,我为这部小说呼唤没有偏见的,或者说愿意克服自己偏见的读者。因为故事里面的角色与我们大家有同样的名字:人。

当然,这部小说肯定不会,也不能只显示出思想与时间的特质,它同时也服从了昆德拉所说的那种游戏的召唤。虚构是一种游戏,巧妙谐和的文字也是一种游戏,如果我们愿意承认这一点的话,严肃的小说里也有一个巨大的游戏空间。至少,对富于智慧与健康心智的人来说,会是这样。

想想当有一天,又一种尘埃落定,这个时代成为一个怀旧的题材，我们自己在其中，又以什么样的风范垂示于久远呢？

而当某种神秘的风从某个特定的方向吹来，落定的尘埃又泛起，那时，我的手指不得不像一个舞蹈症患者，在电脑键盘上疯狂地跳动了。下一部小说，我想变换一个主题，关于肉体与精神上的双重流浪。看哪，落定的尘埃又微微泛起，山间的大路上，细小的石英沙尘在阳光下闪烁出耀眼的光芒。我的人本来就在路上，现在是多么好，我的心也在路上了。

唉，一路都是落不定的尘埃。你是谁？你看，一柱光线穿过那些寂静而幽暗的空间，便照见了许多细小的微尘飘浮，像茫茫宇宙中那些星球在运转。

《大地的阶梯》序[①]

这个书名由来已久。

那是七八年前的事了,我从一座小寺庙里出来。住持让手下唯一的年轻喇嘛送我一程。他把我送出山门,并把我寄放在门房的小口径步枪交还给我。

下午斜射的阳光照耀着苍熏的群山,蜿蜒的山脉把人的视线延伸到很远的地方。山下奔涌不息的大渡河水也被阳光镀上了一层闪烁不定的金光。

我对这个年轻的喇嘛说:"请回去吧。"

他的脸上流露出些依依不舍的表情,说:"让我再送送你吧。"

我知道这并不意味着通过这四五个小时的访问,我们之间已经建立起了多么深厚的友谊,这是不可能的。在我做客的大部分时间里,我都在跟他的上司——这座山间小寺的住持喇嘛争论。因为一开始他就对我说,这座小庙的历史有一万多年了。宗教从诞生之初,就具有对日常生活的超越能力。但很难设想产生于历史进程中

[①] 《大地的阶梯》最早由云南人民出版社于2000年出版。本文选自2017年四川文艺出版社的版本,与初版略有不同。

的宗教能够超越历史本身。于是，我们就开始争论起来。这个争论持续了一个多小时，而没有取得任何结果。

那时，这个年轻喇嘛就坐在一边。他一直以一种恭敬的态度为我们不断续上满碗的热茶，但他的眼睛却经常从二楼狭小的窗口注视着外面的世界。

现在，我们来到了阳光下面。强烈的阳光刺得人有些睁不开眼睛。我们踏入了一片刚刚收割了小麦的庄稼地。剩下的麦茬发出许多细密的声响。那个年轻喇嘛还跟在后面。我还看见，那个多少有些恼怒的住持正从二楼经堂的窗口注视着我。我在他的眼里，是一个真正的异端吗？

我再一次对身后的年轻喇嘛说："请回去吧。"

他固执地说："我再送一送你。"

我在刚收割不久的麦地里坐了下来。麦子堆成一个一个的小垛，四散在田野里。每一个小垛都是一幢房子的形状。在这一带地方，传统建筑样式都是碉楼式的平顶房子。而这种房子式的麦垛却有一道脊充当分水，带着两边的坡顶。在这片辽阔山地里，还有一种小房子也是这么低矮，有门无窗，也有分水的脊带着两边的坡顶。那就是装满叫作"擦擦"的泥供的小房子。这些叫作擦擦的东西，一类是宝塔状，一类则像是四方的印版，都是从木模里模制出的泥坯。这些泥坯陈列在不同的地方，是对很多不同鬼神的供养。麦地边的树林与草地边缘，就有一两座这种装满供养的小房子。

而地里则满是麦子堆成的这种小房子。

这时，坐在我身边的小喇嘛突然开口说："我知道你的话比师父说的有道理。"

我也说:"其实,我并不用跟他争论什么。"但问题是我已经跟别人争论了。

年轻喇嘛说:"可是我们还是会相信下去的。"

我当然不必问他明知如此,还要这般的理由。很多事情我们都说不出理由。

这时,夕阳照亮了一川河水,也辉耀着列列远山,一座又一座青碧的山峰牵动着我的视线,直到很辽远的地方。

年轻喇嘛眯缝着双眼,用他那样的方法看去,眼前的景象会显得飘浮不定,从而产生出一种虚幻的感觉。

"其实,我相信师父讲的,还没有从眼前山水中自己看见的多。"

我的眼里显出了疑问。

他脸上浮现出一丝犹疑的笑容:"我看那些山,一层一层的,就像一个一个的梯级,我觉得有一天,我的灵魂踩着这些梯子会去到天上。"这个年轻喇嘛如果接受与我一样的教育,肯定会成为一个诗人。

我知道,这不是一个可以讨论的问题,对方也只是说出自己的感受,并不是要与我讨论什么。这些山间冷清小寺里的喇嘛,早已深刻领受了落寞的意义,并不特别倾向于向你灌输什么。

但他却把这样一句话长久地留在了我的心上。

我站起身来与他道别:"请向你师父说得罪了,我不该跟他争论,每个人都该相信自己的东西。"

我走下山道回望时,他的师父出来,与他并肩站在一起。这时,倒是那在夕阳余晖里,两个喇嘛高大的剪影,给人一种比一万年还要久远的印象。一小时后,我下到山脚时,夜已经降临了。

坐上吉普车,发动起来的引擎把一种震颤传导到整部车子的每一个角落,也传导到我的身上。我从窗口回望山腰上那座小小的寺庙。看到的只是星光下一个黝黑的剪影。不知为什么,我期望看到一星半点的灯光,但是,灯火并未因为我有这种期望而出现。

那座小庙的建立很有意思。数百年前的某一天,一个犁地的农民突然发现一面小山崖上似乎有一尊佛像显现出来。到秋天收割的时候,这隐约的印迹已经清晰地现身为一尊坐佛了。于是,他们留下了一名游方僧人,依着这面不大的山崖建起了一座宝殿。石匠顺着那个显现的轮廓,把这尊自生佛从山崖里剥离出来。几百年来,人们慢慢为这座自生佛像妆金裹银,没有人再能看到一点石头的质地,当然也就无从想象原来的样子了。

在藏族聚居区,这不是一种偶然的现象。

在布达拉宫众多佛像中,最为信徒崇奉的是一尊观音像。这不但是因为很多伟大人物,比如吐蕃国历史上有名的国王松赞干布就被看成观世音的化身。而是因为这尊观音像也是从一段檀香木中自然生成的。只是在布达拉宫我们看到的这尊自生观音,也不是原本的样子了。

这尊自生观音包裹在了一尊更大的佛像里,里面到底是什么样子,我们只能自己进行判断或猜想了。

从此以后,我在群山中各个角落进进出出,每当登临比较高的地方,极目远望时,看见一列列的群山拔地而起,逶迤着向西而去，最终失去陡峻与峭拔，融入青藏高原的壮阔与辽远时，我就会想到这个有关阶梯的比喻。

我一直认为，这是一个好的比喻。

一本有关藏语诗歌修辞的书中说，好的比喻犹如一串珠饰中的上等宝石。而在百姓日常口头的表达中，很难打捞到这样的宝石。我有幸找到了一颗，所以，经常会在自己再次面对同样的自然美景时，像抚摸一颗宝石一样抚摸它。而这种抚摸，只会让真正的宝石焕发出更令人迷醉的光芒。

当然，如果说我仅凭这一点来由，就有了一个书名，也太弱化了自己的创造。

我希望自己的书名里有足够真切的自我体验。

大概两年之后，我为拍摄一部电视片，在深秋十月去攀登过一次号称蜀山皇后的四姑娘山。这座海拔六千多米的高山，就耸立在距四川盆地直线距离不过百余公里的邛崃山脉中央。我们前去的时候，已经是水冷草枯的时节。雪线正一天天下降到河谷，探险的游客已断了踪迹，只在山下的小镇日隆的旅馆墙上留下了"四姑娘山花之旅"一类的浪漫词句。

上山的第四天，我们的双脚已经站在了所有森林植被生存线以上的地方。巨大岩石的阴影里还有经年不化的冰雪。往上，是陡峭的冰川和蓝天；回望，是一株株金黄的落叶松，纯净的明亮。此行，我们不是刻意登顶，只是尽量攀到高一点的地方。当天晚上，我们退回去一些，宿在那些美丽的落叶松树下。那天晚上下了一场大雪。早上醒来，雪遮蔽了一切，树、岩石，甚至草甸上狭长的高山海子。

我又一次看到被雪的山脉一列列走向辽远，一直走到与天际模糊交接的地方。这时，太阳出来了。

不是先看到的太阳。而是遽然而起的鸟类的清脆欢快的鸣叫一下就打破了那仿佛亘古如此的宁静。然后，眼前猛地一亮，太阳在跳出山脊的遮挡后，陡然放出了万道金光。起先，是感觉全世界的寂静都汇聚到这个雪后的早晨了。现在，又觉得这个水晶世界汇聚了全世界的光芒与欢唱。

"太阳弹响群山的音阶。"

我试图用诗概括当时的感受时，用了上面这样一个句子作为开头。从此，我就把这一片从成都平原开始一级级走向青藏高原顶端的一列列山脉看成大地的阶梯。

从纯粹地理的眼光看，这是把低海拔的小桥流水最终抬升为世界最高处的旷野长风。

而地理从来与文化相关，复杂多变的地理往往预示着别样的生存方式、别样的人生所构成的多姿多态的文化。

不一样的地理与文化对于个人来说，又往往意味着一种新的精神启示与引领。

我出生在这片构成大地阶梯的群山中间，并在那里生活、成长，直到三十六岁时，方才离开。所以选择这个时候离开，无非是两个原因。首先，对于一个时刻都试图扩展自己眼界的人来说，这个群山环抱的地方时时会显出一种不太宽广的固守。但更为重要的是，我相信，只有在这个时候，这片大地所赋予我的一切最重要的地方，不会因为将来纷绘多变的生活而有所改变。

有时候，离开是一种更本质意义上的切近与归来。

我的归来方式肯定不是发了财回去捐助一座寺庙或一间学校，我的方式就是用我的书，其中我要告诉的是我的独立的思考与判断。我的情感就蕴藏在全部的叙述中间。我的情感就在这每一个章节里不断离开，又不断归来。

作为一个漫游者，从成都平原上升到青藏高原，在感觉到地理阶梯抬升的同时，也会感觉到某种精神境界的提升。但是，当你进入那些深深陷落在河谷中的村落，那些种植小麦、玉米、青稞、苹果与梨的村庄，走近那些山间分属于藏传佛教不同流派的或大或小的庙宇，又会感觉到历史，感觉到时代前进之时，某一处曾有时间的陷落。

问题的关键是，我能同时写出这种上升与陷落吗？

当出版社组织的这次活动结束的时候，各路同行会师拉萨，新闻发布会召开时，租来作为会场的地方，竟然有一尊佛教中文艺女神央金玛的塑像。这种情境当然只会在西藏出现。那么，就让这尊女神保佑我，赐给我足够的灵性与智慧，来达到我的目标吧。

成人之后，我常常四出漫游。有一首献给自己的诗就叫作《三十周岁时漫游若尔盖大草原》。

记得其中有这样的句子：

我们嘴唇是泥，
牙齿是石头，
舌头是水，
我们尚未口吐莲花。
苍天啊，何时赐我最精美的语言。

今天,当我期望自己做出深刻生动表达的时候,又感到自己必须仰仗种非我的力量。在历史上,每一个有学识的僧人在开始其著述时,都会向四方的许多神佛顶礼。比如藏族历史上最具批判性的更敦群培在《智游佛国漫记》中,开篇就"虔诚地向正等觉世尊之足莲叩拜"。所谓足莲是藏语里一种修辞格,就是把世尊的足喻为莲花。这样叩拜的目的,也无非是"敬祈赐予保佑",保佑著作者能够:

深邃智慧之光轮驱除世间迷惑,
恬静解脱之定足镇压三界顶部,
具有未染戏论浮云净空之胸怀,
众生之祥瑞太阳赐汝圆满之雨露!

位高权重的五世达赖在其巨著《西藏王臣记》的开篇也是这样祝颂:

那整齐的花蕊,似青年智慧,锐如铁钩,刺入美女的心房。
自在地洞见诸法的法性,显现在大圆镜上。
明效大验,显示出一幅梵净歌舞的景象。
能做这样的加被者——文殊师利,愿我庄严的喉舌成为语自在王。

然后,他转而向诗歌与文艺女神继续祝颂:

乍见美妙喜悦的尊颜,疑是皎洁的月轮出现。
你那表示消除一切颠倒与惶惑的标帜——
是你那如蓝吠琉璃色彩般长悬而下垂的发辫。
妙音天女啊!愿我速成语自在王那样的智慧无边!

"语自在",从古到今,对于一个操持语言的人来说,都是一种时刻理想着的,却又深恐自己难于企及的境界。

现在,虽然全世界的人都会把藏族人看成一个诚信教义、崇奉着众多偶像的民族,但是,作为一个藏族人如我,却看到教义正失去活力,看到了偶像的黄昏。

那么,我为什么又要向非我力量发出祈愿呢?因为,对于一个漫游者,即使我们为将要描写的土地给定一个明晰的边界,但无论是对一本书,还是对一个人的智慧来说,这片土地都过于深广了。江河日夜奔流,四季自在更替,人民生生不息,所有这一切,都会使一个力图有所表现的人感到胆怯甚至是绝望。第二个问题,如果不是神佛,那这非我力量所指又是什么?我想,那就是永远静默着走向高远阶梯一般的列列群山;那就是创造过,辉煌过,也沉沦过,悲怆过的民众,以及民众在苦乐之间延续不已的生活。

现在,我把这本漫游的记录,以及更多的漫游中的回忆奉献在你面前。

《大地的阶梯》后记[1]

一

在我至今为止有限的几本书中，出于事先策划的唯此一本。尽管在当时，这是一次颇有新意的策划。

1999年，一个出版社组织了几个作家从不同的路线"走进西藏"，并各自成书一本。虽说所有策划性很强的行动都有其仓促的一面，这次活动也不能幸免。几位作家从不同的方向走进西藏，和这本书的写作，都带上了现在所有策划性很强的活动所带来的那种特别的色彩。特别是当把其他几本与这本书同时出版的书放在一起来看的时候，这种特征就更为明显。

这次活动中，我分配到的是川藏线。但我必须承认，我没有走完这条线的全段。这次活动在拉萨的会师仪式，我是坐飞机飞过去的。我把活动的重心放在了我的故乡四川藏区阿坝的嘉绒地区。书的重心更是如此。这样做其实蓄谋已久。

---

[1] 本文选自2017年四川文艺出版社的版本，与初版略有不同。

在北京藏学中心举行"走进西藏誓师会",被一些像要死人,像要经历千难万险,也可能到不了西藏的氛围弄得颇有悲壮色彩时,两个藏族人,我与扎西达娃会心地相视苦笑。也就是在那次会上,我决定不按组织者的意图走进西藏。所以,面对被鼓动得十分激动的媒体记者,面对着期待着激动人心表情的摄像机镜头,我平静地说:"如果说,这次几位同行去西藏是去探险,去发现,对我而言,却是平常的一次旅行,我更多的将不是发现,而是回忆,我个人的回忆,藏民族中一个叫作嘉绒的部族的集体记忆。"

这话我是对电视台记者讲的。我这些话可能令她有些失望:怎么能如此平静地把西藏说得如此平常。原因很简单,在中国有着两个概念的西藏。一个是居住在西藏的人们的西藏,平实,强大,同样充满着人间悲欢的西藏。那是一个不得不接受现实,每天睁开眼睛,打开房门,就在那里的西藏。另一个是远离西藏的人们的西藏,神秘,遥远,比纯净的雪山本身更加具有形而上的特征,当然还有浪漫,一个在中国人嘴中歧义最多的字眼。而我的西藏是前一个西藏,而不是后一个西藏。

所以,当有另一个纸质媒体采访时,我干脆写了一篇文章《西藏是一个形容词》。文章不长,请允许我全文引述在这里:

当我带着一本有关西藏的新书四处走动时,常常会遇到很多人,许多接近过西藏或者将要接近西藏的人,问到许多有关西藏的问题。我也常常准备有选择地进行一些深入的交流。却发现,提出问题的人,心里早有了关于西藏的定性:遥远、蛮荒和神秘。更多的定义当然是神秘。也就是说,西藏在许许多多的人那里，是一个形容词，而不是一个应该有着实实在在内容的名词。

前不久，在昆明的一个电视颁奖晚会上，主持人想与我这个得奖作者有所交流。因为我作品的西藏背景使主持人对这种超出她知识范围的交流有了莫名的信心。她的问题是，阿来你是怎么表现西藏的神秘，并使这种神秘更加引人入胜云云。我的回答很简单，说："我的西藏里没有一点神秘，所以，我并没有刻意要小说显得神秘。"我进一步明确地说，"我要在作品里化解这种神秘。"

这样老实的回答却有点煞人的风景，至少在当时，便使人家无法把这个话题继续下去了。一个形容词可以附会许多主观的东西，但名词却不能。名词就是它自己本身。

但在更多的时候，西藏就是一个形容词化了的存在。对于没有去过西藏的人来说，西藏是一种神秘；对于去过西藏的人来说，为什么西藏还是一种神秘的似是而非的存在呢？你去过了一些神山圣湖，去过了一些有名无名的寺院，旅程结束，回到自己栖身的城市，翻检影集，除了回忆起一些艰险，一些自然给予的难以言明的内心震荡，你会发现，你根本没有走进西藏。因为走进西藏，首先要走进的是西藏的人群，走进西藏的日常生活。但是，当你带着一种颇有优越感的好奇的目光四处打量时，是绝对无法走进西藏的。强势的文化以自己的方式想要突破弱势文化的时候，它便对你实行鸵鸟政策，用一种蚌壳闭合的方式对你说：不。

这种情形，并不止于中原文化之于西藏。更广泛地见于西方之于东方。外国人有钱有时间,来了又去,去了又来,但中国对于他们,仍然充满了神秘之感。原因十分简单。他们仅仅只是去过中国的许多地方。但他们未曾进入的那个庞大而陌生的中国人群,和他们只学会大着舌头说谢谢与你好两个问候语的中国语言,永远地把他们关在了大门之外。这些年见过一些在外国靠中国吃饭的所谓汉学家,反而从他们身上感到了中国的神秘。

所以,我更坚定地要以感性的方式,进入西藏(我的故地),进入西藏的人群(我的同胞),然后,反映出来一个真实的西藏。

《大地的阶梯》就是这种努力的一个成果。因为,小说的方式,终究是太过文学,太过虚拟,那么,当我以双脚与内心丈量着故乡大地的时候,在我面前呈现出来的是一个真实的西藏,而非概念化的西藏。那么,我要记述的也该是一个明白的西藏,而非一个形容词化的神秘的西藏。当然,如果我以为靠自己的几本书便能化解这神秘,那肯定是一个妄想。

根本的原因还在于,许许多多的人并不打算扮演一个文化人类学者的角色。他刻了意要进入的就是一个形容词,因为日常状态下,他太多的时候就生活在太多的名词中间,缺失了诗意,所以,必须要进入西藏这样一个巨大的形容词,接上诗意的氧气袋贪婪地呼吸。在拉萨八廓街头一个酒吧里,我曾用了整整一个下午翻阅游客们的留言,就更加深切地感受到了这一点。

二

　　正是因为以上这些感受，我作为一个并不生活在西藏的藏族人，只想在这本书中作一些阿坝地区的地理与历史的描述，因为这些地区一直处在关于西藏的描述文字之外。青藏高原东北角这一地区常常处于一种被忽视的地位。阿坝地区作为整个藏区的一个组成部分，一直以来，在整个藏区当中是被忽略的。特别是我所在的这个称为嘉绒部族生息的历史与地理，都是被忽略的。我想，一方面是因为地理上与汉区的切近，更重要原因还在于，这个部族长期以来对于中原文化与统治的认同。因为认同而被忽略，这是一个巨大的不公正。我想这本书特别是小说《尘埃落定》的出版，使世界开始知道藏族大家庭中这样一个特殊的文化群落的存在，使我作为一个嘉绒子民，一个部族的儿子，感到一种巨大的骄傲。虽然，我不是一个纯粹血统的嘉绒人，因此在一些要保持正统的同胞眼中，从血统上我便是一个异数。但这种排除的、拒绝的眼光并不能稍减我对这片大地由衷的情感，不能稍减我对这个部族的认同与整体的热爱。

　　嘉绒大地，是我生长于兹的地方，是我用双脚无数次走过的地方，是用心灵时时游历的地方。当我开始写这本书的时候，我真的不知道该写些什么，但我希望去掉所有那些肤浅的写西藏的书中那些虚无的成分，不想写成一本准冒险记，不想写成滥情于自然的文字，不想写成文明人悲悯野蛮人的文字。我想写出的是令我神往的浪漫过去，与今天正在发生的变化。特别是这片土地上的民族从今天正在发生的变化得到了什么和失去了什么。如果不从过于严格的艺术性来要求的话，我想自己大致做到了这一点。最后，在这种游历中把自己融入了自己的民族和那片雄奇的大自然。我坚信，在我下一部长篇创作中，这种融入的意义将用更艺术化的方式得到体现。

这些年，我比以往更多地回到那片旷远的群山与草原，一个重要的原因，是生态的好转。天然林禁伐以后，自然界依靠自身顽强的修复功能，大部分山野重新披上绿装，生机盎然，日益繁盛的林木喷吐着云、雾与溪流。这个世界，人性的贫弱大致相像，所以，我从不把我出生成长于此的这片土地描绘成天堂，但是，一个有别于其他满目疮痍大地的美丽山水，还是让她成为一个值得热爱并加以歌颂的地方。

在我的故乡，老百姓们有一种迷信，就是在一年中初次听到布谷鸟悠长的啼叫时，你处在一个什么样的状态，那这一年都会是这样的状态。已经连续两年，我都在川西北高原美丽风景中行走时，听到从绿林深处传来布谷鸟第一次的叫声。就这样，杜鹃的啼鸣伴着我走过河谷中的乡村和高山上的牧场，从低到高，看浩大的春天渐次推进，一路上鲜花渐次开放，迎风招摇。看见不期而至的明亮雨脚降落在我站立的山头，而在峡谷对面，另外的山峰被阳光照得透亮，此时，再听见杜鹃深长的鸣叫声，自己的心境像雨后被阳光照耀的山峰一样明亮。现在，差不多整个高原鲜花开放的季节，我都拿着照相机和野花们待在一起。因为当自然变得美丽的时候，最大的享受就是被自然母亲紧紧拥抱。所以，不嫌烦复，再引一段随手记下的笔记：

被温软的睡袋簇拥着，在这个高山湖边的草地上，听雨声淅淅沥沥地落在帐篷上面。

黄昏正降临山间。

雨水落在湖上。

雨水也落在湖畔这属于报春、鸢尾、垂头菊、马先蒿和藏菠萝花的宽阔草地，杜鹃和金露梅已经开过的草地。想再去看看她们的样子，可夜色已然笼罩下来了。那些花草已经隐匿在暗夜中间。只有湖水辉映着天光，微微鼓荡。索性闭上眼睛，雨声中，那些花朵的形状隐去了，只有鲜艳的色彩像湖中雪山的倒影，朦胧中失去了具体的形状，灵动地浮现在眼前：翠雀花和鸢尾的蓝，藏菠萝和马先蒿的红，垂头菊与报春花的黄。雨停了，四野里，花草们细密的声音絮絮地响起。星光还没有出来。我要睡了。此时的情景让人相信，星光出现时，会像钟声一样把人敲醒。

半夜，恍然间真的听到了星光叮叮当当的声音。醒来，天空中果然出现了稀疏的星斗。这时，耳边恍然还是听到隐约的叮当声。看星星，星星寂静地挂在天上。那么，这些声音，就是轻轻的夜风摇落花朵上露珠的声音了。而早上唤我醒来，一定是阳光与相随而至的杜鹃。

《旧年的血迹》重版自序[①]

现在,这本小书就放在我的面前。

稚拙的封面题字,小开本,覆膜的封面在今天看来已经显得陈旧,有些小气了。推想当时的出版者,就这样把大家定位成丑小鸭。在安徒生的童话里,丑小鸭和灰姑娘一样,是变数,是更好的可能性。直到今天为止,我也没有见到过这本书的策划者,所以,并不知道他们真正的用意是不是这样。但只要看看列入"文学新星丛书"那一长串的名字,可以看到,如今他们是以怎样优美的姿态,飞翔于文学的天空了。

这本书初版于1989年。

那年,我三十岁。

一个人活到三十岁,已经有了一些经历,一点学问,也理所当然的有过了一些感情体验。这一点不足为奇,因为每个人都是这么过来的。但凡识得几个方块字的中国人耳濡目染,都知道孔子关于三十岁怎样,四十岁又该怎么样的话,其中有人自会像学生做单元

[①] 《旧年的血迹》最早由作家出版社于1989年出版。本文是2000年再版时作者的自序。

检测一样,在这种当口做一番盘点,发一点浩叹。

当时的我却四顾茫然,想,是到知道自己此生该干点什么的时候了。虽然在此之前,已经干了些时候的文学:诗,小说,发表了,挣点小稿酬和更小的一点名声。但这一切并不发生在生命的内部。我们都看过许多青春激情一过便融雪般无声无息的作家,更看过许多在这个行当越来越有头有脸,却是在政客与商人面前谈文学,而在文学家面前却露出末流政客与掮客相的家伙。前些日子,德国人阿丽丝坐了国际航班来成都聊文学,茶到酣时,她竟也一仰在椅背上,带着一种神游的表情,用夹生中国话浩叹:"我们都年轻过啊!"

确实,年轻时候发生在生命内部并震荡至今的是另外一些东西:比如某个星期日躺在某株树下看过的一本书,比如某个深夜与某个人的雪中漫步,比如某次深重挫折后欲哭无泪的绝望……人总是深陷其中而不能超越的,如果没有文学,某个月明星稀之夜,凭窗想起这些往事,都可能自我悲悯,像条顾自舔着伤口的狗。

而我的确不愿意回首往事时只是充满了自我怜悯,不止不愿意,而是对这样的结局满怀恐惧。

于是,我出发了。出发去既是肉体故乡,也是精神原乡的土地上漫游。从森林到草原,从深陷于人们视界之外的那些峡谷河川,到最早迎接日出的高原。我要在自己三十周岁的时候,为自己举行一个特别的成人礼,我要在这个成人礼上明确自己的目标。当时,我已经下定决心,如果这一次出行还什么都不能确定,就重操旧业,回去做我曾经做过的乡村教师。

于是,我上路了。漫无目的地上路了。现在,打开那时的分行笔记，一切都还历历在目。

这是在岷山之中：

> 古老传说中某一峰有一面神喻的山崖
> 我背上最喜爱的两本诗集前去瞻仰
> 去获得宁静与启悟
> 传说得到点化的人听见天空深处海螺的声响
> 那是整个世界的先声
> 是关于过去现在与未来的辉煌箴言
>
> 一周以前
> 我还在马尔康镇的家中
> 和一个教师讨论人类与民族
> 和妻子讨论生命与爱恋
> 而现在我却独自一人
> 一个孕雨的山间和我说话
> 铅云低垂，紫燕低飞
> 蛇蜿蜒以蛇的姿态像水流淌
> 是一种明了而又暧昧的语言

本来，我上路是为了寻找的，却前所未有地听见了许多未曾听见的声音。看看九寨沟海子边上徘徊的我吧，刺猬一样，竖立起那么多听觉神经，那么多的情景，与其说是看见，倒真不如说是听见。

我的脚迹从岷山深处印向若尔盖。

在黄河还十分清澈的上游，遥远的草原，路一直伸向天边，那里堆着一些厚厚的积雨云，头顶上，鹰伸展开翅膀，一动不动悬在空中，像是在畅饮着方向不定的风，羊群四散在小山丘上，马有些孤独，立在水平如镜的沼泽边上。当然，还有寺院，还有一些附着了神迹的山崖与古树。

我甚至像个气象站的工作人员在诗行里记录着行程上的天气变化，当然，天气已经与一些人文感受交织在了一起密不可分了。更重要的是这次漫游，让我感到了世界与生活的广大：

  天哪！
  我正穿越的土地是多么广阔
  那些稀疏的村落宁静而遥远
  穿越许多人，许多天气
  僧人们的袈裟在身后
  旗帜一般噼啪作响，迎风飘扬
  我匍匐在地，仔细倾听
  却只听见沃土的气味四处流荡
  我走上山冈，又走下山冈。

于是，天气的变化也变成了内心的变化：

  然后，雨水落下来了
  在思想里边和外边

使湖泊与河流丰满

若尔盖大草原

你的芬芳在雨水中四处流溢

每一个熟悉的地方重新充满诱惑

更不要说那些陌生的地方

都在等候

等候赐予我丰美的精神粮食

令人对各自的使命充满预感

于是,泪水落下来了

我哭泣,绝不因为痛苦

而是因为犹如经历新生

因为如此菲薄而宽广的幸福

……雨水雨水落下来了……

于是,我听见了命运的声音,听见了我自己的未来:

三十周岁的时候

春天和夏天

我总是听到一个声音

隐约而又坚定

引我前行……

三十周岁的时候

春天到夏天

主宰歌咏与幸福的神灵啊

我的双腿结实有力

　　我的身体逐渐强壮……

　　于是，那次漫游终于成为我晚来的成人礼，即使是独自一人，我也找到了终身献身于某种事业所需要的那种感觉：有点伟大，有点崇高，当然，最重要的是，内心从此澄澈空灵的境界，和那种因内心的坚实而充溢全身的真正的骄傲。那是整个世界，整个生命，一个人的过去与未来全部发生神奇变化的重要一刻。

　　一个世界与自身心灵的倾听者就在这一天诞生了。

　　这些漫游时的分行记录，后来成了一首抒情长诗《三十周岁时漫游若尔盖大草原》。这次漫游归来，当初一些凌乱的稿子，就成了我的第一本书，从作家出版社寄到了我的手上。这本书来得太是时候了，每一个初涉文坛的作家，都能体会到这样一本小书所预示的意义，以及其中所包含的每一份关注与情意的分量。

　　写到这里，我是那么强烈地思念着一个已逝的师长。他就是向出版社竭力举荐这本小说集，并热情地为之作序的周克芹老师。那时，我是一个籍籍无名的文学青年，而他是茅盾文学奖得主，是四川作协的领导。是他看见我一两篇小说后，亲自写信通知我参加他主持的笔会。这也是我参加的第一个规格较高的笔会。而在以后的交往中，作为一个热爱文学的年轻人，一个文学观念与他并不尽一致的年轻人，我得到了他很多切实的帮助。他只是提供帮助，在谈到文学的时候，却只是与你商讨，而不是把他的文学经验强加于你。现在想来，倒是我在一些私下的关于文学的讨论中，表现得更为咄咄逼人一些。最后两次见面是在他家里，那时，这本小书已经出版，我没有表示过特别的谢意。他并不在意，听说我处境的艰难，说要想办法把我调到作协工作。那次，他还说，因为胃不好，吃东西很少，所以精力不济，正在写作的长篇《饥饿的平原》的进展也放慢了。之后，不到一个月，有朋友来电话告诉我说，他已经查出肝癌，住进了医院。我坐了四百公里的长途汽车前去探望。我已经认不出病床上那个垂死的人了。最后的情形是，我看着他的女儿，用棉签蘸了水，一点点涂在他干裂的嘴唇上。

回到马尔康不久，就传来了他去世的消息。我抓着电话，泪水慢慢涌出了眼眶。我这一生，经历过很多的痛苦，但从未经历过丧亲之痛，这一次，我清晰地感觉到了。最后，我坐下来抽烟，并且另外点上一支，放在茶几中间的烟缸上。我和他都不是善于表达感情的人，所以，在我们有限的交往中，有些时候，我们就静静地对坐着，抽上一支香烟。

现在，我在写这篇文章的时候，也燃上了两支香烟。青青的烟升起来，笼罩在四周的空间里，越来越浓，就像我心中深切的思念。

我希望出版社还把克芹老师的序，放在这本书的前面。

文学延展的生命空间
——《阿来文集》[①] 后记

这是2000年岁末，为了这套作品集在家里整理旧稿，浅淡的冬日阳光落在脚前的地板上，使我的回忆有些温暖。有些陈旧的纸张翻动，细细的尘埃飞扬起来，被阳光照亮，记忆的碎屑也在感情的光柱下被一一照亮。

坐下来，点上一支烟，心里不禁悚然一惊，这一堆书刊里，就埋藏着差不多二十年时间。二十年，由青年而中年，是一生中最为重要也可能是最有意义的一段。信手拿起一本杂志，书页窸窣作响。故乡草原上，秋草在阳光照耀下也会发出这样的声音，轻风很宽阔地掠过满眼明亮的金黄，一下便打开了眼界与心房。而现在，这种声音里，那些夹在书页里属于过去的尘埃再次飞扬起来，被一抹今天的阳光照亮。只是，我再也不知道，这些尘埃属于生命过去时里的哪一段。也很难确定，这些时间的碎屑哪一些曾经被我写作生涯中诗性的神光照亮过。佛教想让人忘记现世生存的意义，发明了许多形容时间极其短暂的词，比如刹那，比如瞬间，比

[①] 人民文学出版社2001年出版。

如弹指,并在这些词汇间建立起了一种十二进制的层递关系,而与此生的短暂相对应的却是无生无死的永恒。抑或只考虑自己的族别,我也应受到这个强大的宗教背景的影响。但是,自己却偏偏陷于了某种执著。

佛教教义说,执著是妨碍我们达到永恒的魔障。但我已经崇奉了文学的教义,这部教义流传至今,早已经是一个非常庞杂的系统,我从其中看见的是两个关键词:一个是美,一个是真实。美是语言与生活之美,真实是一种半实在半抽象的人性与存在的真实。这两个关键词,也成了我执著于文学追求的标高,并且相信达到这种标高的文学作品,就会具有永恒的特性。重要的问题是,我们的经历,我们所经历的时间,并不因永恒存在而显得短暂。

一大堆旧书刊堆在面前,我整理它们,送到出版社,想象它们最终会变成几本整整齐齐的书,散发着若有若无的油墨香,站在书店的书架上,又重新变成一种被浓缩过梳理过的时间与经历,等待人们好奇的打探。

三本书,差不多就是二十年的时间。一个人的二十年,对历史来说,是完全可以忽略不计的短暂;而我在这个世界上的二十年,又是多么难以言说的漫长!可以庆幸的是,自己有幸用书本的形式把时间收藏。我已经看到这些凌乱的旧纸张,变成整饬的书本排列在我书柜里的模样。

1999年,众多的媒体欢欢喜喜地把世纪末大炒了一把。而后,我们才听见科学界微弱的声音,说2000年才是真正的世纪末。其实,什么时候是世纪末又有什么要紧呢,因为说到底那也不过是一个人为划出的时间单元,与宇宙的真实演进并没有先天的必然关联。但我还是相信科学，一来因为相比而言科学更可信赖，二是我愿意自己在这样一个别有意味的时刻，通过这些印在不同质地与不同报刊上的铅字来回顾自己的来路。第一个十年，是惊喜的接触与尝试；第二个十年，是坚定的深入与塑造。才试笔那些年，给某杂志寄一篇稿子，过后便在报纸广告的杂志目录中寻找自己的名字。现在，有时逛书店，看见自己的书列在架上，便远远绕开，怕看见读者的视而不见，更怕拿起来翻翻又给扔在一边。偶尔觑见有人为自己的书开单付款，又有白捡了一张百元大钞那种偷偷的喜欢。这倒不是我特别相信读者就是上帝那一类套话，因为口头上总把大众供在高处的人往往少许多的真诚。一本书，是你营造的世界，一座想象的公园，心灵的公园，没人买门票，自己会冷清得受不了。但也不至于碰到一个买票子游园的人，就跟在屁股后头喊老爷。唯一担心的就是人家买了票，没有看到什么好景致，一副受骗上当的神情让人尴尬。

《尘埃落定》出版后，人们的议论，有指点一座飞来峰的感觉。人民文学出版社愿意把一本诗集、一本中短篇小说集和《尘埃落定》一起出版，这样起码能告诉读者，一座山峰突起，自有它或明或显的地质缘由。也许有读者会说，原来阿来不但不是一鸣惊人得自己都会喜出望外，反而可能是被忽略太久了。好在我并不在写作过程中，时时地支着倾听喝彩的耳朵，而是服从于生命深处的内在冲动。

现实生活如此庸常，以一种不可思议的力量束缚着我们。但文学，给了我们一个更加自由的空间。当我们走进现实，无数的可能性变成唯一的现状，而且是最为庸常的那一种。但当想象与语言结合在一起，那无数的可能性便又恢复了。托妮·莫瑞森说，她痴迷于小说的理由是，"它扩大了我的生存"，我还想补充一点，它给了我差不多是无限的自由。因为有了那些在写作中享受自由的幸福时光，我此生之中那些短暂的时光都像永远一样漫长。

2000年11月30日于成都

在诗歌与小说之间
——《就这样日益丰盈》[①] 后记

必须承认,对我来说,所谓散文是一个非常模糊的概念。

我知道诗是什么,也知道小说是什么,但我肯定无法明晰地表达散文这种文体该是什么。诗是我文学的开始。而当诗歌因为体裁本身的问题,开始限制写作更自由更充分表达的时候,我便渐渐转向了小说。而且,在这两个方面,我都有着相当的自信,但是说到散文,我就真的不知道该说些什么了。

散文是那么多种,那么多类,那么多不同的文本与方式。比如兰姆与苏东坡,其间的差异绝非是东西方文化的不同,作家个性不同那么简单的理由便可以说明。比如写《陶庵梦忆》的张岱与写《野草》的鲁迅。当然,还有更多不是散文家写出来的使人无可归类便指称为散文的好文章,使我们进入的时候像是进入一个藏书数十万册,没有分类索引上架的宝库,只好四处浅尝辄止,杂食而不得要领。所以,当出版社盛情相邀出一本散文集的时候,我是十二分地婉辞过的。原因是自己虽然也有一些介于小说与诗歌之间的感

[①] 解放军文艺出版社 2002 年出版。

性文字，但我不知道它们是不是应该称为散文。因为读者看到的这一辑东西，如果说有一个统一的标识，便是它的藏文化背景。除此之外，它们在写作方式上都呈现出不同的面貌。

如《银环蛇》《野人》和《鱼》等篇什，是我漫游时的记录，写成诗不合适，又非完全虚构的小说。也就是说，主要脉络都是作者实在的经历，只不过在细节或者在气氛上多了一些虚构。过去也是作为小说发表的，现在编辑看了，说也算是散文，我也找不出反对的理由。最有意思的是《声音》一篇，湖南《新创作》杂志亲自派人来索稿，我便应命写了，本意中写的是一篇小说，或者说自认为写的是一篇小说，只不过投寄时没在题目下作一个说明：此篇是小说。结果就被当成散文发表。事后，编辑还打电话来说，本来预留了前面的小说版面，没想到寄去的是散文，于是，便把大半本杂志的版面重推了一遍云云，我也没有声辩。

再就是前年应邀参加"走进西藏"丛书的行走与写作。走了一趟西藏，结果却全写的故乡四川藏族聚居区阿坝，写了更多的回忆而不是发现。丛书出来后，据说这一本评价还不坏。这个不坏，不是艺术水准上的评价，而是说写得真实，有干货，有个思想着的阿来在里面。其实拉拉杂杂的二十万字，能够立起来，全靠那数万平方公里构造雄伟的地理骨架。媒体炒作这些书和一些类似的书时起了一个名字"行走文学"。这是个命名时代，出版商中有人都可以开起名公司了。这个名字，初听之下，我也觉得其妙无比，并沾沾自喜地捧着印着这种字样的报纸入睡。但早上醒来，猛然清醒：什么文学又不是行走的文学而是禅坐着的文学？但自己的确无力再给一个新的名字。这次，托责任编辑从《大地的阶梯》里挑一些比较独立的段落来凑一个半个印张。与天宝商量时，我又一次困惑，这是散文吗？接踵而至的又一个困惑是，如果不是散文又是什么呢？一个准社会学者的田野考察笔记？但这种好笔记难道就不是散文？于是，又一次想打退堂鼓。但是，编者晓之以理再加动之以情，说这套书是四个因茅公稿酬捐献才有的这个大奖的得主的，三缺一，不成样子。我所在的成都是一个麻将城市，我也偶尔上场把自己的财运交给赌神支配一回两回，知道四方桌子缺了一边，难看。但我凑上去了，还是难看。对方，王安忆，刚从文的时候，还拿着她的书给女朋友说，将来我也要写这样子的书，这些年，光是她那些读书心得，光是她探究小说之道的文章，就是上海女人从张爱玲那里一路下来很庄重齐楚的样子了。上手，张平，反腐斗士，是可以在《南方周末》的时评里开专栏那一路数的武林高手。下家，王旭烽，承她陪游过一次西湖，那四处随意的掌故点染，让我把张岱的《西湖梦寻》忘得一干二净，又坐在湖边茶楼里经她引领着学了如何吃茶，光是一眼西湖与两杯龙井，就可以褪尽我这个小小书商的俗气。今天，藏着她奉送的一罐武陵山珍，说是茶中极品，偶尔尝过两次，却不得门径，你说，这圈"麻将"如何开打？

　　好在，满世界写狗屁文章的人都尽拿西藏做着幌子，很入世的人拿政治的西藏做幌子，很入世又要做出很不入世样子的人也拿在西藏的什么神秘，什么九死一生的游历做幌子。我自己生在藏地，长在藏地，如果藏地真的如此险恶，那么，我肯定活不到今天，如果西藏真的如此神秘莫测，我要么也自称什么大师，要么就进了精神病院。但至今，我算账没有出过千位数以上的错误，出门没有上错过飞机，处世也没有太错认过朋友。所以，上了这桌子，摸了一手花色很杂的牌也暗暗喜欢,不是为一手坏牌喜欢,而是喜欢一种东西本身那种喜欢,喜欢文字表达的那种喜欢。还必须说的一句是,我这辈子可能永远弄不懂真正的散文是什么样子,也不打算弄懂这种文字该是什么样子。至多,我所知道的散文很宽泛,处在诗歌与小说这两个王国之间的游击地带,但这种无从定义的文字多多少少还是会写下去的吧。

为什么要写作小说
——《格拉长大》① 后记

东方出版中心发来短信,嘱我为这本小书写个后记,延宕好些日子了,脑子里依然空空如也。以写小说为业,但关于小说,竟实在觉得没什么话好说。或者是过去说得太多的缘故。

把读过的好书中还记得的话想了一下,觉得还是别人有话在说,自己于小说,特别是关于短篇小说,除了对其形式本身着迷以外,确实没有特别的话值得来说上一说。小说写法,大家都在文体上刻意讲究,自己当然也如此行事,但真还没有成套的话可以说上一通。

再把四处行走,特别是在青藏高原上四处行走时得之于浩大自然的启示也想了一下,甚至打开电脑查查那些随手记下的文字,依然觉得只是一时一地之感,尚不足以转喻短篇写作中的某些境况,也只好作罢。

近年,黏滞在长篇《空山》漫长劳作中,一卷,两卷,三卷,四卷,五卷终篇,又开笔写第六卷,故事、人物、情境浮满脑海,

---

① 东方出版中心 2007 年出版。

关于小说写法之类的东西反倒从脑子里消失干净了。写得烦了，停下来，想清理清理脑子，想读点条理一点的书也不能。

只好取两个办法，一个是写些轻松点的短篇调剂一下，这本书中有关机村的这些篇什，正是这种调剂时的小小成果。

再一个调剂，在春夏时节，给车加满油，带上相机，带上睡袋，长途跋涉开上高原，拍故乡的野花。看到野花们亭亭立于蓝天之下，带露摇晃，看到花们在镜头下呈现出那么匪夷所思的结构，那么不易捕捉的奇丽色彩，那种自然天成，那种超凡之美，再想自己一字一行写下的东西，有时真的会觉得提不起气来。

现在，在定位仪显示为海拔2800米的雄壮峡谷里，四处都是怒放的丁香。在汉语诗歌里，丁香似乎不是这样，但在这样的山谷里，我眼见的这些丁香的确并不幽怨，在山坡上一大束一大束地开放，强烈的香气比雨后猛涨的溪流还要强劲。因为有雨，我躲上车，把雨关在外面，让丁香的香气进来，打开电脑写下这样的文字，等到晚上下山，找一个可以上网的地方，发出去，就算完成作业了。

至于小说心得，还是没有。

也许心得都在写下那些故事的字里行间了吧。

2007年夏

流水账
——《宝刀》① 后记

20世纪80年代初开始写作。

第一次得奖的作品是一首诗,诗题叫《母亲,闪光的雕像》。这个奖评了几届就无疾而终了。诗写得不算好,诗思却是由一群锄草的健美的妇女所触发,也就是被美所触发,而不是其他。至少,这个出发点是正确的。具体的时间记不清了,年份是1982年。

就这么一路写下去,主要是《草原回旋曲》和《梭磨河》两组诗百余首。

其间,开始尝试中短篇小说的写作。写过一段时间,觉得路数对头,像样的一篇作品是短篇小说《老房子》,时间应该是在1985年。

以后还一直在写。有些写得不错,比如短篇小说《阿古顿巴》,我认为这是一篇真正的短篇小说;比如抒情诗《群山,或者关于我自己的颂词》,我开始思考个人与自然、与族群之间的关系。写作对自己来说,日渐变成一个严肃的事情。

---

① 作家出版社 2009 年出版。

这期间的作品，集成了两本书：诗集《梭磨河》，1989年由四川民族出版社出版；小说集《旧年的血迹》，1989年由作家出版社出版。到此为止，我写作的业余爱好期结束了。

出版了两本小书后，我老是想自己的写作到底能达到一个怎样的水准？低水平的写作有什么意义？要不要结束写作？带着这样的困惑，我在故乡广阔的大地上漫游，为自己继续写下去寻找更深广的支撑。这些支撑是大地、族群的记忆，是人们与自己的生活。对一个写作者来说，就是要与所有这些因素深化联系与感应，你中有我，我中有你。数月漫游的结果是一首两百多行的诗《三十周岁时漫游若尔盖大草原》。这是我最后一首诗，以后一两年还发表过一些诗，但都是旧作了。在这首诗中，我认定自己有条件把文学当成终生的事业。

20世纪90年代初，写了一些中短篇。这样一些作品是让自己比较满意的：短篇《欢乐行程》《银环蛇》《野人》《群蜂飞舞》等，中篇《孽缘》和《宝刀》。我说满意有两个意思，一个当然是指作者对小说因素的敏感得以显现，再一个是为将来的写作预示了更多的可能性。这些作品后来大多收入长江文艺出版社于1999年出版的小说集《月光下的银匠》。

1994年写作长篇《尘埃落定》，还用多余材料或者说余兴写了中篇《月光下的银匠》和《行刑人尔依》。两篇后写的东西都先于长篇面世。1998年长篇才得以出版，畅销，作为一个作家为人所知，得奖，等等。

2000年，再一次漫游故乡大地，写作并出版长篇游记散文《大地的阶梯》，再次梳理地方历史，再次寻求自己与根植于其中的大地与族群的关系。正是这样的思考让写作再次停顿,并一停数年,其间,只在2001年随团访日期间,被有关温泉的风习所触动而写了一个中篇《遥远的温泉》。

其间,因为编辑工作的缘故,写了一些关涉自然科学的随笔,部分结集收入解放军文艺出版社出版的散文集《就这样日益丰盈》。

2004年冬天,再次准备上路了。先是小小的一次试笔,一个短篇小说《格拉长大》。

然后,开始为一个叫机村的村庄立五十年(1950年至1999年)的传。2005年完成机村故事的前两卷《随风飘散》和《天火》。出版前两卷时,这个多卷本小说取名《空山》。以后陆续写成第三卷《达瑟与达戈》、第四卷《荒芜》、第五卷《轻雷》和第六卷《空山》,直到2007年年底写完最后一卷。

其间,2007年春节,突然起意写一组跟《空山》相关的短篇,没想到一口气写了十二篇。写完以后,正好分成两组,一组人物素描,一组是写新事物如何在那个叫作"机"的村子里相继出现。这是我很看重的一个收获,一个有些意外的收获。

2008年开始的长篇小说《格萨尔王》正在进行中。现在就常常有人来问:《格萨尔王》后计划写什么?我的回答是:我不知道。我只知道还会继续写作,我并不对未来的写作做具体的规划。我只是继续过去的方式:生活、阅读、感受、思考,等待写作冲动与构想的自然涌现。

我时时提醒自己,不是为了写作而生活,也不是为了生活而写作。

编辑的意思是要我写一个类似于创作年谱的东西，我开玩笑说："你是让我自己研究自己。"而我无法完成这个任务。因为我不太愿意做收集与自己创作相关的材料的工作——这种以备研究的工作，结果就有了这么一个不伦不类的东西，而且里边提到的一些作品的年份还不一定准确。但我想，这样一篇东西，放在这个集子后面，权当后记，也许还有点意思。

2009年3月全国人代会期间于北京

《格萨尔王传》:一部活着的史诗
——《格萨尔王》^①后记

一部活着的史诗

我要从一首诗开始:

> 智慧花蕊,层层秀丽,少年多英俊,
> 观察诸法,如钩牵引,扣入美女心,
> 彻见法性,明镜自观,变化千戏景,
> 作者为谁,乃五髻者,严饰住喉门。

在西藏,更准确地说,是在藏族人传统的写作中,无论即将展开的是一个什么样的题材,也无论这本书是什么样的体裁,一定有这样的诗词写在前面。这首诗是藏族一本历史名著《西藏王臣记》开篇时作者写下的赞颂词,作者是五世达赖喇嘛。这首诗是献给文殊菩萨的,进过寺院的人应该都熟悉这位菩萨,他和另一位菩萨普

---

① 重庆出版社 2009 年出版。

贤，常常跟释迦牟尼佛并立在一起，所谓左文殊，右普贤。一个骑狮，一个乘大象，骑乘的动物与方位，是辨识特征。为什么要赞颂文殊呢？因为他是智慧的象征，又称自在之王。赞颂他，是祈望得到他神力的加持，开启才智，以便写作顺畅并充满洞见与真知。

我所要展开的话题，并不专注于宗教，而更多的是作为中华文化组成部分的藏族历史与文化。之所以这样开场，无非是想向大家说明，文化并不只是内容的差异，还包括了形式上的分别。很多时候，这种形式上的分别更为明显也更为重要。外国人出了一本书，无论是学术著作还是文学作品，往往会在扉页上写一行字，一般是献给某某人，这个某某或者是作者所爱的人，或者是在写作这本书时给予过他特别帮助的人。但这样的赞颂词并不是这本书整体中的一部分，而是传统的藏族知识分子的在写作中每本书都必不可少的组成部分。

这说明了一个问题，在藏族人传统的观念中，写作是一件具有"神性"的事情，是探寻人生或历史的真谛，甚至是泄露上天的秘密。不过，这个秘密有时是上天有意泄露出来的，通过一些上天选中的人透露出来。所以，一个人有了写作的冲动时，也会认为是上天选中了自己，所以要对上天的神灵顶礼赞颂。

我所要讲的《格萨尔王传》不是一部文人作品，而是一部在民间流传很广很久的口传文学作品。故事的主人公格萨尔本来生活在天界，看到人间的纷乱与痛苦，发大愿来到人间——不是电视剧中那样直接地驾着祥云下来，而是投生到人间来，像凡人一样成长，历经人间各种艰难苦厄而后大功告成，最后又回归天界。这部作品不是一部正经的历史书，但研究这部史诗的专家们得出了一致结论，相信这个故事还是曲折反映了西藏的一些历史事实。但在民间，老百姓的兴趣往往不是真实的历史，而是艺术化的历史。这一点，在别的民族文化中也何尝不是如此。在汉族文化中，比如玄奘取经的过程变成《西游记》的传奇故事，《三国志》演变成《三国演义》，以及今天在影视剧和网上写作中大量出现的戏说式的作品，其实反映了人们的一种心理，愿意知道一点历史，但真实的历史又过于沉重，于是，通过戏仿式的虚构将其变"轻"，变得更具娱乐性。我认为这其实反映出人的一种两难处境，我们渴望认识世界，洞悉生活的全部秘密，但略一体察，生活沉重的、无序的一面又会让我们因为害怕压力与责任而迅速逃离。所以，我们往往装扮出对生活的巨大热情，但当生活呈现出一些我们并不希望的存在时，我们就会假装什么都没有看见。其实，人不可能从真实的生活中逃离出去，于是，就在文艺作品中去实现，今天，网络时代提供的更多的匿名的、游戏性的空间使人们在艺术之中也找到了新的逃离的可能。在今天，人类用一些方式把不想看见的事实遮掩起来的智慧正在得到空前发展。

《格萨尔王传》是一部在历史事实的基础上演绎出来的作品，只不过其中历史的身影更为稀薄难辨。好多研究者都告诉我们，从历史到演义，都有一个从民间的以话本方式流传，到最后经文人整理定稿为小说的漫长过程。而《格萨尔王传》经过了一千多年，还处于由不同的民间艺人在民间自由流传的阶段。这部史诗在不同的历史阶段，也曾有人把不同艺人演唱的不同版本记录下来，所以也就出现了许多不同的文字记录本，但是，这些记录本并没有使这部宏伟的史诗在民间的口传，以及于口传中的种种变异停止下来。

有两张照片是我在准备《格萨尔王》前期，在四川甘孜州的色达县见到的两个说唱艺人。我见到的这种人物太多，都忘记他们的名字了。这位妇女没有文化，她在放牧的时候搜罗花纹奇异的石头。在收藏很热，热到什么都有人收藏的今天她搜罗这些石头，是为了奇货可居吗？不是，她甚至不知道这个世界上有什么奇石收藏。她声称，每一块石头对她来讲，就像是一块电影屏幕。当她祈祷过神灵，手托任意一块石头，格萨尔故事中的某一个片段就呈现在眼前，她就半闭着眼睛开始吟唱了。这位老者像老僧坐禅一样，安坐在自己家中，沉默寡言，但一旦灵感降临，立即就是另外一种状态了。什么样的状态呢？一个法国人在差不多一个世纪前也接触到这样的民间说唱艺人，他说："是神灵附体的激情状态。"

在前面，我有过"神性"写作的说法，藏族民间的口传文学也具有相同的特点。说唱艺人相信演唱能力是神所赐予，其方式对今人来说就显得十分神秘。比如那个妇女，没有文化，不识字，却具有杰出的演唱才能。没有文化或文化水平很低下的人们演唱时，使用的不是日常口语，而是韵律铿锵协调的非常古雅的书面语言。法国藏学家石泰安说："口头的唱本是通过到处流浪的职业歌手或游吟说唱艺人进行传唱。一些人可能了解全部史诗或大部分章节，另一些人可能仅了解其中的一部分。如果邀请他们吟诵，他们可以日复一日、年复一年地背诵吟唱。"

在藏语里头，把这样的民间说唱艺人叫作"仲肯"。仲，是故事，肯，就有神授的意思，意译一下就是神授的说唱人。就是这些人，让这个故事在青藏高原从事游牧与农耕的藏族人中四处流传。

除了说唱艺人，我还遇到一种用笔书写格萨尔故事的人。就在前面介绍的两位说唱艺人所在的那个色达县，我就遇到了这样一个喇嘛在书写新的格萨尔故事。人们会说，那么，他是个跟你一样的作家。我想如果我同意，那个喇嘛自己也不会同意这种说法。第一，他专写格萨尔故事；第二，他不认为故事是写出来的。故事早就发生过，早就在那里，只是像宝藏深埋在地下一样埋藏在心中。一个人的心灵就像一个富含宝藏的矿床。他所做的，只是根据神灵的某种神秘开示，从内心当中，像开掘宝藏一样将故事开掘出来。这种人，被格萨尔研究界命名为"掘藏艺人"。2006年夏天，我和国内两位权威的格萨尔研究专家去访问过这位喇嘛，他刚刚完成了一部新的作品，更准确地说，刚刚成功地完成了一次"掘藏"，坐在禅床上时人显得虚弱不堪，与我们交谈时嗓间低沉沙哑，但是，谈到从他笔端涌现出来的新的格萨尔故事时，他的眼睛中发出了特别的光亮。

如果做一个简单的总结，我们可以说，这是一部有着神性光彩的活着的史诗。

最长的史诗

我之所以要说这些话，是因为我用现代小说的方式重写了史诗《格萨尔王传》。大家已经知道，这个故事在青藏高原上的藏族人中已经流传一千多年了。我不过是在这漫长的历史与宽广的大地上成长起来的难以计数的故事讲述人中的一个。这个名叫《格萨尔王传》的故事，在学术界有着不同的命名，有时叫作神话，有时叫作史诗。其实，在有关人类远古历史的那些传说中，史诗和神话往往是同一回事情。作家茅盾说史诗是"神话的艺术化",就是这个意思。这部史诗至今在世界上保持着两个世界纪录,前面已经说到了一个纪录——活着的史诗。现在来谈第二个纪录,《格萨尔王传》是全世界最长的史诗。

这部史诗在青藏高原上虽然流传很长时间了,但被外界发现、认识并加以系统研究不过是两百年左右的事情。在此之前,分别有其他国家的史诗曾经保持着最长史诗的纪录。大家知道,今天这个世界的文化是以欧洲文艺复兴以来的文化作为主流的,而欧洲文艺复兴的精神源头在古代希腊。于是,很长一段时间里,人们说到史诗就是希腊史诗。希腊史诗的代表作是《伊利亚特》和《奥德赛》。相传这些作品那时候是由一个叫作荷马的盲眼诗人所吟唱,他携带着一把琴,四处流浪,所以,又叫作《荷马史诗》。《伊利亚特》共一万五千六百九十三行,《奥德赛》一万二千一百一十行。《荷马史诗》在全世界影响巨大,直到今天,这些故事还在不断被改写。改写成舞台剧,好莱坞大片,改写成小说,比如《奥德塞》中奥德修斯的故事被加拿大著名小说家阿德伍德改写成小说《珀涅罗珀》,并以此作品参加有全世界近百位作家参加的一个国际写作项目"重述神话"。我也是这个计划的参加者之一,用长篇小说《格萨尔王》和全世界众多优秀作家一起参与"重述神话"的活动。

《荷马史诗》之后,随着人们视野的扩展,人们又发现了印度的两大史诗《罗摩衍那》和《摩诃婆罗多》。《罗摩衍那》最精短的本子有三万多行。《摩诃婆罗多》则长达二十多万行。印度伟大的诗人泰戈尔曾说过:"如果说有某一部作品把喜马拉雅山那么高洁的普遍理想和大海一样深邃的思想同时进行了概括的话，那就只有《罗摩衍那》。"刚刚去世不久的季羡林先生，在七十岁左右还亲自完成过一个《罗摩衍那》的新的中文译本。

现在已经历数了四部最著名的史诗，再加上世界上最早的巴比伦的《吉尔伽美什》，统称为世界的"五大史诗"。这部史诗是于1872年由英国人从巴比伦废墟里挖掘出来的，故事用古代巴比伦人的文字刻写在泥版之上，本身已经残缺不全，我们已经无法窥见全貌，而且，那种文字，除了极少极少的专家，已经无人能够辨识了。但是，它出自古代巴比伦，产生的时间应该是最早的，所以，也在五大史诗中占有一席之地。

《格萨尔王传》呢？法国藏学家石泰安在《〈格萨尔王〉引言》一文中说："欧洲在1836年到1839年间首次通过译文了解到这个传奇故事。"1836年，《格萨尔王传》的译本在俄国圣彼得堡出版，但系统性的研究还要差不多一百年后才正式开始。不然，"五大史诗"可能就要被叫作"六大史诗"了。之所以如此说，当然不是出于简单的民族情感，要把自己文化中所有的东西都无条件视之为伟大。在我的研究与写作过程中，这种情绪是我一直提醒自己要随时克服的东西。知识会成为学养，学养会帮助我们消除意识中那些因短视与狭隘而引发的情绪。我想，开场时讲到的那样的著作者所以要通过赞颂菩萨，也是希望获得这样的洞见的力量。藏族人给多学多闻多思的人一个美称叫"善知识"。如果我要称颂什么，我就称颂符合这个标准的"善知识"。

但《格萨尔王传》真的创造了一个世界第一，即在史诗中至少是长度第一。有多长呢？上百万行，一百五十多万行。关于更具体的数字，不同的资料有不同的说法。为什么在统计数字上有如此的出入呢？这是因为，与前述那些史诗不同，这部作品主要是通过许多民间艺人的口头演唱在民间流行，这些民间艺人就是古代所谓的行吟诗人。不同的艺人演唱时并没有一个固定的稿本，即便是演唱同一段故事，不同的艺人都有不同的想象与不同的发挥，整理成固定的文本时，首先就有了长度的差别。

更重要的，前面说过，这部史诗还活着，还在生长，还在产生新的部分。格萨尔还是那个叫作"岭"的国家的国王，还在率领那个国家军队东征西讨，斩妖除魔，开疆拓土。也就是说，这个故事的篇幅还在增加。

史诗过去是由行吟诗人演唱的，《伊利亚特》与《奥德赛》叫作《荷马史诗》，就是因为是由那个瞎眼的荷马，在古希腊那些不同的城邦国家间演唱出来的。我们知道，古代希腊并不是一个统一的国家，而是好多个城邦国家组成的。这些城邦国家时常需要联合起来共同抵御外来势力的入侵。与此同时，这些城邦之间也上演分合不定，时战时和的大戏，但行吟诗人和他的故事却自由地穿越着这些城邦，成为他们共同的辉煌记忆，但这种记忆已经凝固为纸面上的文字。而巴比伦的史诗已经凝固为今天已经很少有人能够辨识的泥版上的文字。唯有《格萨尔王传》还在生活于青藏高原上的藏族人中间，在草原上的牧场，在雅鲁藏布江，在黄河，在金沙江，在所有奔流于高原上的大河两岸的农耕村庄里由不同的民间艺人在演唱。

直到今天，格萨尔故事的流传方式依然如此，没有什么改变。史诗仍然以其诞生之初就具有的流传方式活在这个世间，流传在这个世间。就像著作者在写作之前会首先用赞颂词的方式祈求神佛菩萨的佑助,这些演唱者"头戴一种特殊的帽子",并以一首特殊的《帽子歌》来解释这顶说唱帽各个部分所具有的象征意义。他们所以这样做,除了希望得到神灵的护佑,更重要的是一种宣示,告诉人们,这部史诗的演唱因为有神的授权或特许,与民间那些纯粹娱乐性的演唱有着巨大的区别。长此以往,演唱者们的演唱开始时就具有了一些固定的程式。

说唱艺人都有的这顶特别的帽子,藏语里叫作"仲厦"。大家已经知道,"仲"是故事的意思,而这个"厦"的意思正是帽子。那么,这个帽子就是说故事时戴的专用帽了。这里有一张照片,20世纪30年代由一个外国人拍摄于尼泊尔。而这一张说唱帽的照片是我在康巴草原拍下的。在正式说唱史诗的故事部分之前,演唱者会赞颂这顶帽子,因为这顶帽子上每一个物件与其形状都是某种象征。他们会把帽子比作整个世界,说帽子的顶端是世界的中心,其他大小不同的装饰物,或被比作江河湖海,日月星辰。有时,这样的帽子又被比喻成一座宝山,帽子尖是山的顶峰,而其他的装饰与其形状,则分别象征着金、银、铜、铁等丰富的宝藏。之后,就可以由此导入故事,说正是由于格萨尔王降伏了那么多妖魔鬼怪,保卫了蕴藏着丰富宝藏的大山,如今的人们才能安享这些宝藏中的无尽财富。上述材料,转引自格萨尔研究专家降边嘉措先生的专著《〈格萨尔〉初探》。我本人也观赏过好些"仲肯"的演出,但在我这次讲座中,但凡可以转引专家们研究成果的地方,我将尽量加以转述。为什么要如此呢?除了《格萨尔王传》这部伟大的史诗本身,我还想让公众多少知道一点国内外研究这部史诗的人并分享他们研究的成果。作为一个作家，我很认真地进入了这个领域，但我知道，当我的小说出版，当这个讲座完成，我就会离开这个领域，而进入一个新的题材领域。而这些研究者，他们还会在这个领域中间长久地坚持。转引他们的研究成果，是我充实自己的方式，也是向他们的劳动与成就表达敬意的方式。降边嘉措先生还在他的文章中告诉我们："这种对帽子的讲述，成了一种固定的程式，有专门的曲调，藏语叫'厦协'。"

"这种唱词本身就同史诗一样，想象丰富，比喻生动贴切，语言简练优美，可以单独演唱，是优秀的说唱文学。"

史诗的发现

"发现"，这对我来讲，是个有些艰难的话题。不是材料不够，或者线索的梳理上有什么困难，而是这个词本身带来的情感上的激荡。我们自己早就存在于这个世界上，也早就意识到了自己在这个世界上的存在。不然，我们不会有宗教，有文学，有史诗，所有这些精神性的存在，都是因为人意识到自己在地球某一处的存在，意识到这种存在的艰难与光荣而产生出来的。描述这种存在，歌颂这种存在，同时，也质疑这种存在。

从这个意义上讲，《格萨尔王传》也是意识到这种存在的一个结果。我们可以说，自这部史诗产生以来，就已经被演唱的人，聆听的人，甚至那些留下了文字记录本的人所发现。问题是，自哥伦布们从伊比利亚半岛扬帆出海的那一刻起，这个世界的规则就开始改变了。在此之前，一种文化，一个民族，一个国家只需要自我认知，即是发现。但从这一个时刻起，这个世界上的不同文化便有了先进与落后的分别，强势与弱势的分别。从此仅有自我认知不行了，任何事物，都需要占有优势地位的文化与族群来发现。所以，印第安人在美洲生活了几千年，但要到15世纪等欧洲人来发现。中国的敦煌喧腾过，然后又在沙漠的包围中沉睡了，还是要等到欧洲人来发现。

《格萨尔王传》的命运也是一样。

前面说过，法国藏学家石泰安把发现这部史诗的日子定在1836年，标志是其部分章节的译本在欧洲出版。非常有意思，这个译本是根据蒙古文翻译的。也就是说，在欧洲人的发现之前，这部藏族人的史诗已经被生产方式和宗教信仰都非常接近的蒙古人发现了。但这个发现不算数。所以，要直到欧洲人来发现才算是发现。于是，就像这个世界上有许多事物被发现的时间点一样，这个时间点也是由欧洲人的眼光所及的时间来确定的。在这里，我陈述的是一个事实，从殖民时代一直延续到后殖民时代的基本事实，而并不是对石泰安先生个人有什么不满。相反，他个人在藏学和格萨尔研究方面卓有建树，他于1959年在法国出版的《西藏史诗与说唱艺人研究》一书，长达七十余万言，也是我初涉这个题材领域时的入门书之一。

下面我来说说，汉语世界发现这部作品的过程。

这里使用的材料，主要引自四川社科院研究员任新建先生的文章。关于国外发现格萨尔故事的过程，任先生给了我们更详尽的说明。1886年，俄国人帕拉莱斯在蒙古旅行时，发现了这部史诗的蒙文本，后来在圣彼得堡出版的译本就是这个人搜集来的。直到1909

年,法国传教士在拉达克(今属印巴争议的克什米尔地区)搜集到两本藏文本,翻译后在英属印度出版。1931年,法国女探险家大卫·妮尔夫人从四川方向进入西藏,就在林葱土司家中借阅了土司家珍藏的《格萨尔王传》手抄本,在接下来的行程中,又在今天的青海玉树地区记录到一个说唱艺人的唱词。后来,她将这些内容整理成书,以《岭·格萨尔超人的一生》为名,在法国出版。这虽然不是《格萨尔王传》的原貌,却也比较完整地介绍了整部史诗的大致轮廓。20世纪50年代后,国外的格萨尔研究才有了巨大的进展,涌现出了一批卓有建树的"格学"家。前述法国的石泰安先生就是其中的一位佼佼者。

我们说,在今天这个时代,"发现"的意义不再是自我认知,而是来自更为强势的外界的发现。地区与地区之间,国家与国家之间如此,不同的族群与文化之间也是如此。所以,我们谈流传于青藏高原的藏族史诗《格萨尔王传》的发现,既是指被中国以外的西方世界发现,也是指在中国居于主流地位的汉文化对这部史诗的发现。

与西方的发现相比,这是一个优美的故事。

时间要回到20世纪20年代末,一位在四川一所中学教授四川乡土史的老师放下了教鞭,受邀前往今天的四川省甘孜藏族自治州考察。后来,我也曾为考察《格萨尔王传》的流传多次前往这一地区。所不同的是,我是驾驶性能可靠的越野车前往,而这位叫作任乃强的先生前往的那个时代,这十几万平方公里的土地上还没有一寸公路。但这位先生,在1929年到1930年一年时间里,先后考察了泸定、康定、道孚、炉霍、甘孜、新龙、理塘和巴塘等十余县。据任先生自述:"所至各县,皆周历城乡,穷其究竟,鞍马偶息,辄执土夫慰问,征其谈说,无论政治、军事、山川、风物、民俗、歌谣……皆记录之。"后来这些记录文字陆续在内地汉文报刊发表,其中就有关于《格萨尔王传》的介绍。

此前,汉族地区也有关于这部史诗的流传,但人们满足于道听途说,而未加考证,便妄下断言,认为是藏族人在用一种特别的方法传说关羽关圣人的故事,后来又以为是藏族人在用藏语传说三国故事,便命名为"藏三国"或"蛮三国"。任乃强先生第一次于1930年用汉文发表文章,从而向汉语世界的读者表明,这部被称为"蛮三国"的作品,实为流传于藏族民间的一种"有唱词"的文学艺术,内容"与《三国演义》无涉"。并且,他还在文中模拟演唱者的语调翻译了一段。

在这次考察活动中,任先生不仅收获了许多文化成果,更发现在被视为"蛮荒之地"生活的康巴藏族人"有内地汉人不及的四种美德,即仁爱、节俭、从容、有礼"。他感到,在真正认知这个民族时,还有语言上的隔阂和民族心理差异这两个障碍需要跨越。他以为,找一个藏族人为妻可能是跨越这两大障碍的最方便办法。于是,他便请人做媒说亲,娶得新龙县藏族女子罗珠青措为妻。而他最初介绍到汉族地区的格萨尔故事,就是在其历时七天的藏式婚礼上,根据妻子的大姐在欢庆时刻的演唱所作的记录。

我这个故事,来自任新建先生所写的回顾《格萨尔王传》研究史的文章。而任新建先生,正是任乃强先生和罗珠青措的儿子。任新建先生子承父业,在藏学研究上有很高的成就。

对一个作家来说,对一个虚构性的传奇故事进行再一次的虚构,并从这个宏伟的故事框架中,时时窥见历史依稀的身影,是一种非常奇妙的经历。正因为有一个古老的故事在先,我的虚构又不是信马由缰,时时让我回到实实在在的历史现场与文化氛围中间,整个写作过程成为一段庄重的学习历程,使自己感情充实精神丰满,也许,我们还有机会一起重温这次经历,重温这部伟大的史诗,重温西藏的历史与文化,看看当一个世界还存在着多元而丰富的文化的时候,该是一件多么有意思的事情。

现在照应一下开篇,解释一下开篇时所引的那首诗体的赞颂词。这首赞颂词的汉译者是刘立千先生,一位对西藏学有深厚造诣的汉族学者。他说,这首诗前三句是说文殊菩萨妙智无穷,如绽放的花朵层层无尽展开。这样智慧的花朵吸引我们犹如英俊少年牵引少女的心灵。刘立千先生指出,这是运用了藏族修辞学著作《诗镜论》上的形象修辞手法,用经过比喻的事物,再去比喻另一事物,就是比喻中套着比喻。这也说明,不同的文化所哺育的不同的语言,总有着别种语言没有的特别感受与特别的表达,正是由于这些原因,多元文化的存在才使这个世界显得丰富多彩。

补记

其一,这篇稿子本是为上电视讲坛而作的,但后来没有做成,后来拿到南京与珠海的文化讲坛上讲过;其二,不说尚未再版,我想总是会再版的,那么就预作一个后记吧。

小说，或小说家的使命
——《格拉长大》（韩文版）序

全秀贞女士来电话，告诉我小说集《格拉长大》已经翻译完成，即将在韩国出版，这是令人感到兴奋的消息。对用中文阅读我小说的读者，我大致是了解的，了解他们为什么要阅读我的作品。小说里有哪些因素——文学的与非文学的——会让他们感到兴趣。但是，当一个新的译本出现，也就是说，有一些新的读者将要用一种我完全不懂的语言来阅读我的小说时，我的感觉总是有些奇异的。小说在另一种语言中将发出什么样的声音？以什么样的节奏使感情流露？更重要的是，他们为什么要阅读我的小说？希望更多地了解这个世界，还是仅仅出于好奇？或者，本来是从好奇开始，却因为得到某种深入的途径而产生了同情与理解？接到这个电话的时候，我正在中国首都的大街上顶着寒风行走。这个电话，还有这个电话所引起的诸多猜想，显然提高了我内心与身体的热度。一个人在一个不太熟悉而且体量巨大的城市里会自然产生出孤立之感，但是这个电话带来的消息，使我再一次确认，一个人还是有办法与整个世界产生某种使人心安的联系。

全秀贞女士在电话中交代，韩国读者对这本书还很陌生，希望我写点什么给我另一种语言中的这些读者。

在我理解,她这句话有两层意思。一个是说,他们对我这样一个异国的小说家并不熟悉——虽然,这是我在韩国出版的第二本小说;再一个,我想她的意思更是说,这种语言的读者对小说所表现的那些人与事更为陌生。所以,我得对这些可能的读者说点什么。但是我真能说些什么吗?我在小说里写了一些人,这些人的一些事,这些人生存于一个在如今这个世界上说起来都显得非常遥远的地方。这个地方叫作西藏。

于是,问题接踵而至,西藏又是什么?

也许读者有理由希望我用一两句话明明白白地告诉他们,但我因此面临一个巨大的困窘,因为我无法明白地告诉大家,西藏是什么,或者什么是西藏。我只能说,西藏是这个世界上的一个地方。就像韩国在一个地方,美国也在一个地方,法国、英国、日本又是在另一些地方。西藏也只是这世界上一个地方。是地方,就会长树、长草,树会结果,草会开花。草与树的海洋中,有人会沉浮其间。那些人大多数都在为基本的生存而努力,而并不如外界所想象——那里的人都是一些靠玄妙的冥想而超然物外的精神上师。须知,精神上师们也有基本的生物需求。对首先需要满足生物需求然后才能丰富情感,发展文化,进而认知世界的人来说,西藏的自然是相当悭吝的,因而人的生存也就更为艰难。但是,偏偏有很多人愿意把这个高远之地想象成一个世外桃源,并给这个世界一个命名——香格里拉。当全世界都在进步时,更有人利用这种想象,要为西藏的不进步、保守与蒙昧寻找同情,寻找合理性。

本来,我只是作为一个藏族人,来讲述一些我所熟悉的那些西藏人的故事。这种讲述本来只是我个人的行为,但当西藏被严重误读,而且有着相当一些人希望这种误读继续下去的时候,我的写作似乎就具有了另外的意义。

我曾经就生活在故事里那些普通的西藏人中间,是他们中的一员。是现代的教育,是写作使我的命运有了比他们更大的变化,但我不可能远离他们。于是,我把他们的故事讲给这个世界上更多的人。民族、社会、文化,甚至国家,不是概念,更不是想象。在我看来,就是一个一个的人的凝聚。所有这些人的集合,才构成那些宏大的概念。要使宏大的概念不至于空洞,不至于被人盗用或窜改,我们还得回到一个一个人的命运,看看他们的经历与遭遇,生活与命运,努力或挣扎。对一个小说家来说,这几乎就是他的使命,是他多少有益于这个社会的唯一的途径,也是他唯一的目的。当然,还有很多因素会吸引一个小说家,我们讲述故事所依凭的那种语言的秘密,自在的也是强大的自然,看似稳定却又流变不居的文化,当然还有前述那些宏大的概念,但人才是根本。依一个小说家的观点看,去掉了人,人的命运与福祉,那些宏大概念是没有任何意义的。所以,对一个小说家来说,人是出发点,人也是目的地。

小说家就是用这种方式努力地接近真实。不是从表面的事实,而是从人的立身之本来把握真实。

有很多的学科在研究此地与彼地,此种文化与彼种文化的不同,但是,我以为,一个小说家却应该致力于寻找人类最大限度的共同点。历史的必然与偶然决定了不同国度的不同命运与不同的发展水平,文化基因的差异造成了不同民族的不同面貌,但人类和人，最根本的目的，难道不都一样吗？

西藏从中世纪以来，上千年的时间，人们的生活没有发生太大的变化，一代又一代人的生命悄然凋零，历史却还在原地踏步不前。我想我是幸运的，当我出生之时，变化开始了，前进的脚步加快了。更有幸的是，我成了一个这种进程的亲历者，同时又是一个观察者与记录者。

我当然很高兴把这些记录呈现给更多的人。

在此，我想预先对即将与这本书相遇的韩文读者表示衷心的感谢。我曾在我小说的读者，特别是外文版读者中，遇到了一些读了我的书后不高兴的人，因为我说出了一个与他们想象，或者说别的一些人给他们描绘的不一样的西藏。我因此冒犯了他们。他们希望知道的那个西藏没有世俗的忧虑与艰难，有的只是虔敬而不掺杂任何现实考虑的宗教追求。他们不想知道还有另一个西藏。好在，大多数的读者不是这样。我写作的动力也正是源于大多数读者不是这样。在我的理解中，小说家是这样一种人，他要在不同的国度与不同的种族间传递信息，这些信息林林总总，但归根结底，都是关于沟通与了解，而真实，是沟通与了解最必需的基石。如果小说家有一种使命，那么，当这个世界不同的人出于不同的需要，在遮蔽什么的时候，祛蔽，并在不同的人群间建立真正的沟通与了解就是他最大的使命。

《空山》①三记
——有关《空山》的三个问题

什么样的空，什么样的山

2005年3月，北京一次饭局，第二天我将受邀去美国考察。考察的目标是与对方共同商定的：美国本土的少数族裔的生存状况和美国的乡村。一个语言不通的人，将要独自在异国的土地上去那么多地方，而且还要考察那么宽泛而复杂的对象，心里当然有些忐忑，不是害怕，是不安，害怕自己考察归来时一无所获，辜负了邀请方的美意。准备出行的日子一直都在试图克服这种不安。克服的方式无非是多读些书，预先做一些案头工作，不使自己在进入一个陌生的领域时显得盲目与唐突。在饭局上，不安暂时被放下了，和出版社的朋友们商定《空山》前两卷的出版事宜。酒过三巡，一份合同摆在了面前，没有太过细致地推敲那份合同，就签上了名字。朋友们也知道，我并不是一个特别在意合同中那些与作者权益有关的条款的人。这不是说我不关心自己的利益，而是我一直觉得，当

---

① 人民文学出版社 2005–2009 年出版。

一本书稿离开了我的案头，就开始了它自己的旅程。我始终觉得一本书与一个人一样，会有着自己的命运。有着自己的坎坷，自己的好运，或者被命运之光所照亮，或者被本来需要认知的人们所漠视。一个作家，可以尽力写一本书，但无力改变书籍这种奇异的命运。正是有了这样的想法，就觉得过于执著于一份合同的条款，并不会在真正的意义上改变一本书最终的命运。

彼时，我高兴的是有这么一顿酒，把我从临行之前的忐忑之中解脱出来。酒席将散的时候，突然发现，合同中的那本书还没有名字。大家看着我，说想一个名字吧。于是，我沉吟一阵后，脱口说《空山》。看表情就知道大家不满意这个名字。但是，没有人想出一个更好的名字来。那就叫这个名字了？就叫这个名字吧。飞美国的时间那么长，在班机上再想想？我没有反对。但我知道我不会再想了。因为这时我倒坚定起来了，这本书已经写出来的和将要写出来的部分，合起来都叫《空山》了。

只是，我对自己说，这不是"空山新雨后，天气晚来秋"那个"空山"。没那么空灵，那么写意。不是汉语诗歌里那个路数，没有那么只顾借山抒怀，而并不真正关心那山的真实面貌。我的写作不是那种不及物的路数。

想出这个名字时，像电影里的闪回镜头一样，我突然看到我少年时代的那片深山。那时候，我生活在一个非常狭小的世界。具体地说，就是一个村庄所关涉到的一片天地：山峰、河谷、土地、森林、牧场，一些交叉往复的道路。具体而言，也就是几十平方公里大的一块地方。在我成长的过程中，那曾是一个多么广大的世界！直到有一天，一个地质勘探队来到了那个小小的村庄。那些人显然比我们更能洞悉这个世界,他们的工作就是叩问地底的秘密。这一切,自然激起了蒙昧乡村中一个孩子的好奇。而这些人显然喜欢有好奇心的孩子。有一天,其中的一个人问,想不想知道你们村子在什么地方?这真是一个奇妙的问题,他们的帐篷就搭在村子里的空地上,村子就在我们四周。狗和猪来来去去,人们半饥半饱,但到时候,每一家房顶上,依然会飘散起淡蓝色的炊烟。在这么一种氛围中,一张巨幅的黑白照片在我面前铺开了。这是一张航拍的照片。满纸都是崎岖的山脉,纵横交织,明亮的部分是山的阳坡和山顶的积雪,而那些浓重的黑影,是山的阴面。地质队员对孩子说,来,找找你的村子。我没有找到。不只是没有我的村子,这张航拍图上没有任何一个村子。只有山,高耸的山和蜿蜒的山。后来,是他们指给我一道山的皱褶,说,你的村子在这里。他们说,这是从很高很高的天上看下来的景象。村子里的人以为只有神可以从天上往下界看,但现在,我看到了一张人从天上看下来的图像。这个图景里没有人,也没有村子,只有山,连绵不绝的山。现在想来,这张照片甚至改变了我的世界观,或者说,从此改变了我思想的走向。我从此知道,不只是神才能从高处俯瞰人间。再者,从这张照片看来,太高的地方也看不清人间。构成我全部童年世界和大部分少年世界的那个以一个村庄为中心的广大世界竟然从高处一点都不能看见。这个村子,和这个村子一样的周围的村子,竟然一无所见。所见的就是一片空山。所谓"空山",就是这么一个意思。

好多年过去了,我想自己差不多都忘掉这段经历了。

但在那一天,却突然记起。那么具体的人,那么具体的乡村,那么具体的痛苦、艰难、希望、苏醒,以及更多的迷茫,所有这些,从高远处看去,却一点也不着痕迹。遥远与切近,就构成了这样一种奇妙的关系。具体地描写时,我知道自己有着清晰的痛感,但现在,我愿意与之保持住一定的距离。从此,这一系列的乡村故事,有了一个共同的名字:空山。

这个世界还有另一个维度,叫作时间。在大多数语境中,时间就是历史的同义词。历史像一个长焦距的镜头,可以一下子把当前推向遥远。当然,也能把遥远的景物拉到眼前,近了是艰难行进的村子,推远了,依然是一派青翠的"空山"。

或者如一个在中国并不知名的非洲诗人的吟唱:"黑色,应该高唱:啊,月亮,出来吧!请在高山之上升起。"

月亮升起来,从高处看下去,从远处看过去,除了山,我们一无所见,但我们也许愿意降低一点高度,那么,我们会看见什么?而更重要的问题是,本可以一无所见,那我们为什么偏偏要去看见?

个别的乡村,还是所有的乡村

应该承认,当时我并没有这么多的联想,只是那个几乎已经被遗忘的情景突然被记起,突然意识到那个场景所包含的某种启迪。第二天,我就登上了去美国的飞机。然后,洛杉矶、华盛顿、纽约、波士顿、弗吉尼亚、亚特兰大、印第安纳、夏威夷……描述行程时,我只能写出这些城市的名字,但我要说的不是这些城市,而是这些城市之间的那些广大的异国的乡村。

在异国的乡村为自己的乡村而伤情。

中国的乡村看起来广大无比，但生存的空间却十分促狭，而且，正在变得更加促狭。但在异国的乡村，我看到了这些乡村还有自己的纵深之处。一个农夫骑着高头大马，或者开着皮卡出现在高速路边上，但在他的身后，原野很广阔。一些土地在生长作物，而另外一些土地却在休养生息。只是生长着野草闲花。一定的时候，拖拉机开来，把这些草与花翻到地下，就成为很好的有机肥。把那些土块隔开的是大片的森林，在林子的边缘，是那些农庄。这种景象，在经济学家或政治家的描述中，就是中国乡村的未来——大部人进入城市，一些农村也城镇化，然后，剩下的农村大致就成为这个样子。

这是现今的中国告诉给农民的未来，而在此前，中国的农民已经被告知，并被迫相信过不同的未来。这个未来最为世俗，也最为直观，因为这种未来在地球上的好些地方都已出现。但必须承认，对一个中国农民来说，这个未来也非常遥远。他们不知道这个未来在什么时候实现。也许，此刻在某一间中国农舍中孕育的新生命可能生活在这个未来中间。美好憧憬与严酷现实之间的距离，反倒加深了他们的痛苦。因为现实时刻在给他们教训，那些未来太过遥远。而在他们实际的经验中，对幸福稍许的透支都需要用苦难来加倍偿还。人民公社时，刚刚放开肚子在食堂里吃了几天，后来，就要以饿死许多人命作为抵偿。长此以往，中国的乡村可能在未到达这个未来时就衰竭不堪了。这个衰竭，不只是乡村的人，更包括乡村的土地。我在异国看到休耕以恢复地力的土地时，就想到在我们这里，因为人口的重负，土地也只是在不断地耗竭，而很难得到休养生息。

我总担心这种过分耗竭会使中国的乡村失去未来。也许因为这个我会受到一些谴责，或者说，我已经受到过一些责难，可是我想，作家当然要服从人类所以成为人类的一些基本的理念。作家没有权利因为某些未经验证的观念而去修改现实。

未来需要有一个纵深，而中国的乡村没有自己的纵深。这个纵深首先指一个有回旋余地的生存空间。中国大多数乡村没有这样的空间。另一个纵深当然是指心灵，在那些地方，封建时代那些构筑了乡村基本伦理的耕读世家已经破败消失，文化已经出走。乡村剩下的只是简单的物质生产，精神上早已经荒芜不堪。精神的乡村，伦理的乡村早就破碎不堪，成为一片精神荒野。

我并不天真地以为异国的乡村就是天堂。我明白，我所见者是斯坦培克描绘过的产生过巨大灾难的乡野，福克纳也以悲悯的情怀描绘过这些乡野的历史与现实：种族歧视加诸人身与人心的野蛮的暴力，横扫一切的自然灾害，被贪婪的资本无情盘剥与鲸吞。在《我弥留之际》这部小说中，福克纳曾借他小说中的人物这样说道："要是你能解脱出来进入时间，那就好了。"问题是，我们并不能经历一个没有物理空间和存在于这个空间之中的人类社会的单独的时间。

不得不承认，如今这些乡野比我们的乡野更多地分享了时代的进步与文明的成果。至少从表面看来，是一派安宁富足的景象。那样的旅行，像是在读惠特曼的诗：

现在，我在白天的时候，坐着向前眺望
在农民们正在春天的田野里耕作的黄昏中

在有着大湖和大森林的不自知的美景的地面上

在天空的空灵的美景之中（在狂风暴雨之后）

在午后的时光匆匆滑过的苍穹之下，在妇女和孩子们的声音中

汹涌的海潮声中，我看见船舶如何驶去

丰裕的夏天渐渐来到，农田中人们忙碌着

无数的分散开的人家，各自忙着生活，忙着每天的饮食和琐屑的家务……

的确，我在那里看到了更多的宁静、安详，并感到那种纵深为未来提供了种种的可能。正由于此，我为自己的乡村感到哀伤。我想起当年那些从城里学校来到乡村的所谓知识青年，我自己也曾经是他们当中的一员。但是，这些人并未改变乡村，而是在乡村为温饱而挣扎的生活淹没了他们。这种生活熄灭了知识在年轻的心中燃起的所有精神性的火苗。怀着这样的心情，我和翻译驾车穿行异国广大的乡村，眼睛在观察，内心却不断地萦绕着记忆。

有一天，我们在路边停下车，走向一个正在用拖拉机翻耕土地的农夫。刚刚翻耕的沃土散发出醉人的气息，身后，好多飞鸟起起落落，那是它们在啄食刚刚被犁铧翻到地面上来的虫子。那个蓝眼睛的农夫停下了机器，从暖壶里给我斟上一杯热咖啡，然后，我们一起坐下来闲话。继续驾车上路时，我突然感到锥心的痛楚。因为我想起了另外一个拖拉机手，他是我中学时代最要好的同学。一次回乡，人们告诉我，他曾开着他的拖拉机翻到了公路下面。当时他可以自救，但他没有采取任何自救的措施。那天，我问他为什

么,他面无表情地说:"觉得就这么突然死去挺好,活着也没有什么意思。"那时,我感到的就是这种锥心的痛楚。他是村子里那种能干的农民。能在20世纪80年代开上一部拖拉机四处奔忙就是一个证明。后来,他用挣来的钱开上了卡车,开着卡车长途贩运木材挣钱。那是90年代。后来,这个少年时代的朋友就殒命在长途贩运木材的路上。山上的木材砍光了,泥石流下来了,冲毁的是自己的土地与房舍。少年时代,我们一起上山采挖药材,卖到供销社,挣下一个学期的学费。那时,我们总是有着小小的快乐。因为那时觉得会有一个不一样的未来。而不一样的未来不是乡村会突然变好,而是我们有可能永远脱离乡村。的的确确,在异国的乡野中——有着朴素教堂与现代化的干净的小镇的乡野,我又想起了他。不只是一个故事,而是一种痛楚。

我还想起一个人。

一个读书读得半通不通的人,一个对知识带着最纯净崇拜的人。他带了很多从捣毁的学校图书馆里流失出来的书回到乡下。以为自己靠着这些书会了悟这个世界的秘密。而他还有另外一个朋友,一个不相信书本,相信依靠传统的技能就能改变命运的人。他们曾经真实存在吗?他们是出于想象吗?对一个小说家来说,从真实处出发,然后,越来越多的想象。想象不同于自己的生活道路的人的种种可能。生活中有那么多歧路,作家自己只是经历了其中的一种。而另外的人,那些少年时代的朋友的去向却大相径庭。我知道他们最终的结局,就是被严酷的生活无情地淹没。但内心的经历却需要想象来重建,于是,我在印第安纳停留下来,开始了《空山》第三卷《达瑟与达戈》的写作。这次写作不是记录他们的故事，而是一次深怀敬意与痛楚的怀念。至少在这个故事中，正是那种明晰的痛楚成为我写作的最初的冲动，也是这种痛楚，让我透过表面向内部深入。一个作家无权在写作的进程中粉饰现实，淡化苦难。但我写作的时候，一直有一个强烈的祈愿，让我们看到未来！

异国的乡村的现实似乎也不是中国乡村的未来，那么，让我们看到自己的未来！

关于消逝：重要的是人，还是文化

其实，无论是步步紧逼的现实，还是关于人类社会历史进程的常识，我们都知道，一切终将消逝，个体的生命如此，个体生命聚集起来的族群如此，由族群而产生的文化传统也是如此。这些都是一些基本常识。我用怀念的笔调和心情来写那些消失与正在消失的生命，以及他们的生存方式。所谓文化，并不是如一些高蹈的批评家所武断地认为的那样，是出于某种狭隘的文化意识，更直接地说，是出于某种狭隘的民族本位主义。

是的，消失的必然会消失。特别对文化来说，更是如此。自从有人类社会以来，族的形成，国的形成，就是文化趋同的过程，结果当然是文化更大程度上的趋同。如果说这个过程与今天有什么不同，那就是因为信息与交通的落后，这个世界显得广阔无比，时间也很缓慢。所以，消失是缓慢的。我至少可以猜想，消失的缓慢会有一个好处，那就是人们在不知不觉中习惯这个消失的过程，更可以看到新的东西慢慢地自然成长。新的东西的产生需要时间，从某种程度上说，进化都是缓慢的，同时也是自然的。但是，今天的变化是革命性的：迫切、急风暴雨、非此即彼、强加于人。理解要执行，不理解也要执行。不然，你就成为前进道路上一颗罪恶的拦路石，必须无情地毫无怜悯地予以清除。特别是20世纪，特别是20世纪的后五十年，情况更是这样。而且，今天越来越多的人在形成共识：那个时代的许多事情至少是太操之过急了。结果是消灭了旧的，而未能建立新的。我们的过去不是一张白纸，但我们费了好多劲去涂抹，要将其变成一张白纸，以期画出"最新最美的图画"。但结果如何呢？涂抹的结果不是得到一张干净的白纸，而是得到一张伤痕累累的、很多脏污残迹的纸。新图画也成为一个遥远的梦想。政治如此，经济如此，文化更是如此。今天的许多社会问题，大多数都可以归结为文化传统被强行断裂。汉文化如此，少数民族文化更是如此。这不是我的发明，我不过是吸收了这个社会大多数人的共识。正是基于这样的认知与感受，我的小说中自然关注了文化（一些特别的生活与生产方式）的消失，记录了这种消失，并在描述这种消失的时候，用了一种悲悯的笔调。这是因为我并不认为一个生命可以在任何一种文化中存身。一种文化——更准确地说是生活与生产方式的消失，对一些寄身其中的个体生命来说，一定是悲剧性的。尤其是在我所描述的这个部族，这个地区，在此之前，他们被区隔于整个不断进化的文明世界之外已经太久太久了。这不是他们主动的选择，这是他们从未出生时就已经被规定的命运。政治学或社会学对此种状况的描述是"跨越"。须知，社会的进步不是田径场上天才运动员一次破纪录的三级跳远。屏气，冲刺，起跳，飞跃，然后欢呼胜利。这个社会当然落后，但这种状况不是老百姓造成的。社会当然应该进步，但他们从来没有准备过要一步跨越多少个世纪的历史。于是,当旧的文化消失,新的时代带着许多他们无从理解的宏大概念迅即到来时,个人的悲剧就产生了。我关注的其实不是文化的消失,而是时代剧变时那些无所适从的人的悲剧性的命运。悲悯由此而产生。这种悲悯是文学的良心。

当我们没有办法更加清晰地看到未来时,这种回顾并不是在为旧时代唱一曲挽歌,而是反思。而反思的目的,还是为了面向未来。如果没有反思,历史本身就失去了价值,只不过文学的方法比历史学普遍采用的方法更关注具体的人罢了。

我很遗憾读到了一些文字,以为这个作家就是一个愿意待在旧世界抗拒并仇视文明的人。我不愿意揣度是因为我的族别,以为有了这样一个族别就有了一个天然的立场,在对进步发出抗议之声。我愿意相信,这样的声音只是基于简单的社会进化论的一种只用政治或社会学的眼光来阅读文学作品的一个结果。我想,这就是桑塔格所指控的那种"侵犯性"的阐释。

萨义德说过这样的话:"所有文化都能延伸出关于自己和他人的辩证关系,主语'我'是本土的,真实的,熟悉的,而宾语'它'或'你'则是外来的或许危险的,不同的,陌生的。从这个辩证关系衍生出一系列的英雄和怪兽,开国者和野蛮人,受人尊重的名著和被人轻视的对立面,这表达了一种文化,从它最根本的民族自我意识,到它纯净的爱国主义,最后到它粗鄙的侵略主义、仇外,以及排他主义的偏见。"

我在最近为自己的一本小说集韩文版所写的序中这样说:"我曾经遇到一些读了我的书后不高兴的人,因为我说出了一个与他们想象,或者说别一些人给他们描绘的不一样的西藏。因而我在什么地方冒犯了他们……他们不想知道还有另一个西藏。好在,大多数的读者不是这样。我写作的动力也正是源于大多数读者不是这样。在我的理解中,小说家是这样一种人,他要在不同的国度与不同的种族间传递信息,这些信息林林总总,但归根结底,都是关于沟通与了解,而真实,是沟通与了解最必需的基石。"

从某种意义上说,我甚至不是一个如今风行世界的文化多样性观念的秉持者。

这个世界上有着多种多样的文化是一个客观事实。这个世界上很多文化正在消失也是一个客观事实。这些文化所以消失,大多是因为停滞不前而导致其在现代社会中无法适应,也就是竞争力的消失。保护和尊重文化多样性的观念首先来自身居文化优势地位的西方知识分子,用历史学家许倬云的话说,这是因为担心多样文化的消失,"可能会剥夺了全体人类寻找未来方向的许多可能选项"。但我不大相信,按现今社会的发展态势,人类会停下来,回过头去寻找另外的社会进化途径,去重新试验那些"可能选项"。这种以生物界的进化理论为根据的文化多样性理论表面看来具有充足的理由,但实际情形可能并不是这样。因为,文化不是一个独立的问题,而是与政治、经济紧紧地纠结在一起。任何一个族群与国家,不像自然界中的花草,还可能在一些保护区中不受干扰地享有一个独立生存与演化的空间,文化早已失去这种可能性了。基于这样的认识,我不哀悼文化的消亡。但我希望对这种消亡,就如人类对生命的死亡一样,有一定的尊重。尊重旧的,不是反对新的,而是对新的寄予了更高的希望,希望其更人道,更文明。在任何一种文化中,人们哀悼逝者,讲述死者的故事,缅怀那些从身边消失的人的音容笑貌，肯定不是因为仇视新生命的到来。

我始终觉得，我们的思想中有一种毒素，那就是必须为一个新的东西，或者貌似新的东西尽情欢呼，与此同时，就是不应该对消逝的或正在消逝的事物表示些许的眷恋。我们一直生活在一种对"新"的简单崇敬中间。认为"新"一定高歌猛进，"新"一定带来无边福祉，"新"不会带来不适应症，"新"当然不会包含任何悲剧性的因素。

必须再说一次，我希望"新"的到来、"旧"的消失的过程中，能够尽量少一些悲剧，不论这些悲剧是群体性的还是纯粹只属于某些个体。

我并不认为写作会改变什么，除了自己的内心，也许可能还有另外一些人的内心。

我比较信服萨义德的观点，他说，知识分子的表达应该摆脱民族或种族观念束缚，并不针对某一部族、国家、个体，而应该针对全体人类，将人类作为表述对象。即便表述本民族或者国家、个体的灾难，也必须和人类的苦难联系起来，和每个人的苦难联系起来表述。这才是知识分子应该贯彻的原则。他说："知识分子的重大责任在于明确地把危机普遍化，从更宽广的人类范围来理解特定的种族或民族所蒙受的苦难，把那个经验连接上其他人的苦难。"

我想，当一个小说家尽其所能做了这样的表达，那么，也会希望读者有这样的视点，在阅读时把他者的命运当成自己的命运，因为相同或者相似的境遇与苦难，不同的人，不同的族群，在不同的历史时期，或者曾经遭遇与经受，或者会在未来与之遭逢。从这个意义上说，任何一个文本都是一个人类境况的寓言。

华文，还是汉语
——《遥远的温泉》（香港版）[①] 序

很高兴自己的小说能入选这套丛书，不因为别的，只因为喜欢华文小说这么一种说法。

我知道在大多数人那里，华文无非是中文或汉语的另一种表述，但凡在着意使用华文这个概念的地方，这些不同的说法间，我想还是有着微妙的区别。在我的体会中，使用中文或汉语概念更多是在大陆，而当言说的范围包含了港台地区，包含了东南亚，包含了欧美等处用中文书写的时候，通常的表述就成了华文。由此看来，华文这一概念较之于中文或汉语好像又有着更宽广的涵盖，即承认同一个语言在不同文化和意识形态背景下具有差异性的表达。华文的意义是从汉语这个概念中溢出的，指认了一种古老语言的一些新的可能性，指认了这种语言对另外一些文化和语言影响的包容与接纳。

我不是语言学家，没有对这个概念的产生做过追根溯源的工作，只是越发频繁地接触到这个概念时因为喜欢而生出这样的感

---

① 香港明报月刊出版社、新加坡青年书局2010年联合出版。

受。并且推测，华文这个概念是基于华族这样一个概念的出现而出现。更推测，所以有华族这个概念的产生，是因为越来越多的中国人以各种方式散布到世界各个角落时，在国内只以汉族或某族来区分人群的方式已经不太合适了。于是就出现一个大于汉族这个概念的华族概念，用来指称所有的中国人。那么华文就成了所有来自中国的人的共同母语。当一个国家走向强大，其语言势必就会成为有越来越多异族人加入使用、加入建设的公共语言。

好些年前，我就曾写过一篇文章《汉语：多元共建的公共空间》，其中所指称的语言现实当然与前述华文概念所指称的语言现实有些区别，但在汉语扩张，并在这种扩张中得到丰富这一层意义上，则是一致的。我在那篇文章中主要是说，当中华人民共和国统一了整个大陆中国，打破了境内少数民族地区政治与文化上的封闭与禁锢，当汉语普通话成为官方语言，借国家机器的强力在所有族群中推行时，一种统一的语言对不同文化的整合就以史无前例的规模与力度展开了，结果自然是越来越多的非汉族人来使用这种语言，同时建设这种语言。

很多时候，这种现象被描述成"汉化"。在中国之外的一些人看来，这像是一种文化阴谋。在中国的很多汉族人看来，这又是一种引以为豪的文化胜利。但在事实上，情形可能不是如此简单。

持"文化阴谋论"者视而不见的是早已在他们自己的国度中发生的语言现实，一些强势的语言变成国际化的，而很多弱势的语言的地盘却日渐缩小。

而对中国的汉人来说，以为别族人使用了我族语言即是同化与归附的想法未免过于自大与天真了。当今之世，某族语言与某族文化内涵高度一致的情形已经有很大变化。越是强势的语言越是内容芜杂，越是包含着互相补充或互相冲突的文化感受与不同的价值观。语言自然是通向某种文化的门径，同时也越来越是通向整个人类共同感受与经验的宽阔的门户。

正是因为这个缘故，作为一个不用母语写作的非汉族人，我天然地更亲近华文这个概念。以为这个概念更包容，更接近当下的语言现实。当然，也许所有这些都是我个人的揣测，但我想这至少表达了我的一种希望。那就是，当一种语言随着时代大潮发生巨大变化时，我们应该注意到这样的语言现实。注意到非汉语的人们加入汉语的写作中来，并非仅仅是同化那么简单。因为他们也给这种语言表达带来了一些新的东西，丰富了这种语言，扩展了这种语言。这种语言现象，其实早就有人注意到了，比如，王国维先生在《人间词话》中论及纳兰容若的词作时，就注意到了异族人使用汉语，会给这种语言带来新的感受与新的表达。追溯更久远一些，早在佛经翻译的时代，汉语就曾被改造，被丰富，带来的结果是这种语言表达能力的扩展。新文化运动时期的白话文运动，如果只理解为从文言向更接近口语的转变，而不考虑大量翻译引进的外国各种思想、各种学科的内容与演绎方式对汉语能力的扩张，我们将很难解释今天的白话文会是这种模样。

今天，随着国家文化在国境内部的强力整合，也随着越来越多的中国人散布到全球，汉语本身正发生着许多前所未有的变化。变化之一，就是汉语越来越多地被叫作华文。以上就是我非常乐意为这套丛书编辑一本自己的小说集的最大的动因。如果说做一个作家应该有一点野心，那么我的野心就是，不只是在时势驱使下使用了一种非母语的语言,同时还希望对这种语言的丰富与表达空间的扩展有一点自己的小小贡献。

当然,也许使用华文这个概念时人们并没有那么多的想法,那么,我的臆想或推测也表达了对文化包容性的一种美好期望。

《看见》[①] 序

把这两三年来值得一收的文章集中起来,集一本书,是编辑马小兵的主意。书名也是他起的。我把这些文章打了包电邮给他,以为就算完事了,但他坚持要我写一篇叫作"序"的文字。第一次,我没有回他的短信,后来一起吃饭,他又当面说过一次。我大约是含糊地点过头的。但还是一直拖下来,直到今天,又来了短信。

只好放下手里别的工作——很烦恼人的电影剧本,来作这篇序言。

想了半天,也只好把这篇序叫作"看见"。

同时一直想:什么是"看见"?又如何"看见"?

这个问题所以成为一个问题,是因为这个时代。

这个一切事物都有多种媒体争先呈现的时代,对个体来讲永远信息过量的时代。个体的人在这样一种境况下,所有的"看见",都可能是被动的,匆忙的,看见过后又迅速遗忘的。走动到四面八方,看到那么多人用卡片机、用手机不断拍照时,我总是想,人们

[①] 湖南文艺出版社2011年出版。

试图用留下图像的方式抵抗遗忘。某一天，他们打开电子文档，会说：瞧，我去过这个地方；瞧，我和这个人干过些什么。这也相当于说，瞧啊，我也看见过这个世界！

我也喜欢玩照相机，喜欢通过不同功能的镜头去"看见"。但不是为了保存记忆，而是试图看见与肉眼所见不太相同的事物如何呈现。

我希望自己的"看见"是经过自己主动选择的。而所有经历过，打量过，思虑过的生活与事物，要很老派地在自己的记忆库中储藏，在自己的情感中发酵。一切经历，打量和思虑的所有意味，要像一头反刍动物一样，在夜深人静的时候，从记忆库中打捞出来细细咀嚼。

电视里正在播一部纪录片《太阳系的奇迹》。我想，人所具有的主动看见并思量的能力，正是太阳系最大的奇迹。所以，有理由坚持不把"看见"变成消费时代的一种被动行为。

风景不是由旅行指南所指定。

书的意义不是由出版商所推销。

美，不是由时尚发布会所推荐。

大千世界，要自己发现。

更进一步说，消费时代的被"看见"还有一个巨大的缺失，那就是缺乏内省。内容提供商提供的"看见"实在是太多太多了。他们提供材料的同时，也指出意义之所在。于是，个人和个人的思虑被无情淹没。所以，我的"看见"，更多的时候是要看见自己。所谓"反求诸己"，不止具有道德意义，更是观察这个世界与个体关系的一种有效方法。

看得见自己的人，才有可能看见世界。

这个集子里的文章，正是近年来，我自己努力看见世界和看见自己的一个记录。

我愿意乐此不疲地继续这种关于"看见"的记录。

《草木的理想国：成都物候记》[①] 序

前年这个时候吧，突然，经常作怪的胆从B超机屏幕上消失不见了。虽然肯定它没有从肚子里破壁而去，但随便哪个医生来也找它不见。诊断是那个分泌胆汁的小皮囊像沙漠里的湖一样，神秘地干涸了。

医生的建议，打开肚皮，拿掉它，不然，这东西不只是望之不见，还可能引起复杂的病变。术前准备的时候，我在床头上放了好多本书，认真读，并在电脑上敲打读书笔记。一方面当然是自己该读书时没有读书的机会，身体中的器官都开始衰退时，才在这儿恶补。更重要的还是让自己分分心，不要去想象自己被剖开肚皮时的难过时刻。想到自己生下来那么浑然天成的身体最柔软的部分将要被锋利的刀刃轻快划开，心头不时掠过隐约而锐利的恐惧。这念头实在挥之不去，看书也不能将其忘记时，只好出去走路，身体疲惫后，入睡似乎要容易一些。术前的夜晚，更要出去走路。那夜，走在锦江边上，突然从朦胧的路灯光芒中嗅到一股浮动的暗香。于

[①] 江苏人民出版社 2012 年出版。

是,不由自主地停下来,深深呼吸,让那香气充满心胸的同时,还将自己薄薄地环绕。此时,幽暗的锦江水上浮动着两岸迷离的灯光。于是,心安。于是,拨开树丛见到了那树早开的蜡梅。

那一夜,回到医院也睡得空前安详。

我是一个爱植物的人。爱植物,自然就会更爱它们开放的花朵——这种自然演化的一个美丽奇迹。因为,植物最初出现在地球上时,是没有花的。直到一亿多年前,那些进化造就的新植物才突然放出了花朵。虽然,对于植物本身来讲,花意味的就是性,就是因繁殖的需要产生的传播策略。但人从有最初的文明以来,就在赞叹花朵匪夷所思的结构,描摹花朵如有神助的设色,提炼或模仿令人心醉的花香。

读书的习惯没有让我心安,而爱植物、爱花的习惯却助我渡过了一个心理上的小难关。

有了这个经历,术后出院,第一件事情,就是想在春寒料峭中去看梅花。

这件事让我又明白一个道理:一个人是可以对一件事情上瘾的,尤其是当这件事情无论里里外外,都显得美好。

是的,我就对观察和记录植物上瘾已经好些年了。有朋友善意提醒过我,不要玩物丧志,但我倒自得其乐,要往植物王国里继续深入。文字记录不过瘾了,又添置了相机,学习摄影,为植物们的美丽身姿立此存照。这么做有个缘故,我曾对记者说过,我不能忍受自己对置身的环境一无所知。这句话写到了报纸上,有人认为是狂妄的话,我却认为这是谦逊的话。

这个世界就是如此,人走在不同的道上,对世事的理解已可以如此南辕北辙，如此相互抵牾。我的意思并不是自己能通晓这个世界。我的意思是生活在这个世界上，我就要尽力去了解这个世界。既然身处的这个自然界如此开阔敞亮，不试图以谦逊的姿态进入它，学习它，反倒是人的一种无知的狂妄。这个世界对一个个体的人来说，真的是太过阔大。我开始观察植物的时候，也仅局限于青藏高原，特别是横断山区这一生物特别丰富多样的区域。这不仅因为自己在这一区域出生，成长，更因为这是我写作的宝库，这许多年来，我不断穿行其间。就在这不断穿行的过程中，有一天，我突然觉悟，觉得自己观察与记录的对象不应该只是人，还应该有人的环境——不只是人与人互为环境，还有动物们植物们构成的那个自然环境，它们也与人互为环境。于是，我拓展了我的观察与记录的范围。

这样直到2010年，旧病发作，进医院，手术，术后康复。一时间不能上高原了。每天就在成都市区那些多植物的去处游走。这时蜡梅也到了盛放的时节。我看那么馨香明亮的黄色花开放，禁不住带了很久不用的相机，去植物园，去浣花溪，去塔子山，去望江楼，将它们一一拍下。过了拍摄的瘾还不够，回去又检索资料，过学习植物知识的瘾，还不够，再来过写植物花事的瘾。这一来，身心都很愉悦了。这个瘾过得，比有了好菜想喝二两好酒自然高级很多，也舒服很多。

自从拍过蜡梅，接着便大地回春，阴沉了一冬的成都渐渐天清云淡。玉兰、海棠、梅、桃、杏、李次第开放，也就是古人所说春天的二十四番花信的接踵而至。于是，我便起了心意，要把自己已经居住了十多年的这座城中的主要观赏植物，都拍过一遍，写上一遍。其间，从竺可桢先生的文章中得来一个词：物候。便把这组原来拟命名为《成都草木记》的文章更名为《成都物候记》——写来，加上自己拍的照片，陆续发在我的新浪博客上。没想到就有网友送上称赞，甚至订正我的一些谬误，更有报刊编辑来联系刊发。本来是在写作之余娱乐自己的一件事情，居然有人愿意分享，这对我也是一种鼓舞。本来计划一年中，就把成都繁盛的花事从春至秋写成一个系列。也许是做这件愉快的事情，身体康复也比预计快了很多，我这个不能在一个地方待着不动的人，便频繁离开成都，深入青藏高原，去国内国外开阔眼界，出去一次回来，往往已错过了某种植物的花期。以至于一年可以完成的事情，竟用去了两年时间。即便如此，还是有几种该写的还没有写，就有凤凰联动邀约结集出版，若有补写，也要待到有机会重版时加入了。

曾经读到过美国自然文学开创者之一，环保主义先驱缪尔的一段话：如果一个人不能爱置身其间的这块土地，那么，这个人关于爱国家之类的言辞也可能是空洞的——因而也是虚假的。此时我在上海出差，农历新年初七，杜甫当年在成都写"草堂人日我归来"那个"人日"，不在自家书房，无法查到原话，但大意如此，不会错的。

我在成都生活十多年了，常常听人说热爱成都的话。但理由似乎都比较一致地集中于生活享受的层面。我也爱这座城市，但我会想，还有没有别的稍离开一下物质层面的理由。即便是就人的身体而言，似乎眼睛也该是一个不能忽略的重要感官。而且，眼睛这个器官有个好处，看见美好的时候，让我们反省生活中何以还会有那么多的粗陋，可以引导我们稍稍向着高一点的层面。帕慕克说过：我们一生当中至少要有一次反思,引领我们检视自己置身其中的环境。

我觉得,自己写这组这座城市的花木记,多少也有点这样的意义在。

因为,这不是纯粹科普意义上的观察与书写——虽然包含了一些植物学最基本的知识,但稍一深入,就进入了这座城市的人文历史。杜甫、薛涛、杨升庵……几乎所有与这个城市历史相关的文化名人,都留下了对这个城市花木的赞颂,所以,这些花木,其实与这座城市的历史紧密相关。驯化,培育这些美丽的植物,是人改造美化环境的历史。用文字记录这些草木,发掘每种花卉的美感,同时也是人在丰富自己的审美,并深化这些美感的一个历程。在教育如此普及的今天,我们反倒缺乏美的教育。文学的一个重要功能,就在于这种美的教育。我想写下这些文字,如果不能影响别人,至少也是写作者自己的一种自我教育。

我也出过十来本书了,却从来没有给自己的书写序的经历。这次,出版方建议,我不想负了他们想把这本书做得完美一些的好意,轻易便破了不给自己写序的规矩。但有什么好写呢?前面发过的那一点议论,其实也在本书中那些文章中发过一些了。再多说,有小瞧读者的意思,便把这本对我来说属于"意外"的书的缘起写在这里,算是对这个"意外"的一个交代。

为《尘埃落定》出版十五周年而作
——《尘埃落定》（十五周年纪念版）[①] 后记

要不是脚印打电话，说《尘埃落定》出版十五年了，要出一个纪念性质的版本，我都没有警觉这本小说出版已经有这么多个年头了。距我写完这部作品，更是几近二十年。起意写这本书的时候，是我中年的开始，现在已渐近中年的尾声了。

回想起《尘埃落定》刚出版时，有媒体采访，问我自己对这本书有什么期待。当时我不假思索，说十年后，我相信这本书还能摆在书店里销售。说过后心里却有些惘然，倒不是不看重自己的书，而是那时出版业庸俗的市场化已经初露端倪，读者对于阅读的期许正被导往浅与陋，而不是深与雅。后来变本加厉的情形也时刻印证着我这个悲观主义者的担心。但终究，这么大的一个国家，读书种子并没有在这场娱乐至死的狂欢中消失殆尽。正是这些默然无声的读者群的存在，使我白纸黑字记录在案的话没有成为狂妄的谵语。现在，无情的时间消逝了十年，又消逝了五年，这本书还在不断重印，还在书店里出售，被那些我不认识的读者购买、阅读、收藏。

[①] 人民文学出版社 2013 年出版。

在这样一个唯物的，一本书的出版之时，就是被遗忘与湮灭之日的时代，对于一个把文学看成一桩庄重事业的人来说，这不能不说是一个巨大的幸运。

其实，在《尘埃落定》热销的时候，我已经意识到这并不意味自己注定要成为一个受市场欢迎的作家。文学于我，自有比此更为深广的意义。

《尘埃落定》出版三年后，获得了茅盾文学奖。我到浙江乌镇去参加颁奖礼时，准备了一份题为《随风远走》的演讲词。可惜天公不作美，在乌镇露天的老戏台上，颁奖礼正进行时，下起了小雨。我觉得没有必要让一干人淋着雨听一个人演说，便只说了几句感谢这个那个的应景话收场。在那份没有宣读的讲稿中，我想告诉大家这样的话：我认为一个作家一生会写许多本书，就像过去时代的父母，会生养好几个孩子。像我这样的写作者所能保证的，只是在这一本书的写作过程中，将尽我所有的力量，无论是对作品外在的形式优雅美感的渴望，还是内在的对于人生与社会的探寻，都会本着向善的渴望，往着求美与求真的方向做自己最大的努力。但是，当这本书写作完成，进入出版与流通的过程时，写作者自己对于它们的命运就无能为力了。这犹如养育孩子的父母，看着一个个子女终于离开家门，去往人世间经历自己的一切，他们唯一能做的，就是看着他们随风远走的背影，给他们最真挚的祝福。一个写作者和他写的书也差不多是这样的关系。我相信，书和人一样，都各有其几乎命定的运道。那时，我已经有一种预感，不是以后所写的每一本书，都会有跟《尘埃落定》一样美好的际遇。

之后，我又写过几本书，包括两部长篇小说：《空山》和《格萨尔王》。它们都是我费尽心血写成的认真之作，但都再无《尘埃落定》那样的荣宠了。一个重要原因：我没有按照写作畅销书的路数，在《尘埃落定》所开辟出的熟悉的地盘上重复制造。不是不明白商业操作，而是文学本身有超越商业利益的更高远的召唤。毕竟时代风气已大不相同了。中国这个偌大的国家，已经很少有真正涉入现实的作品。记得有前辈作家说过，文学有着游戏的层面，但那只是一个层面，是在达成了历史与道德（人性）这些更重要层面上的探求后展开的一种智力与幽默的华彩。我想，不管市场提出怎样的要求，比如假批判现实之名行黑幕的窥视；比如借想象之名而逃避沉重的现实去致远致幻，我的写作之路已经选定，我还将在自己的道路上摸索前行。

无论如何，我还是一个幸运者，有一本书十几年来一直在长销，并被译为人类多种最重要的语言，在这个世界上传布，这已经是我与读者间足够美丽的遭遇了。在并不总如意的人生中，这已是命运对我最大的眷顾了。

那么，就感谢众多给这本书厚爱的读者朋友吧，并祝福我将来的书，祝福大家。

2013年1月

我不是在写历史,而是在写现实
——《瞻对》①序

创作《瞻对》这部作品,于我完全是个意外。

几年前,为写《格萨尔王》,我去了西藏很多地方搜集资料。在一两年的行走过程中听到很多故事,其中就有一个关于瞻对的故事。《瞻对》是一部历史纪实文学作品,我本来是想写成小说,开始想写个短篇,随着史料增多,官府的正史、民间传说、寺庙记载,最后搜集的资料已经足够写个长篇了。但是到后来,我发现真实的材料太丰富,现实的离奇和戏剧性更胜于小说,用不着我再虚构,历史材料远比小说更有力量。于是我开始更多地接触这些材料,慢慢就有了《瞻对》。

我去实地考察了以后发现,关于瞻对的故事并不只是一个民间传说,它是当地实实在在发生过的一系列历史事件,并且与很多历史人物都有关系。比如道光皇帝,还有清朝另一个人物——琦善。学中国史的人都知道,鸦片战争时期有个投降派叫琦善,他曾是清廷的钦差大臣。琦善先是主战的,因为派人前往广州与英军议和并

---

① 四川文艺出版社 2015 年出版。

签订不平等条约被皇帝罢免。后来道光皇帝重新起用琦善，把他发配到西藏当驻藏大臣，不久又被调任四川总督。就在他从西藏回四川的路上，在今天的甘孜州境内，遇到了被称为"夹坝"的一群藏人。这些藏人截断了川藏大道，琦善主张镇压，这才发生了清廷和西藏地方政府联合起来镇压布鲁曼割据势力的这一系列故事。

原本我是从事虚构文学创作的，但是在追踪这个故事的过程中我发现，这些历史上真实发生过的种种事情已经非常精彩了，根本不用你再去想象和虚构什么。就像今天我们在讨论现实问题的时候，就常常会感到，今天这个现实世界不用小说家写就已经光怪陆离了，好多事情是那么不可思议，那样匪夷所思。

人们研究历史，其实是希望通过历史来观照我们当下社会的现状。观察这些年来我国出现的少数民族问题，我发现，无论是过去了一百年还是两百年，问题发生背后的那个原因或者动机居然是那么惊人的一致，甚至今天处理这些事情的方式方法，还有中间的种种曲折，也都一模一样。瞻对虽然只是一个小县，但发生在它那里的历史也是如此。在这种情况下，历史或许就对今天有很大的借鉴意义。"一切历史都是当代史"，这句话并没有失效。

所以我觉得，我写这本书不是在写历史，而是在写现实。我写作的目的，是想探求如今的西藏问题是从哪里来的，是怎么演变成现在这样的，是为了告诉大家一个真实的西藏。我生活在藏地，写的历史往事，但动机是针对当下的现实。这里面也包含我一个强烈的愿望，就是作为一个中国人，不管是哪个民族，都希望这个国家安定，希望这个国家的老百姓生活幸福。

我这次写作靠两方面的材料，一个是清史和清朝的档案，另一个就是民间知识分子的记录。民间材料的意义在于，很多时候它跟官方立场是不一样的。更有意思的是，除了这两个方面之外，这些历史事件也同时在老百姓中间流传，因此又有一种记述方式叫口头传说，也就是讲故事。这里面就有好多故事，保留了过去很多生动的信息。作为非虚构创作，我知道把这些传说故事写进历史是没有什么特别意义的。但是这些虚构的、似是而非的传说当中其实也包含了当时老百姓对于政治以及重大事件的一些看法和情感倾向。另外，民间文学还有一个特点，就是对同样一件事情有很多不同的说法，这些我都表现在书里了。

从另一个层面上讲，民间文学还有一种美学上的风格。它没有历史现实那么可靠，但它在形式上更生动、更美。在写《瞻对》的过程中，我把每一个故事涉及的村庄以及发生过战争的地方都走了一遍，这是值得并且可以做到的，走一遍就可以获得一个很好的空间感。

过去传统的藏族文化中，当有人要写一本书的时候，他们会在书的前面写一首诗，表达他将要写的书中有什么愿景，在佛教里叫作发愿。今天写作的文体在不断变化，但是我酝酿这本书的时候，有强烈的发愿在心里。这个发愿就是，当我们看到这个社会还有种种问题的时候，我希望这些问题得到消灭。当我们在强调文化多样性的时候，同时又很痛心地发现不同民族文化之间，在某些程度上也会变成政治冲突。我希望民族多样性保持的同时，文化矛盾也得到解决。

到今天为止，虽然外部条件有了巨大变化，但对于农民、对于乡村、对于少数民族地区，我们一些政府官员的想法，从某种程度上看，虽然经过了一些新词的包装，却和一个清廷官员、知县没有什么区别，甚至还不如他们。这本书也可以说影射了社会结构，其实你可以把瞻对看成一个中国的乡村，它就是稍微落后一点的乡村地区的处境。

瞻对虽然是一个很小的地方，但它牵涉了几乎从清代以来的汉藏关系。西藏问题原来只是一个中国内部问题，近代以来逐渐变成一个国际性问题。考察这个过程，你会发现它远不像今天公众所理解的汉藏关系这么简单。不是所有的问题都是汉藏关系，不同的民族、文化之间有冲突是必然的。但我们今天只有一种简单化的思维：只要是在藏族出了问题，都理解为汉藏关系。我写这本书，也是希望对这个认识误区进行更正，希望读者能正确认识汉藏关系。

文学更重要之点在人生况味
——"山珍三部"[①]序

有十年没写过中篇了。十年前在日本访问时,泡那里的温泉,突然想起青藏高原上的温泉,写了一篇《遥远的温泉》。后来就再也没有写过了。

今年突然起意,要写几篇从青藏高原上出产的,被今天的消费社会强烈需求的物产入手的小说。第一篇,《三只虫草》。第二篇,《蘑菇圈》。第三篇,《河上柏影》。

今天,中国人对于边疆地带,对于异质文化地带的态度跟过去已经有了很大的改变。过去的中国人向往边疆是建功立业,"单车欲问边,属国过居延"。而在今天消费主义盛行的时代,如果这样的地方不是具有旅游价值,基本上已被大部分人所遗忘。除此之外,如果这些地带还被人记挂,一定有些特别的物产。比如虫草,比如松茸。所以,我决定以这样特别的物产作为入口,来观察这些需求对于当地社会,对当地人群的影响。

写作中,我警惕自己不要写成奇异的乡土志,不要因为所涉

[①] 人民文学出版社2016年出版。

之物是珍贵的食材写成舌尖上的什么，从而把自己变成一个味觉发达，且找得到一组别致词语来形容这些味觉的风雅吃货。我相信，文学更重要之点在人生况味，在人性的晦暗或明亮，在多变的尘世带给我们的强烈命运之感，在生命的坚韧与情感的深厚。

  我愿意写出生命所经历的磨难、罪过、悲苦，但我更愿意写出经历过这一切后，人性的温暖。即便看起来，这个世界还在向着贪婪与罪过滑行，但我还是愿意对人性保持温暖的向往。就像我的主人公所护持的生生不息的蘑菇圈。

2015 年 5 月

《阿来的诗》[1]序

一

去年,四川文艺出版社钩沉式地出版了我的一些中短篇小说,这些作品几乎都写于20世纪八九十年代,一共三本,在市场上还得到了一些读者的欢迎。也许是因此受到鼓舞,吴鸿社长又提议把我更早年写作的诗也搜出来结集出版。

他们的编辑通过各种途径查到一些,我自己又从早年存留的旧期刊中找了十来首的补遗。补遗的这一部分,都是初学写作时的不成熟之作,但我还是愿意呈现出来,至少是一份青春的纪念。我写过十年的诗,作为我文学尝试的开始。我想把这些诗收拢来,正可以看到一个人如何从幼稚走向成熟,如何从一个文学的门外汉渐渐摸索到文学的门径,而这个过程又需要怎样的耐心。对于今天这个乐于并急于看到成功的社会来说,十年确实显得过于漫长。

---

[1] 四川文艺出版社2016年出版。

二

此前，这本诗集的主要部分出版过两次。

第一次，1989年，是四川民族出版社出版的一套四川少数民族丛书中的一本，叫《梭磨河》。这条河是大渡河的一条支流，是我故乡河流的名字。

第二次，2001年，人民文学出版社出版四卷本《阿来文集》，其中一卷《阿来诗文集》，也有这本书的主要部分。出版社觉得跟小说比，太薄太轻，还加了几篇散文增加厚度，但依然显得菲薄。这一回，增加了一些篇目，都不是好的。但这一回，算是基本完全了。

三

正如我的读者都知道的，我早在二十多年前就停止诗歌写作，而转向了小说，以及其他不分行文字。但在我心中，诗情并未泯灭。我只是把诗情转移了。我从来不敢忘记亚里士多德在《诗学》中说过这样的话："诗比历史更接近于哲学，更严肃。因为诗所说的比历史更带有普遍性，而历史所说则是个别的事。"

我要把我的写作带向更广义的诗。

这些努力，我感觉我的读者都有所理解。

编这本诗集的时候，出版社让我再作一篇自序，回忆一下自己的诗歌时光。不过，又是二十多年过去，时间过得太久，情绪到底不是当年写诗时的状态了。读到自己为2001年那本诗集写的后记，倒是更真切地道出了当年写作诗歌时的处境与状态，索性引在这里，算是一篇完备的序言吧。

以下就是那篇后记了。

四

很偶然的一个场合，跟一个朋友谈起了贝多芬。当时，他正跟当年指挥过的一个大学合唱团的女领唱回想多声部此起彼伏且丝丝入扣的当年。今天，女领唱在大学里做着我认为最没意思的工作：教授中文。指挥却已做了老板，出了一套很精致的合唱唱片。我很喜欢，于是，他每出一张，便请吃一次饭，并送一张唱片。我当年的音乐生活很孤独，没有合唱团，更没有漂亮的女团员。我的音乐是一座双喇叭的红灯牌收音机接着一台电唱机。

那时我在遥远的马尔康县中学教书，一天按部就班的课程曲终人散后，傍在山边的校园便空空荡荡了。

有周围寨子人家的牛踱进校园里来，伸出舌头，把贴在墙上的标语公告之类的纸张撕扯下来，为的是舔舐纸背上稀薄的糨糊。山岚淡淡地起在窗外的桦树林间，这时，便是我的音乐时间。打开唱机，放上一张塑料薄膜唱片，超越时空的声音便在四壁间回响起来。桦树林间残雪斑驳，四野萧然。于是，贝多芬的交响曲声便轰响起来，在四壁间左冲右突。那是我的青春时期，出身贫寒，经济窘迫，身患痼疾，除了上课铃响时，你即便是一道影子也必须出现在讲台上外，在这个世界大多数人的眼里，并没有你的存在。就在那样的时候，我沉溺于阅读，沉溺于音乐。愤怒有力的贝多芬，忧郁敏感的舒伯特。现在，当我回想起这一切，更愿意回想的就是那些黄昏里的音乐生活。音乐声中，学校山下马尔康镇上的灯火一盏盏亮起来，我也打开台灯，开始阅读，遭逢一个个伟大而自由的灵魂。应该是一个晚春的星期天，山上的桦树林已经一派翠绿，高山杜鹃盛开，我得到一张新的红色唱片。一面是柴可夫斯基的《意大利随想》，一面是贝多芬的协奏曲《春天》。先来的是贝多芬，多么奇妙，一段小提琴像是春风拂面，像是溪水明亮地潺湲。然后，钢琴出现，像是水上精灵似跳动的一粒粒光斑。然后，便一路各自吟唱着，应和着，展开了异国与我窗外同样质地的春天。我发现了另一个贝多芬，一个柔声吟咏，而不是震雷一样轰隆着的贝多芬！这个新发现的贝多芬，在那一刻，让我突然泪流满面！那个深情描画的人其实也是很寂寞很孤独的吧，那个热切倾吐着的人其实有很真很深的东西无人可以言说的吧，包括他发现的那种美也是沉寂千载，除他之外便无人发现的吧。

　　从那些年，直到今天，我都这样地热爱着音乐。后来，经历了音响装置的几次革命，我便永远地失去了贝多芬的《春天》。这一分别，竟然是十五六年！每当看到春日美景，脑海里便有一张唱片在旋转，《春天》的旋律便又恣意地流淌了。这些年，我都把这份记忆掩在最深的地方。直到这天晚上，在成都一间茶楼，坐在几株常绿的巴西木与竹葵之间，听两个朋友谈当年的合唱，我第一次对别人谈起了我这段音乐往事，这份深远的怀想。程永宁兄，也就是当年的合唱团指挥当即便哼出了那段熟悉的旋律，然后，掏出手机打了个电话。因为他的部下照看着一家颇有档次的音响器材店，而且店里也卖正版的古典音乐唱片。他很快收了线，告诉我，这张CD很快就会到我的手中。

今天之所以要在这里回忆以往的音乐生活，不是要自诩有修养，或者有品位，而是回想过去是什么东西把我导向了文学。觉得除了生活的触发，最最重要的就是孤独时的音乐。因为在我提笔写作之前，已经有了二十多年的生活，而且是因为艰难困窘，缺少尊严而显得无比漫长的二十多年。在那样的生活中，人不是麻木就是敏感。我没有麻木，但也没有过想要表达那种种敏感。于是我在爱上文学之前，便爱上了音乐。或者说，在我刚刚开始有能力接触文学的时候，便爱上了音乐。我在音乐声中，开始欣赏。然后，有一天，好像是从乌云裂开的一道缝隙中，看到了天启式的光芒。从中看到了表达的可能，并立即行动，开始了分行的表达。

是的，我的表达是从诗歌开始；我的阅读，我从文字中得到的感动也是从诗歌开始。

那次茶楼里与两个当年的合唱团员的交谈很快就成了一个多月前的往事了。当然，这不是那种随即就会被忘记的往事。一天下午，程永宁突然打来一个电话，说那张唱片找到了，店里已经没有这张唱片，是一个朋友的珍藏，但那位我未谋面的朋友愿意割爱把这张唱片转送于我。而且，此刻已把唱片送到了我单位的楼下。这段日子，我正用下班时间编辑着读者手里的这本小书。平时，因为同时担任着两份杂志的主编，不能每天准时离开办公室。但是，这一天，2001年3月15日，星期四，我却盼着下班，而且准点下班。急急回到家里，便打开了音响。瞬间等待后，那熟悉的旋律一下便涌向了心坎。于是，我身陷在沙发里，人又回到了十多年前。想起了早年听着这样的音乐时遭逢的那些作家与作品。

现在,很多人都知道,阿来的写作是从诗开始的。

那时,有这样的音乐做着背景,我在阅读中的感动,感动之余也想自由抒发的冲动,都是从诗歌开始的。我很有幸,当大多数人都在听邓丽君们的时候,我遭逢了贝多芬们,我也很庆幸,在当时很畅销的中国诗歌杂志在为朦胧诗之类争论得面红耳赤的时候,我从辛弃疾、从聂鲁达、从惠特曼开始,由这些诗人打开了诗歌王国金色的大门。

是的,聂鲁达!那时,看过很多照片,都是一些各国著名诗人与之并肩而立的照片。他访问过包括中国在内的很多国家,我不知道那些国家的诗人与他有没有过灵魂的交流,与他并肩而立的合影却是一定会留下的。但是,非常对不起,那些影子似的存在正在被遗忘,但我仍然记得,他怎样带着我,用诗歌的方式,漫游了由雄伟的安第斯山统辖的南美大地。被独裁的大地,反抗也因此无处不在的大地。被西班牙殖民者毁灭了的印第安文化英魂不散,在革命者身上附体,在最伟大的诗人身上附体。那时,还有一首凄凉的歌叫《山鹰》,我常常听着这首歌,读诗人的《马克楚比克楚高峰》,领略伟大而敏感的灵魂如何与大地和历史交融为一个整体。这种交融,在诗歌艺术里,就是上帝显灵一样的伟大奇迹。

是的,惠特曼,无所不能的惠特曼,无比宽广的惠特曼。今天,我听了三遍久违的《春天》后,又从书橱里取出久违了的惠特曼。我要再次走进那些自由无羁的雄壮诗行。是的,那时就是这样,就像他一首短诗《船启航了》所写的一样:

看啊，这无边的大海，
　　它的胸脯上有一只船启航了，张着所有的帆，甚至挂上了它的月帆，
　　当它疾驶时，航旗在高空中飘扬，她是那么庄严地向前行进，
　　下面波涛汹涌，恐后争先，
　　它们以闪闪发光的弧形运动和浪花围绕着船。

　　感谢这两位伟大的诗人，感谢音乐，不然的话，有我这样生活经历的人，是容易在即将开始的文学尝试中自怜自艾，哭天抹泪，怨天尤人的。中国文学中有太多这样的东西。但是，有了这两位诗人的引领，我走向了宽广的大地，走向了绵延的群山，走向了无边的草原。那时我就下定了决心，不管是在文学之中，还是文学之外，我都将尽力使自己的生命与一个更雄伟的存在对接起来。也是因为这两位诗人，我的文学尝试从诗歌开始。而且，直到今天，这个不狭窄的，较为阔大的开始至今使我引为骄傲。

　　回想我开始分行抒发的时候，正是中国诗坛上山头林立、主张与理论比情感更加泛滥的时期。但是，我想，如果要让文学从此便与我一生相伴的话，我不能走这种速成的道路。

　　于是，我避开了这种意气风发的喧嚣与冲撞，走向了群山，走向了草原。开始了在阿坝故乡广阔大地上的漫游，用双脚，也用内心。所以，这些诗歌最初出现在各种各样的纸张上，各种各样的简陋的招待所窗下肮脏的桌子上。今天，我因为小说获奖住在北京一家干净整洁的宾馆里，多年的好友，今天的责编脚印送来诗稿让

我做最后一次校对。我在柔和的灯光下一行行检点的不是诗句，而是漫长曲折的来路。墙外是这个大城市宽广丰富而又迷离的夜晚，我却又一次回到了青年时代，回到了双脚走过的家乡的梭磨河谷、大渡河谷，回到了粗犷幽深的岷山深处，回到了宽广辽远的若尔盖草原。我经历的那个生气勃发的诗歌时代，也是一个特别追名逐利的时代。所以，我有些很好的诗歌篇什，便永远地沉埋在一些编辑部里了。比如，我至今想得起来的一首诗叫《遇见豹子》。今天却再也找不见她们了。当然，这仅仅是一个特别的例子，名单再开下去，便是一份控诉书了。其实，我的这本小小的诗集直到今天才得以出版，这件事本身，便是对中国文坛某些不正常状态的沉默的批判。如果不是那些永远沉没在某些编辑手里的没留底稿的诗篇，今天这本诗集便不会如此单薄。

　　这些诗不仅是我文学生涯的开始，也显露出我的文学生涯开始的时候，是一种怎样的姿态。所以，亲爱的尊敬的读者，不论你对诗歌的趣味如何，这些诗永远都是我深感骄傲的开始，而且，我向自己保证，这个开始将永远继续，直到我生命的尾声。就像现在，音响里传出最后一个音符，然后便是意味深长的寂静。而且，我始终相信，这种寂静之后，是更加美丽与丰富的生命体验与表达的开始。

就像袒露一个巨大的情感与精神秘密
——微信公众号"阿来的坝子"① 发刊词

"坝子"是四川话,指平地。

有时是大块的平地,意思就是平原。以成都为中心的川西平原在川话中就叫川西坝子。

更多的时候,坝子是小块的,没有被沟渠、田地、竹树和路桥占据的房前屋后的小空地。也叫院坝。有时出城去乡下游玩,春深之时,常见农户在坝子上晾晒新收获的麦子或油菜籽。秋天,塘边芙蓉开时,坝子上晾晒的就是黄澄澄的谷子了。农时应季而动,农人收获不易,所以那坝子时常就空着。空着的坝子上常见村人闲话,童稚嬉戏。女孩跳个皮筋,踢个毽子,过个家家。男孩子精力无限,相互追逐,无故呼喊。清末时,四川著名学人赵熙的诗:"青羊城外野人家,稚子茅檐学烹茶",正是坝子中田园人家的情景。

今天,过家家"学烹茶"的情景渐不多见,倒常见相邻几家的孩子放学后凑在一起,坐在矮板凳上做课外作业。再后来,城外农

---

① 开设于 2018 年 1 月。

家把这坝子稍加布置，变成提供乡下饭食茶水的农家乐，等待城里人前来消费了。

我工作生活在成都，间或也和朋友去这坝子上呼吸与感染乡土气息。

但这还不是我的坝子。

世界美好的那一面

我的坝子在四川西部的群山中间。

离开成都平原西去，是青藏高原东缘，群山逶迤而起，那里是我家乡。既是我身体的故乡，也是我构筑文学世界的原乡。那里也有坝子。一些山间的小盆地。大者数平方公里或数十平方公里；小者，计量单位要以平方米来换算。

大的坝子常在河谷地带，四围群山苍翠，山坡上长满树木：杉树、柏树、松树、桦树、栎树、枫树。靠那些树，山间坝子才溪流不断。靠那些树，山里人构建村落；靠那些水，山里人浇灌田地与果园。我自己就在这样的坝子里的村中出生，吃坝子上的青稞与麦子与土豆长大。还常去森林中采摘，把坡上林中的野菜、蘑菇、薪柴和药材带回坝子上的家里。野菜和蘑菇补食物之不足。薪柴为了熬茶煮饭，也为了获取温暖。药材除少量自用，都卖到市场上换取学费。贫家少年，十二三岁就学会了自己养活自己。

从古至今，中国百姓的生活从来艰难。如果只因艰难，只怕再过物质匮乏的日子，就做一个逐利之徒，那也真是对不起故乡。故乡那些坝子，不但养人肉身，还给人美的滋养。溪流的清澈，麦浪的翻拂,森林中生起的鸟鸣与云雾,动作敏捷而皮毛光滑的野生的动物,还有超拔于这一切之上的晶莹雪山,星空与明月,都让人在艰难生活之外看到了世界美好的那一面。我所以走上文学道路,不是来自学校里要做什么家什么家的励志教育,而是因为从山间坝子的大自然中得来的美丽熏染。

山间还有小的坝子。那些坝子不在河谷中间,而在半山之上。可能是山腰上的一块小台地,可能两条溪流交汇处,还可能是在高山湖泊岸边。与山下河谷相比,面积自然是小了很多。小到只有两三百平方米,大的也可到几千平方米。那里通常寂无人烟。四周森林环绕。杜鹃树、花楸树、沙棘树,还有瑞香、芍药与丁香。冬天,被白雪覆盖,溪流在冰下流淌。春天,草地上百花开放,报春粉红,毛茛金黄。更不要说夏天众花的大合唱,大交响。我的故乡有一个时间最长的节日,叫"若木纽",意思就是看花节。那时,全村人离开村庄,在这些山上的小坝子扎下帐篷,在野外过几天十几天闲散欢快的日子:杀羊,饮酒,歌舞,赏花,还有年轻人的男欢女爱。我猜想,这也是对古代游牧与游猎生活的缅怀。

直到今天,只要有空,我都会去到这群山中间,到那些坝子上去。在大的坝子上,体味今天故乡人们的生活。社会进步带来生活的变化,人的变化,人性的变化。无论这些变化,带来人与人生向好或向坏,或者不好不坏,我都必须亲历,必须要看见。

更要上山到那些小坝子上去。我会一个人停留在那里,白天观察并记录那些赐我最初美感的美丽植物。各种野生的百合,品种更加丰富的龙胆,蔚为奇观的杜鹃,众多长相奇异的高山兰花。满山杜鹃开放时,杜鹃鸟也开始啼叫,那些山间坝子的时光也就变得更加寂静,更加美丽,更加深远。晚上,露营在浩瀚流转的星空下,听林涛震响。

行走,停留,观察,阅读,思考,书写,我作为一个作家的生活与劳作始终都与这些山间大的坝子和小的坝子紧密关联。

一切都是为了写作

即便如此,我也从来没有想过要专写一篇关于这些坝子的文章。

所以写这篇短文,是因为有热心的朋友一直动员我弄个公众号。一直推拒,却终于还是弄了。朋友们又为这个公众号取了这样一个名字。开初,我有些抗拒这个名字,觉得土气,不够风雅时尚。但终于还是接受了。那就只好借开张之日,解释一下坝子是什么意思,以及对于我的意义——成长的意义,写作的意义。

现在,我已甘心接受这个命名了:"阿来的坝子"。那么,我们就来共同建造这个坝子。就像群山对故乡坝子的天造地设,就像故乡群山对山间坝子的种种滋养。我也要把构建自己文学的坝子过程,以及其间得到的种种滋养呈现在这里,就像袒露一个巨大的情感与精神秘密。

我是一个把文学视为全部生命的人。

所有的生活都会变为文学的滋养,各种情感,各种经历。

把生活经验化为文学的审美,还需要知识的滋养,唯一的途径就是读书。多读书,读值得一读的好书。

对,还有游历。游历也是学习,去往更宽广的世界也是为了获得更宏阔的视野返观故乡。

当然，还有对大自然的观察，大美不言，最丰富最深刻的美感不在人造物中，而在大自然中间。

而这一切，都是为了写作。写作于我的意义不在成名成家，而在于丰富与提升自己的生命品质。所以，我会不断地书写。

所有这些：生活，阅读，游历，自然观察，写作，都将用于构建我自己的这个坝子，接下来，我将把自己为构建一个文学坝子的努力不太频密地，同时也是不间断地呈现在读者面前。虽然这已经有些表演的成分。但我将尽力用诚实和真挚消除一些表演感。

好吧，我已经又来到一个新的坝子上了。

有人会说，文学是一个独立自在的王国。我无力构建一个这样的王国。但我想，任何地理意义上或精神意义上的王国也会有些小而生动的坝子。那就让我为构建一个文学的坝子而献上我的真诚与辛劳吧。

02.

我得说，那是一些难忘的美好的交谈。

"锋线科幻系列"[①]序

几年前，我曾经写过一篇小文章，叫作《科技时代的文学》。

那是我刚开始做科幻杂志的时候，整个的思维还停留在主流文学的语境里，所以，那篇小文并不是讨论科幻小说特殊处境的。那时，刚刚接触了一些中外科幻作品，也读了一些科学方面的入门书。突然从科学的发展，想到当代文学中各种以技巧实验为特征的流派纷呈的局面，因此有感而发。意思是说，至少在中国文学界，很少有创作者会认为自己的创作与这个时代迅速崛起的科学思想，与这个时代日益精细且系统众多的技术手段之间有着什么联系。但这个时代的文学那种崇尚技术、追求形式革新的热情，其实是与科技时代的来临有着必然的联系。

说得具体一点，这个时代的科学，再不是哥白尼们、牛顿们那个时代宏观的、整体的、改变着我们对生命、对宇宙看法的科学了。大多数时候，科学呈现出来的是细分和局部，是物质幽暗结构的深入挖掘（有时是假设与猜想），是细微的条分缕析。这样的科

[①] 作家出版社 2003 年起出版。

学更多是技术而不是思想，更多是枯燥的深入而不是整体的把握，是细究一点而不及其余。而在风起云涌的现代派文学中，与这样的科技研究方式相映成趣的比比皆是。这些情形当然都是首先从国外兴起的，然后，以文学的方式传入国内，所以，我们不大感觉得到这种局面的出现与这个时代的科学方法有着什么必然的联系，而只将其视为文学独立发展的结果。

科学并不只是关乎科学本身，科学本身在今天已经是一种方法论，其影响早已深入到社会生活的各个层面。文学当然也不能例外。今天，当我们讨论文学影响的式微时，更多强调与一些新兴媒体竞争时所处的劣势地位，而不大愿意从文学的过分内转、过分技术化方面去寻找原因，反而把这一切当成了高雅的文学的一些外在标志。

与之相映成趣的却是，科幻小说这样一个从科学启蒙时代，从工业革命基础上成长起来的文学样式，却获得了越来越广大的生存与发展空间。科学文明的潮流在哪个国度涌起，那个国度中科幻文学便开始蓬勃兴起；科学文明的力量对哪一种文化形成激荡，科幻小说这种新兴的文学样式必然从这种文化中破土而出。科幻小说诞生于英国，而后法国，而后美国，而后苏联等东欧国家，而后日本。而后西风东渐，我国的科幻小说也随着国家与人民对于科学的态度的变化而起伏。经过数十年起伏不定的发展，已经积累了相当的经验与力量。

所以，当我今天为王晋康和刘慈欣的科幻小说出版写点什么时，多年前那篇小文的标题又在心头浮现了。但意思却与前面那些想法大不相同。前面说过，是文艺复兴后的科学技术进步与工业革命造就了科幻小说的诞生与繁荣,并在文学格局中占有举足轻重的地位,这种局面,不需要多深的考究功夫,但凡去过西方发达国家,逛过几家外国书店,就会看到,科幻小说在其文学出版中占到了怎样一份巨大的份额。而今天的中国,以杂志为载体的中、短篇方面已经有了骄人的成绩,王晋康与刘慈欣两位成长于不同时代的工程师正是其中最杰出的代表。他们的事业有些寂寞——虽然说这种远离文坛功利喧嚣的寂寞很多时候是不得已的,不得已地把自己的写作变成非功利的写作,但也因此沉静,因此在写作时更多倾听科幻小说在自己心中、在中国的文化土壤中成长的声音。

这样的写作,这样的努力,对于中国文学来说,其意义是建设性的。其最大的意义就是在思考世界、种族与个人命运的时候,加进了这个时代越来越大的科学力量的影响,在所有人类活动背景中考虑了科学的因素。在今天的中国,科学技术对个人、对地区、对整个国家的影响已经无处不在了,不管是讨论当下个体的生存境况,还是一个群体在这个世界的未来,已经不可以剔除科学的因素。而文学不可能永远对此视而不见了。科幻小说正是文学对这种变化做出积极回应的结。

科幻文学的开山之作出自一个传统作家之手,这个人就是大诗人雪莱的妻子,一个哥特式小说作家。但在中国,情况却有些特别。是那些学习科学或以科技为职业的人开始了最初的尝试。更重要的是,当今天中国的科幻文学创作正走向成熟与繁荣的时候,其丰硕的成果还处于主流文学的视野之外。既然科幻文学是因应了时代的变化而产生的,它就必然随着时代的进步而发展。可喜的是,科幻文学已经找到了自己的读者群。这个读者群是一个年轻而敏锐的群体，他们对于主流文学中太多的回顾、太多的内省多少有些厌倦了。他们知道，不管是个人还是个人所在的国家或民族，最最重要的不是过去，甚至也不是当下，而是未来。而我们走向未来的基石，除了通常意义上的道德人文和伦理精神，科学知识与精神是一个更重要的基石。科学把人们的眼光引导向未知世界。而所有的未知，从时间的坐标上，那唯一的求解之处就是未来。于是，科幻小说家们便把文学中幻想的传统复活了，结合了科学所提供的认知水平与更加宏大的推测，来揭示人类未来生活的面貌。

所以，这套以王晋康和刘慈欣两个当下中国科幻文学最高水平的代表者打头的丛书，便以"锋线"这样的词来命名了。而绝非是要与主流文学界的所谓先锋文学界扯上一点亲缘关系。科幻文学一开始就采用了相对来讲比较通俗的小说形式，而且从来不以先锋为标榜，因为，在当下中国，面对未来的写作，力争把起源于西方的科学精神纳入中国文化的努力，这种努力本身，便具有了相当的先锋意味，至于形式的通俗与否，倒成为可以忽略不计的问题了。

在相当长的一段时间里，中国的科幻小说要么被看成儿童读物，要么被看成科普读物中的一个门类，很多科幻作家为了作品的出版，不得不去适应过去出版界存在的认识误区，最后的结果是，那样的出版工作，损害了许多有前途有潜力的科幻作家的原创能力，而原创能力一旦被破坏，要想恢复，至少是一件非常非常困难的事情。其实，科幻小说就是科幻小说自身，而不是其他任何一种东西。现在，作家出版社这样级别的正规文学出版社关注到本土科幻作家的创作，并且愿意出版他们两人，以至更多科幻作家有相对成熟风格的作品，真是一件可喜的事情。作为两位作家的朋友，我要向他们表示祝贺，同时，也要感谢作家出版社别具慧眼的编辑与领导们。

再过若干时候，有人来对中国科幻文学的发展进行系统研究的时候，这套丛书的价值会显现出来。以我个人的观察来说，这套丛书的出版，意味着中国长篇科幻小说成熟期的到来。也可能意味着市场收获期的到来。

《雯萍小说集》① 序

雯萍把她结集的小说送来,要我写一点文字在这本书的前面。犹疑一阵之后,终于答应下来了。

犹疑的原因,是我并不认为自己已经有了随便在别人的创作心血前说三道四,写这种称为序的文字的资格。

当今之世被称为文化的多元时代,对于文学的理解,以及写作者各自对于写作路数的熟练与标准,早已不能定于一尊,所以,个人的见解可能真就是个人心得,于他人其实并无裨益。所以,我对好多同道的请托,虽然却之不恭,却总是尽量婉拒。

写这篇短文,我好像没有这种负担。原因当然是我与作者共同拥有的阿坝高原那样一个共同的背景,也因为我们因为文学而相识二十多年的一种情分。我自己有相当长的一段时间,在阿坝做本土文学杂志《草地》的编辑。那时候,现在已更名为九寨沟县的南坪是常常愿意去的地方。一个原因,当然是因为总是可以借机一游刚在开发初期、自然与人文景观都处于原生状态中的九寨沟。另一个

---

① 雯萍著,四川美术出版社 2005 年出版。

更重要的原因是，在这座那时尚显偏远的县块里，聚集了阿坝州本土文学中一些中坚分子。马寿宇、龚学敏、白林……好一批人聚在一起，形成了一个很虔诚的文学氛围。雯萍那时也是这个队伍中的一员，相较于前的几位，她写得不多，而且也写得很难。有时候，写的艰难也意味着读的艰难。而我和他们，既是写作同好，同时，因为编辑的身份，也要时常充任评判。所以，总要承担更多阅读的义务，承受许多阅读成品与半成品之间的作品的困难。但最多的兴奋，还是看到大家一起讨论、修改，看到篇篇作品终于完成，刊发在报刊上面。

这个过程中，使编者与作者双方共同努力并结下友谊的，是那份共同的对于文学的真诚。

阿坝高原是整个青藏高原向着东北方向的一个地理与文化的突出部，不止是文化，仅仅是不同方向的气流在那里汇聚时，就制造出频繁而剧烈的天气变化。在那样一个地理位置上，面对强大的自然，人即使是仅仅出于对自然力的强大的敬畏，也会感受到生命的脆弱与珍贵，从而对自身的生命保持更多的真诚。对自身生命的真诚，常常会诱导出更多内心的追问。而文学正是表现这种追问的最好途径。

也许，在雯萍的小说里，我们更多看到的是追问本身，而追问的结果如何？这也是一个需要追问的问题。所以从这一刻开始，我更有理由对她下一本书产生一种新的期待。

身与心的云南
——《日暮乡关》[1]序

汽车在天高云低的旷野中奔驰。

拿出一张旅行地图,正奔驰其上的这条路变成条红线,弯弯曲曲地在大地上延伸,不断地与同样表示着路的另一些线条交织,分离,然后再次交织,最后,这些不断交织又不断分离的路在图上成了一张网。

我说:"蜘蛛网啊。"

前座上的黄立新回头了,一如既往地浅浅一笑,并不说话。其时,我们正在云南境内某条向南的高速路上,跨越深山峡谷上的一座桥。他叫司机把车停下来,率先登上桥头的小丘,告诉我们这是一座同类建造方式中最高的桥。只是,我现在已经忘了那个高度是亚洲还是世界的。

重新上路的时候,我开玩笑说:"你是趴在这张网中央的大蜘蛛啊!"

黄立新是这个省的公路局领导。这个局的职能,就是维护这张

---

[1] 黄立新著,花城出版社2006年出版。

网功能性运转。

这次,黄立新没有回头。他埋头在手机上写短信。他用了比一般短信更长的时间,通常大家会认为,这可能是一封漫长的情书。当他收起手机的时候,有人提出了这样的质疑,但他依然只是浅浅一笑,转而继续为我们讲述与路相关的一些事情。

晚上在驻地酒店喝茶,他才拿出手机,告诉在路上想起了一些诗句,斟酌一番并记录下来了。在手机屏幕上读诗,那情思的细致绵密,确实出于我的意表之外。

再后来,就是在未成书前读这本集子中的文章,那种对于自己内心生活一如既往的关注,那种从当下生活、从自然山水与古老文化遗存的处所中对生命意义近乎固执的追索,却是与那段写在手机上的小诗高度一致的。我想,但凡读过这本书的人,都会有相同的感知。读这样的文章,感觉与职业作家的写作大相径庭。当下绝大部分的职业写作中,你当然可以看到很多东西,观赏到比较高的写作水准,但是,却不容易感受到文字后面的那个人。看黄立新这样业余写作者的文字,文章的写作达到怎样一个水准其实已经不是最吸引人关注的问题了——这样说并不是说这个集子的文章水准不够——而是说这样的文字,相对职业写作者与一些靠写作打扮自己的官员写作相比,这些文字里那么细致委婉的心迹流露,真的远离了当下写作中惯见的功利性考虑,这是感受、沉思,并在沉思中发出更多的关乎生命存在意义的本质性追问。

本来,这种追问是文学最基本最古老的功能之一。但是,这种功能在汉语文学中正大面积衰退。

在这种追问中,文学的关注点就回到了人本身。不仅是文字中渐渐浮现的虚构的人,更重要的还是操持这些文字的那个真实的人。

我在云南土地上旅行时,脑海里总是要突然冒出一句话:云南的古意。这句话像是一篇文章的标题,但我更愿把一个游历者的感受保留心间,而无意为此专门来作一篇这样的文章。

云南本是边地,却有那么多的人长久地保持着对这个地方的热爱。这是什么原委呢?风光?我想自己并不特别地迷醉于那里的风光。风情?我也并不特别惊异于边地民族风情的独特。仔细想想,肯定还是因为人的缘故。所谓古意,不是存在于很老很老的陵墓与建筑中间。所谓的"意",只能存在于人的身上与心间。云南有什么老东西呢?云南所有,无非"唐标铁柱""茶马古道"之类,在什么都古老的中国,这些文化文史遗存并不特别古老。已经到了明代,我现在所居住的成都市郊出了一个状元,进京不久,就被朱皇帝流放到还是"蛮荒之区"的云南。但世事就是奇怪,当初的文明中心,往往转瞬之间变成一片荒漠。时间长河中,不止是自然界中发生绿洲变沙漠的可怕变化,这样的沧海桑田之变同样也发生于人心与世道中间。

我在云南,体会到的所谓古意,就是看到那些书上记载的传统美德,关于世道的看法的淳朴与简单,就存活于普通百姓的生活与心灵中间。而这些美好的东西,对在现在与过去那些被视为的文明中心却是极其珍贵了。这也就是古书上所说"礼失求诸野"的意思了。

所以,喜欢云南,更多是喜欢云南的人。那些我暂且名之为古意的东西,就若隐若显地浮动于云南人日常的生活中间。黄立新这种不急不躁,不温不火的写作姿态本身,正有中国文学传统中自抒心意而非关功利的"古意"存在。用黄立新自己在《沉香》中的话来说，就是：

> 沉香是会寂灭的，但无数的燃烧将永远为继！生命之轮也会停止旋转，但繁衍生息的过程将延续下去。我情愿闭关自守那块奇香缭绕的方寸，为许多因美丽和善良的缘故陨落的灵魂颂一支安魂曲。

至于谈到文学传统的继承与发扬，专业工作者更愿意学习文本中的思想与技术，而不大注意学习文本后面那些写作者的生活实践。所以，我想，黄立新这样的写作者在我们这样的写作者面前采取一种非常谦逊的姿态时，那可能是一种纯技术的原因。但对我这样的人来说，黄立新们这种对生命、对写作的真诚肯定也是值得认真思考与学习的。

我想，在读他这本集子，并与他交流一些看法的时候，这种相互的启示与学习的关系，已经得以确立，所以，我才愿意写下这些文字，放在这本书里。我有幸，在不断游历云南的过程中，结识了那么多的云南人。我更高兴，在又一次的云南游历中，认识了黄立新，并蒙他信任，让我读到他这些真诚的文字，读到一个云南人身与心的云南。

《樽前谈笑》[1] 序

20世纪70年代末,我在一个水电建筑工地做过拖拉机手,也许是因为这个机缘,才在二十多年后,与几个搞水电建设的人成了朋友。我们之间来往并不十分频密,但我过去的那段经历,可能是一种很好的情感黏合剂,把酒相聚时,总能尽兴而欢。这些率直而在自己领域里都各有建树的朋友,也许是为了突出和我"文学艺术"类职业的对应,总爱自带一点贬损的意味称自己为"工程技术"人员。当今之世,搞工程搞技术应该可以志得意满,此时能有点自嘲的意思,说明这些朋友并不简单。

要是那时就知道他们在业余时间吟诗作词的话,我当然还会将这种对应视为"对仗"这样的语言游戏,但其时我并不知道。今年夏天,与在我家乡大渡河上主持一个大型水电工程的覃兄在马尔康喝酒,才听他说自己开了"博"。于是,看到他博客里的照片,看到他填的词,于是,作为与他们相对的"专业人员",自然觉得有必要"鼓励与支持",于是,就牵出他的同行尊前谈笑[2]写诗的

---

[1] 张明星著,中国水利水电出版社2007年出版。
[2] 作者的网名即"尊前谈笑":此处原文为作者姓名,以下同。

事情来。秋天，尊前谈笑从北京来，在成都几个朋友推杯换盏之际，才知道尊前谈笑终于要把他从青年时代一直写到现在的东西集在一起，印成一本，便于朋友之间互相传观。话题到此为止，就转到别的方向。这跟在文学艺术专业圈子里的情形非常两样。在专业圈子里，说到要出一本书，这话题才刚刚开始。重点不是书，而是要预计为这本书扩大影响做些什么事情，为这本书将来的运势（其实也就是写作者自己的运势）来一番想象。我的意思是说，写作这件事，一旦变成一件"专业"，难免染上些功利的色彩。正因为如此，我总是带着很浓厚的兴趣关注着那些默默地在业余时间里笔耕着的人们：他们怀着特别的信心从事着自己的事业，同时，他们一直在默默地写作，并不打算靠这种写作吸引人注意或谋求什么利益。从技术的层面上讲，专业写作提供的作品可能更具审美价值，但从文学的发生学上来讲，谁又能怀疑这样的业余写作更接近文学表达的本质。

当然，马上就会有人发出疑问：有这样的写作者存在吗？我的回答是，有，尊前谈笑就是这样一位。现在，他以写作时间为序编定的一沓旧体诗打印稿就摆在我的案头上，看一下时间，第一首诗写于1981年。到今天，已经是四分之一个世纪了。这么一说，好像此君已经很老了一样，但他还很年轻，因为那首诗题为《暑期宿上高村》，说明那时的作者还是一个少年学子。与今天诗歌被人遗忘的情形不同，当时正是自由诗大行其道的年代，却有一个正值青春年华的人沉浸在古老的诗意世界里——从形式到情怀，不然我们就很难从一个伫立于未名湖畔的青年人心中听到这样的沉吟：

> 天凉好秋听夜蝉,
> 玉盘银汉思古传。

这样的情致与方式,都在那时流行的方式之外,也在今天的文学主流之外,但却接续着中国漫长诗歌史优美的脉息。我是一个古典诗词的门外汉,不能在规则与技术的层面来评判尊前谈笑作品的高低,但我要说的是,诗句中自然流露的旷远古意,诗句背后那个青年人默然自省的姿态,在当今这个特别容易随波逐流的年代里,却是非常宝贵的精神气质。如果说,那时作者年轻,要入主流而不得,为赋新诗而故作通脱之语的话,那么时间到了二十五年后,作者在自己的事业上已有相当建树,在以经济建设为中心的时代,想不在主流都不可能了,但在这部诗集的最后一阕调寄《望江南》词中,诗笔之下流泄出的这种情愫却未曾改变:

> 喧嚣远,
> 万籁渐轻轻。
> 风送泥香滋肺腑,
> 云呈空黛畅心灵。
> 炙室变凉亭。

这里,没有身份,没有尘世间的得失盈亏,更没有时下难辩东西的喧哗。是的,在今天一切都追求变化,把变化本身当成了目的的人们来说,这样的情愫已经过于古旧了。但我相信,这样的句子蜿蜒而至时,会让内心感到宁静的温暖。尊前谈笑自己的话说得更书面一些:"用心血书写的时候是真诚而毫无怯意与隔膜地同自己的灵魂对话",在我的理解,灵魂不是一个抽象的随意命名的东西,灵魂是从古到今,历时千万年,一个文明积聚起来的美与善在她每一个子孙心中燃起的一苗小小火焰。浊世的俗风太狂,很多人没有伸出双手去小心呵护,于是,这苗火焰就在心中死去一样永远沉睡了。但是,有人伸出手来珍爱地呵护,那火苗就能在心中越烧越旺。心中有这火苗摇曳着的人是有福了。当这本小书印刷出来,朋友们人人受赠一册,再次把酒言欢时,我们也不会多去谈她,当酒精使我们的肠胃温暖起来的时候,我们的内心也同时被这些纯净的诗情所温暖了。

2006 年秋于成都

在一本书中游历故乡
——《羌戎考察记》[①] 序

看到这样一本沉埋了大半个世纪的书稿,一口气读完之后,心情难免有些复杂。如此感慨良多,当然不是简单地发发"思古之幽情",也不仅仅在于一本书,也不在于这本书的著作者的个人命运。虽然著作者庄学本先生百折不回的探求精神令人敬佩,这本书的沉没与浮现都能引起人强烈的命运之叹。

四十多年前,我就出生在这本书中所描述的"戎"人居住的那片土地,成为藏族大家庭中"嘉绒"这个支系中的一员。自己就在那样一片山水与人群中成长,但对于一个好奇心日益浓重的青少年来讲,所居处的世界却混沌无言,在一片失语的状态中间。

今天,出版社的朋友送来这部从时间深处打捞出来的书稿,看到在我出生前的二十五年,整整四分之一个世纪前,一个怀着探究心情的青年人,走进了我故乡的山水与人群之间,并留下了这些描述平实的文字与直观的照片。于是,那个沉默千年的世界开始发出了声音,那些总是沉没在时间深处的人与事在我眼前清楚地呈现。

[①] 庄学本著,四川民族出版社 2007 年出版。

有哲学家说过，人面对的根本问题无非是两个：从哪里来？到哪里去？因为藏传佛教的影响，无论百姓与知识阶层，更多是在宗教教义的指引下关注后一个问题，即灵魂的安放与上升。但对于我们肉身产生其间的地理与历史，也就是从哪里来的问题，老百姓无从关心，知识阶层在认知上也相当忽视。以至于，当我们这些出生于一个崭新社会中的人受新学的影响，对于世界张大求知的双眼时，却找不到文字对于民族所处的地理，对于民族走过的历史，对于民族的文化面貌有清晰的勾勒。即使查找到一些本族的历史文字，又因为嘉绒地区处于汉藏接合部的边缘地带上，又往往被中心地带所遮蔽，所忽略。这种情况，一些清醒的学者早对此有所留意。藏学家刘立千先生在为其汉译的某种西藏史学名著所作前言中就曾指出，"本书在叙述历史时仍有不够全面的地方"，原因也是正统与非正统的观念影响所致，都"体现了带有偏见和歧视"。其实，先生所指出的情形，并不是某一本著作的缺陷与不足，而在其他的历史记载中也所在多有。为什么如此，除了刘先生谨慎提到的以所谓正统遮蔽所谓的非正统，以所谓主流替代边缘，另一个原因也许更为重要，那就是那种历史不是一种独立的历史考察，而是任何事实都必须屈服于宗教的观念。于是，事实的面目模糊了，抽象的观念强烈呈现。于是，一个地区、一个族群的历史的彰显不明，好像就是一种必然的命运了。

但是，历史的车轮毕竟已经推进到21世纪，全球化的潮流使任何一个地区都不可能遗世独立于这巨大的潮流之外。当今之世，只要一种文化占据了一定的地理空间，并具备自身鲜明的独特性，在文化多样性受到越来越多关注的情形下，哺育了这种文化的地理空间必然开始显现,创造了这种文化的族群也必然产生民族意识的自觉。

但这也只是一种规律性的东西,规律性也只是在大多数情况下起到作用,而不会保证在每一个地方都得到应该的结果。所以,我在四处寻求心灵皈依的青年时代,因为面对云山雾罩的"我们从哪里来"的问题,曾在自己的诗行中这样写道:"已经蒙昧许久了,世界这所空旷的学院。"

我们从哪里来?

这不是一个血肉之身纯粹生物学意义上的家族承传,不是谁是母亲、谁是父亲这样简单的问题。而是整个部族与文化的疑问,需要叩问宽广的地理与幽暗的历史。

今天,这种感性中充满理性的叩问在觉醒的一代人内心已经开始,并且付诸实践。我个人将其叫作一个民族的"自我描述"。难道历史与地理的自我描述不是应该由当时当地的人们来完成的吗?回答这个问题的时候,我们会感到十分遗憾。好在,这种遗憾在今天已经开始成为我们进入自我描述的催动力量。而由四川民族出版社这样的机构整理出版庄学本先生这样在很早时候就来自于外界的"他者的描述",这样客观翔实的考察笔记,不仅具有相当的史料价值,在我看来,更大的意义还在于这些文字对于我们正在进行与将要进行的"自我描述",都是一种宝贵的镜鉴。相信这种"他者"眼光观察的角度,会给予我们更具学理的启发。

也正是出于这样的理由,我这样一个浅薄的后学,才敢于不揣鄙陋,写下这些感想在先辈的大作前面。

这本书引起我更多感触的,还因为那些翔实的陈述。在学风过于浮躁的今天,太多有关史地的著作总是占有很少的材料时就急于给出结论，进而进行形而上地思辨，从而使很多的书本变得空洞与浮泛。而在庄学本先生留下的这些文字中，我们只看到作者亲历的人与事，对我而言，这本书生动地描述了我故乡的过去。所以，我说，我是在一本书中游历故乡。这并不单指书中所描写的是阿坝这个大的故乡，更是指这本书中，还用比较多的笔墨写到了我出生的那个叫作马塘的曾经非常重要的驿站。少年时代，我在故乡生活时，那个曾经有商旅络绎不绝的驿站，因为公路修通并且绕过了原先绎道的必经之地，已然从一个商贸重地，衰落为一个农耕的村子。那时，过去狭长的街道日益荒芜，许多废墟已经开垦为农田。就是在翻耕那些土地的时候，常常发现有数厘米厚的燃烧过后的灰烬。询诸长辈，都说是数十年前，不同势力在此冲突，引发一场巨大火灾留下的痕迹。再要仔细询问，村子里不同的家族对此都有各自不同的说法。但到今天，当我把这本书稿打开，关于当年马塘如何被焚毁的前因后果倒有了一个清晰而客观的说法。这些客观的描述与故乡那些似是而非的传说结合起来，也许会使我某一天用小说的方式，为故乡那个曾经繁荣一时，而最终因为时代变迁而沉陷于时间深处的故乡立传。如果这个愿望得以实现，我想，庄学本先生的这些文字肯定是一种非常有效的催发。

《守望牧歌》[①] 序

我一直以来感到比较犯难的事情。就是如何面对关于故乡的书写。

这既包含了我个人以故乡地理与人文为背景的书写,也关乎其他人对于故乡的呈现。特别是那些身在故乡的人如何表达故乡。我有个日渐加深的疑问,中国人心目中的故乡是一个怎样的存在?这个疑问当然还有别的设问方式:这个故乡是虚饰的,还是一种经过反思还原的真实?是抽象的道德象征,还是具象的地理与人文存在?

的确,我对汉语的文艺性表达中关于故乡的言说有着愈益深重的怀疑。当有需要讲一讲故乡时,我会四顾茫然,顿生孤独惆怅之感。当下很多抒情性的文字:散文、诗歌、歌词,甚至别的样式的艺术作品,但凡关涉故乡这样一个主题,我们一定会听到同样甜腻而矫饰的腔调。在这种腔调的吟咏中,国人的故乡都具有相同的特征:风俗古老淳厚,乡人朴拙善良;花是解语花,水是含情水。

但现实的情形是,在这种模式的关于故乡的书写中,一切都未

[①] 静子著,大众文艺出版社2009年出版。

被触动,一切从头到尾都未被书写,正像静子所写的火塘边的壶:

> 铜茶壶里的水封存已久。

正像燃烧后的火塘:

> 生命中所有的细节,
> 被燃烧后的灰烬细细收藏。

但封存了什么?而又收藏了什么?诗人没有做出回答。持有某种僵化观念的人往往会对作者发出追问,要求做出回答。这是出于一种简明的世界观:以为所有事物都处于某种规律的笼罩之下,所以,任何问题都应该有着清楚的答案。如果事事如此,那么,包括了我们故乡的这个世界就不会行进得如此艰难了。所以,我在这里可以更确切地说,我害怕的是想要确切解释故乡的那种文字,所以,静子把诗稿给我,要我为之说点什么的时候,我一直心怀忐忑。但现在,这个疑虑解除了。我很高兴故乡那些熟稔的地方通过她的诗行又出现在眼前。那些地方,都是近年来我常常回乡,而且努力筹划着要写一本别致的书的地方。

她在《大藏寺听禅》,听到的是:"时间如若会停,宁愿永远聆听。"

我也连续几年去到那地方。那里有一座庙,看来她是去了寺里听僧人诵经。而在我,那是一个更宽广的地方,一个因庙得名的地方,我去到那里,是为了拍摄草地与林间的野花。一天,我坐在庙前的山冈上，拍摄了一组杜鹃花后在草地上休息，看到有女人抱了大株正在盛开的黄花绿绒蒿进庙礼佛。现在，读到这样的诗行时，我仿佛觉得这就是诗人的身影。可是，文学家永远会提出疑问而不准备解答。这个疑问就是，如果永远聆听，会听到什么？只是我不要求解答。但我知道，在那个时刻，那个女人捧花礼佛的时刻，还是感到时间会停，而那种聆听，无论是姿态还是聆听本身，都是美的。当这个世界。一切都不够确切的时候，美的也就是真的。因为，当外部世界难于把握，内心的真诚就非常重要了。因此美与真也就在诗中成了一种非常主观的东西。

去到那个可以聆听点什么的地方，来去都要《翻越大藏垭口》。我去那里，不止是路过，是为了垭口两边的花。鼠尾草，点地梅，卷耳，红景天。现在诗人告诉我，那里的海拔高度是4300米。而且不止地理的标高，更是某种思念与坚韧的尺度。

诗人做过我故乡旅游部门的领导，所以，我特别注重品读了这本诗集中与之相关的诗。前面提到，从马尔康去大藏，来去都要翻越大藏垭口，这是一条简省的路线。还有一种走法，越过垭口，到大藏后，沿那条叫作茶堡的河转向西南，下行几十公里，会到一个至今有人居住的村庄：哈休。这一路的趣味在于，可以看一条涓涓细流如何壮大，同时，随着海拔的降低，野生的植物和种植的庄稼却在发生变化。然后，就是哈休村子。这个活着的村庄旁还有一个过去的村落。五千五百年前的村落。这个古村落的发现，将本地区人类活动的历史推进到了五六千年前。很高兴看到这里的考古发现也进入了诗人的笔下：《哈休·陶塑人面像》和《哈休·陶小口尖底瓶》。这里，我也读到了无情的时间的力量，所以，那口已然破碎的陶瓶，曾经"也盛满了最纯朴、最真切情感"的小口尖底瓶，诗人还想让其盛下"千年后的情感"，但是，时间让这瓶子碎了。

　　正是时光能让所有固体的东西破碎，所以，心灵才成为永恒的寄托，所以，我们需要诗歌，一切都把握不定的时候，我们需要对易逝之美的把握。故乡也需要真诚的书写，而不是廉价的颂歌。正像静子为莫斯都岩画所写的那样：

　　　荒草从四周蔓延，
　　　掩不住的是笔走龙蛇的神韵。
　　　谁的指尖碰触枯叶，
　　　灵性的笔画跳跃出来，
　　　听外界簌簌风声，
　　　僵冷的符号渐渐苏醒。

　　是的，不止是岩画，就是今天的书写，也正是为了自己心灵的苏醒。

　　感谢静子，让我再一次在诗中游历了故乡。

2008 年 9 月 20 日于成都

《幸存者说》① 序

去年"5·12"以后,我一直在提防自己。警告内心里那出自一个作家本能的冲动。这个冲动就是急切地想写点什么,表达点什么。人同此心,当巨大的灾难猝然降临,我想每一个具有书写能力的人都想通过文字,表示震惊、哀悼以及同情。但我一直在克制。我给自己的指令是和每一个普通人一样去行动,去做力所能及的事情,去奔走呼吁,去帮助,去感受。后来,到过一些灾区,也做了些力所能及的事情,心头那种写作的冲动似乎也没有那么强烈了。那时候,我以为选择沉默与行动,可能是一个正确的选择。因为好多此类文字,其实是在表现书写者自己,描写奔赴灾区的艰难过程,以及诸如此类的东西。对于已经领受了命运无情打击,而且还要长时间承受这种打击绵绵余威的灾区人们来说,那些风险差不多不值一提,更不要说那些夸张、煽情与刻意的放大了。灾难到这个程度不需要任何手段来夸张,苦难到这种程度,已经无以复加,不需要任何煽情与放大。自然以毁灭与死亡展示了坚硬而冷酷的力

---

① 李瑾、何先鸿、唐法广著,作家出版社2009年出版。

量，人们承受了一切能够承受与不能承受的东西，此情此境中，他们的坚韧，会让怜悯与同情显出无力与浅薄。

因此，我警告自己不要让书写成为表演。

但我一直也在盼望，盼望能看到一种有力量的书写，看到有关灾难的书写向深度发展。我特别希望看到来自灾区那些领受了灾难洗礼的人们的书写。正是在这种期盼当中，地震重灾区广元市的市委书记罗强打来电话，说他们市的作家写了一本好书，要我一定看看。很快，书稿作者之一李瑾就把这本书送到了我的案头。阅读不到两页，我就知道，这正是我一直在期望的那种有关灾难，有关灾难中的人们生存状况的一本因为真实而充满力量的书：《幸存者说》。

这本书中，作者谦逊地隐入了幕后，而那些经历灾难，劫后重生的人们走到了台前。

从内容上看，这是一本有关挣扎求生，有关救赎，并从灾难中领悟生存意义与生命价值的书。也就是说，这样的书写与记录，在我看来，是真正接触到了灾难文学的核心意义：客观书写灾难，以及灾难中焕发的人性的力量，灾难过后，人对生命与内心的救赎。从根本上说，灾难不是偶发的事件，而是这个星球上每天都会发生的事情，偶然性只是表现在蒙难的人群所在的时间与地点的不同。正像一个西方哲人所说："是一种危机的普遍化"，所以，"要从更宽广的人类范围来理解特定的种族或民族所蒙受的苦难"。意思就是，灾难不是只属于那些直接蒙受了灾难摧残的人，就像任何一个文明成果都属于全体的人，灾难的创痛与洗礼也属于我们大家。灾难不止是教会我们在付出惨烈代价后怎么防范灾难，更教会我们要倍加珍重寻常的生活,在死亡未曾降临时就能充分尊重生命与生命的意义,学会时时呵护那些人类内心温暖的愿望与情感。

从形式上说,这本书虽然并未完全采用"口述实录"的方式,但大致还是按照那些幸存者的叙述来铺展,来编排。平实,冷静,而不是外部人书写中那种常有的夸张与煽情。而且,很多幸存者的讲述,还在陈述事实的基础上有自己的领悟,这些领悟的生发是朴素的,但都是劫后余生、相互救助相互扶持时的深刻领悟,都是有关生命、人情、人心的根本道理,所以总是给人特别的感动。"口述实录"在国际上,早已是非虚构文学中一个流行方式。现在,更是为一些历史学家大量采用。这种文体强烈的现场感,尤其是亲历者的回忆使作品的真实性得到了充分保障。李瑾在给我的短信中说:"被访谈者十分感动,说'留下了我们的历史'。"我要说的是,这岂止是那些蒙难者的历史,也岂止是那些援救者的历史。如果说,我们每一个人都有可能遇到灾难的袭击,那么,这本历史记录是属于我们大家的,理应成为我们共同的记忆。因此,这不止是对于今天的人们具有意义,更是留给未来的一份信息量丰富的史料。

灾难过去了,毁灭了那么多它能够毁灭的东西——那么多生命,以及巨大的物质财富——但不能毁灭的是人类的精神与情感。所以,这样的叙述和回忆,是关于人类情感与精神力量在灾难面前被空前激发的真实记录,它让我们放下居高临下的同情,而对灾区人民产生崇高的敬意。从这个意义上说,我要感谢真诚记录了这些历史真实的断面的来自灾区的我们的同行,并向他们致以一个同行的深深的敬意。

2009 年春于成都

《平凡——"5·12"汶川大地震百日记》[①] 序

拿到这本"百日记"当天,我就迫不及待地开始阅读,这种迫不及待像地震刚刚发生时,一定要进入灾区去看看,去做点什么的心情一模一样。当最后一页翻过,已是第二天凌晨4点了。这本书真是让人心中五味杂陈,接下来只好辗转反侧,睁着眼睛等待天亮。其间,又开灯重读了其中一些段落。

谷运龙兄拿来书稿时,要我为这本书写序,我不假思索就答应下来。早在20世纪80年代,我们就是文学领域中志同道合的朋友,都有为各自民族文化发展做点实际工作的心志,虽然各自从事着不同的工作,却一直在为实现这份心志而坚持着,努力着。当年,他率先获得全国性的文学奖对我们也是巨大的鼓舞。如果他拿来的是文学性很强的作品,也许我真能说点什么。

但是,这本百日记,远非一本通常意义上的散文小说,远非谈一谈文学艺术、探一探隐秘情感,发掘些文化意义那么简单。

这本书包含着更多沉重的东西,猝不及防的灾难,瞬息之间被

[①] 谷运龙著,四川民族出版社2009年出版。

毁灭的众多生命，生命的拯救与被拯救，灭顶之灾中人的灵魂自赎式的升华，我们这个优越的社会制度给百姓允诺的实现程度，在时代冲击下传承本已艰难的羌族文化何去何从……其中涉及的每一个问题，都是真切的现实：沉重，紧迫，错综复杂。

受西方文艺理论的影响，今天的文学批评特别重视作者的"身份"。

需要申明一下的是，此"身份"非彼"身份"，与我们通常说一个人有身份没有身份的那个"身份"是两个概念。依我的理解，这个身份首先是指一个人刚刚来到这个世界上就已经确定的性别、民族文化身份，以及后天发展中在这个分工细密的社会中所处的位置。

运龙兄的身份决定他最适合写这样一本日记。

性别，男性。

这个性别角色在灾难中很重要。虽然今天这个文明社会讲男女平等，但不论是生物学意义上的身体优势还是文化传统中赋予的性别意义，都要求男人在灾难之中承担更多。由这个身份，引出书中篇幅最少但并非不重要的线索——灾难中一个人的家庭。在这个家庭中，他是父亲、丈夫、兄长和儿子，由这个角色的牵引，我们看出地震中一个大家庭的成员的经历。这些经历的出现，使本书显得生动而真切。但本书的重点显然不在于此，因为作家还扮演着另外的角色。

第二个身份，政府官员。他现任的职务是阿坝州委常委兼国资委党委书记，之前任过阿坝州副州长，再之前是这次地震震中地区汶川县的县长。之所以有必要，点出这些职务，一是为了解除读者的阅读障碍，因为在书中好多处记叙他的工作状态时，人们一会儿叫他常委，一会儿叫他州长，一会儿叫他县长。这其实也就说明了这些人在不同时期与他产生的不同的工作关系。更为重要的是，我们看过的灾难描述，主要来自于新闻记者和一些普通的地震亲历者，而这些亲历者的讲述也由媒体决定了格调与取舍。也有政府官员的讲述，但也基本是通过媒体，自然也就有了相应的剪裁。而现在摆在我们面前的是一个政府官员在地震百日中对自己经历，对自己所思所想，对自己情感起伏的逐日记叙。平实记叙那些艰难，那些震撼，那些更普遍的行动，伟大的平凡，甚至地方政府为了得到一些支持的酸涩与艰难，经过这些艰难的努力，有些支持得以实现，更多的支持却难以实现。按照国家宪法，这个国家任何一个地方都是国人共同的家园。现在，地震把部分人的家园毁掉了，他们需要一块安全的土地重建家园，重新发展自己的经济与文化。但现实是严酷的，他们无法逾越一些人为的边界，无法穿透文化的隔膜，无法突破利益的藩篱。这样的现实，如果不是因一个地方政府官员的角色所赐，我们都只能道听途说，而不能看到这样真切的呈现。

第三个身份，是文化的。

这本日记的写作者是一个羌族人。这次地震的重灾区覆盖了整个羌族聚居区，出阿坝州之外的北川羌族自治县，阿坝州内重灾的汶川、茂县、理县等县都是羌族传统的居住区域。羌族本身人口不多，有非官方的统计，羌族人口因灾死亡人数应当占总人口数的十分之一以上。更为严重的是羌族中心区自然生态与文化生态遭到毁灭性的破坏，其重建的可能远比人口的自然恢复更艰难，而且，其中有些东西也许就径直远去，不再回返。

当面临这样严酷的现实时，那个作为政府官员还能冷静，还不得不克制自己的叙述者，那个欲言又止的叙述者，情感的闸门打开了。我很高兴他放任了自己，于是，我们得以在这本日记中看到了许多抒情加反思的汪洋恣肆的段落。作为一个文化之子，他放任了自己，以带血的嗓音哀其所哀，长歌当哭。过去，我们看到书上说山河破碎，不过以为那是一种极度的形容，现在我们不得不面对真正的山河破碎。我们看到过书上说灵魂不死，也以为那是一种极致的表达。但今天，我们在这破碎山河上，真切感受到一个弱小的民族如何以超强的坚韧努力着要重新站起！

如果说，当他作为一个政府官员叙述时，将我引入的是沉思，而在读到他作为一个羌族人发出的呼号时，我流泪了。为了一个民族之子的拳拳之心，为了被震魔摧残得伤痕累累的文化。

正是这两个因素让我夜不能寐。

百日未过，地震刚刚暴发时那种全民性的激越与感动已然过去，灾区却需要长期的坚持，坚持不仅仅需要决心，更需要对自身处境与现实的清楚认识。这本书，正是这种努力的一个有力的证明。因此，我要对我的老朋友所做的工作表达由衷的敬意，向我故乡阿坝州那些经历灾难依然坚强的人们表达我由衷的致意！

最后，因为书中提到我跟麦家等文化界朋友捐建学校的事情，觉得需要做一点小小的说明。震灾暴发后，我和作家麦家去北京参加文化界的募捐活动，路上商定除了积极参加一些公益性的活动外，我们自己再为灾区做点什么，于是，与正在韩国访问的著名儿童文学作家杨红樱取得联系，由我们三个四川作家发起一个叫作

"劫后重生"的乡村学校重建行动，并共同捐出四十余万元作为启动资金。后来，因为又有热心人表示愿意参与进来，同时表达出不同的捐建意向，捐建的方向几经调整，这本日记中披露的也是曾经讨论而未能切实施行的方案之一。现在，除了全国各地许多文化界朋友的支持，更得到著名建筑师刘家琨兄和广州时代基金会支持，并经与阿坝州教育局及汶川县有关方面协商，我们将会同《城市中国》杂志等方面，共同兴建汶川县三江中心小学。目前，我们正在等待汶川县重建方案出台，再来实施我们这个小小的重建计划。

我和朋友们援建的学校之所以选址于三江，主要也是考虑到此地靠近成都，方便朋友们今后继续为这个学校做些什么。但想起好些年前，谷运龙兄在汶川任县长时，花了大力气致力于三江旅游区的开发，我以为，也应该是一种特别的机缘吧。

《震中行》[1] 序

拜读一个朋友的文字真是件有趣的事情。

这些文字让你看到了这个人的另外一个方面，或者说，文字更便于你进入到一个人的精神世界。在日常生活中，人的很多东西会被掩盖。因素当然很多：开会时被议程议题所限定，私下时礼貌自谦，饭局时讲段子与笑话，或者纵论天下奇闻，等等，等等。所以，一个人有些方面是关闭的，不对人开放的。但很奇妙的是，文字却会把人更有意思的行止，更多的精神性的东西显现出来。

所以有以上这些感慨，也是因为与后强兄的交往大多处于前述那么一种状态中。

他从前是教授，后来是有一定职级的行政干部。当我们同时兼作四川省青联有点超龄的副主席时，他比我显得更像青年，或者说其活跃的思想，开朗的笑容，对社交的热情更像一个青年。我们自然也时常见面，而说老实话，我的所知大概就是这些了。

当然，我还知道，这个人曾经是四川省最年轻的教授。但他是

---

[1] 李后强著，四川教育出版社 2010 年出版。

以什么样的学术贡献而在同行中脱颖而出，我并不确切地知道，或者说对于他在物理化学方面的学问，我和大多数人一样并不懂得。

我也晓得，这个人后来又转而从政，在县、市一级政府任职。但在这个系统中，他又以怎样的表现得以步步上升，我同样并不清楚。但很多场合，他显然很得体地表现得就是个官员。

"5·12"以后，大家见面就少了。主要是他做召集人的聚会少了。原因当然是忙。在地震初期，救灾工作忙；一段时间后，恢复重建忙。有行政职务的人尤其要加倍地忙。所以，他告诉我地震后写了些文字，将要结集出版，希望我看看时，我并没有太积极反应。一来是在病中；二来，关于地震的文字已经看得太多了。同时也好奇，后强这位教授、这位干部，是怎么度过他的"地震进行时"的？

于是，就有了些意外。好些文字，不是以一个负有领导职责的干部下去指导督促工作时所写。很意外他还以一个普通人的身份去到灾区，去观察，像一个志愿者一样做些普通人常做的事情。那些日子，我也常去灾区，作为一个写作者去观察，去体会，去感同身受。当然更是作为一个普通人，做些力所能及的事情。我觉得后强兄这么做是有意义的，而且也是我喜欢的。大地震之后，政府工作负担很重，干部们工作很辛苦忘我，但有些时候，也觉得有些美中不足，就是干部的身份让他们介入的角度过分单一，从而自然带来些视野的局限。我想，如果与此同时，如果还能以一个普通人的身份去感受一番，工作起来，也许是另外一种境界吧。

当然，我也没有让干部一直都做普通人的意思，因为那也是一种社会的失序了。而后强兄也没有止乎于此，于是，文字很快就转入了与他身份相符的工作，工作中的感受与思考，得失的总结，经验的凝练与提升。从这些有关工作的思考与总结性的文字中，我还看到一个做教授的人养成的缜密的思维习惯。

于是，这些文字，就把一个朋友、一个教授和一个有一定职级的行政干部的角色综合性地表现出来了。看完了这本书中的这些文字，我对这个人感觉就更丰富，更立体，更真切了。原谅我没有用伟大崇高这样的字眼，人与人之间，人与社会之间，"真切"本身就是一个值得追求的目标。

还能说什么呢？看到一个朋友很好扮演着特定的社会角色，认真完成着社会赋予这个角色的全部职责，之后，还行有余力，还能时时将自己还原为一个普通人，感性地生活，理性地思索，而没有被一个角色所淹没，真是一件值得高兴的事情。因为我们都希望做一个丰富的人。作为朋友，我怎么有资格写称为序言的文字呢，但后强一定要让我写，于是就斗胆写了这些。

2010 年 3 月 18 日

《九寨缘》[①] 序

这就是白林,都快到了才打一个电话说,我在路上,快到成都了,晚上有没有空啊。叫我都不知道怎么开口了。我正在去机场,准备前往深圳,去网站上视频聊世界杯。这已经是第二回了,我正要离开成都的时候,他却比较迟地宣布他的到来。

第一回,我很直接地说:我不在成都,我要去某某地方。

这一回,又这么说吗?自己都觉得是在故意推托,不想见到现在走动已不太频密的老朋友一样。人家难得出山一次,第一回你不在,第二回你又不在?自己都觉得是在说假话了。于是,心里先觉得对不起人,因而底气不足,因而语气也变得吞吞吐吐,说:"你看,我又,又在外地了。就是那个足球。"

不想,这个好面子的人比我更吞吐,但总算说清楚了:他把扎在九寨这么多年来所写的有关九寨的文字都结集起来,要出一本书,要我看看,然后写点儿话在这本书前面。我听明白了,我也知道,这本书有没有我这些文字在前面其实是无关紧要的,但还是当

[①] 白林著,四川文艺出版社 2011 年出版。

即应允下来。上飞机坐稳当了,自己又哑然失笑。前几天刚刚暗下决心,不要充大头,一定要硬下心肠,不再在别人的文字前加写那种叫作序的文字了。这一回,却一点儿都无挂碍地答应了。答应之后,却又想起来曾经下过的决心,又一回,要自己掌嘴了,有些后悔,却也没有后悔到要从飞机上破窗而出的地步。

这天午夜要看球赛,想趁飞行时睡上一觉,睡不着,好像又睡着了。眼睛闭着却分明看见了云白水蓝的九寨,树绿风清的九寨。看见几个人在那些美景中行走。其中有年轻时代的自己,也有白林,也有龚学敏,还有其他人。飞机颠簸时,我睁开眼。知道自己恍惚梦到九寨,梦回了一次年轻时代。

就是在九寨,与白林相识——那时,他还是一个刚从外地方分配到那里的大学生,后来再去九寨,就有当地的女朋友了。第三次去九寨的时候吧,一同游览风景的时候,他已经带着漂亮活泼的女儿了。再后来就来往日多。再后来,我这样的土著离开了故地,他作为一个外乡人却长久地待在那里,日益变得像一个当地的土著。而且一如既往对那片土地一往情深。这样的来去,迁移,扎根,我想正是大地与生命永远产生故事与活力的秘密所在吧。

所以,我都等不及看到那些结集成书的文字了——好在好多文字都是在结集以前,断续地看过,我就迫不及待,在白林到达成都,而我却离开了成都的这个外地的夜晚,等待一场深夜的足球赛开赛的那段时间把这些文字写下来。

我要申明,这段文字是关于情感的。两个从年轻时代就因为对文学的热爱而相识相知的人的情感和一个外乡人对于一片土地好奇、凝视、融入,以致产生深切关怀的情感,而不是关于这些文字水准高低的评判。评判是一件客观的事情,但说到白林这样年轻时代就结成的朋友,我想自己始终是主观的,始终以为他是很好的。

　　我只是想说,相对于他在一片不属于他故乡的土地上的全部工作与生活,文字于他并不是唯一的事功,但我却愿他与文字终生有缘,因为在这精神荒芜的世间,文字,真的就像九寨那些蔚蓝湖泊,是人心海中一块碧波荡漾的福田。

小说中的史
——《触摸》[①] 序

这是一部把岷江上游古松州地区和九寨沟作为主要故事发生背景的小说。

尤其是古松州地区,很久以来,就从单一民族生存的区域演变为各民族杂居局面。不说松潘辽远的建城史,单说唐代女诗人薛涛虽有"不敢向松州"的诗句,其实已是人在松州时所写的了。

雯萍这部小说,也是以一个女子在这一地区的故事开始。一个女子被命运所拨弄,在这世人眼目中的边地,如一粒种子落地生根,然后,一株家族之树,虽经历自然灾变与时代巨变中的兵连祸接,依然在高旷边地扎下根来,枝展花开。在我看来,与宏观的地方史相印证,这样的个人史与家族史,别有一种认知价值。这样的作品,是一种很好的材料,既有关于一种文化的扩展与渗透,也关乎一种文化在异域土地的融入。同时,也是一种新命运感的生成。在这方面,我们常常只有方志一类的宏观的叙述,却向来缺少与个体的人的命运相关的富于个别感受的表达。

---

① 雯萍著,四川美术出版社 2011 年出版。

在今天的时代，小说写作越来越专业化。专业化的写作固然提高了小说这种文体的艺术性。与此同时，却让我们越来越忽视业余写作中所蕴含的价值——其中所包含的直接跟个人或家族生活史有关的历史细节的信息。当然。我们也忽视业余写作对于写作者本身的精神的建设性意义。特别是那种只追求个人满足而无意于功名追逐的业余写作。

据我所知，这部小说的写作还直接受到了"5·12"汶川地震的触发。

岷江上游从汶川到松潘一带的峡谷，是四川盆地向青藏高原逐次上升的地带，是不同民族交流频繁的通道，同时，也是一个地震频发的地带。20世纪30年代的叠溪地震在这一地区生活的各族人民记忆中至今余波未了。然后，是20世纪70年代的松潘小河地震，再接着，几年前的汶川地震又接踵而至。小说的故事的时间，就恰好处于两个巨大的地质灾变中间。因此，家族的命运，人物的心灵，更受到自然破坏力直接而强烈的冲击。这部小说中，同样也包含着许多宏观的自然灾变记叙中所缺失的个人感受：那些坚韧，那些忍耐，那些生生不息的生命力，在我想来，都有着特殊的价值。

不禁又想起薛涛写在松州的诗：

> 萤在荒芜月在天，
> 萤飞岂到月轮边。
> 重光万里应相照，
> 目断云霄信不传。

薛才女到松州是被罚,所以,"信不传"是对罚她充边的那个韦大人而言。

其实,另有一种"信不传",就是有关历史递进中民间言传的悄然消失。这些年,我个人便有兴趣地搜集着民间在大时代变迁中的个体记忆与民间传说。读雯萍的这部小说,我也深感到了一些民间记忆与传说的复活。而正是这些传说性的因素支持了这部小说最基本的想象。同时也感受到九寨、黄龙以及岷江大峡谷自然景观的壮美。

对大部分到松州、在松州的人而言,是命运,是生活。是在当时、在当地渐渐地融入,最后终于和这个地方融为一体,难分彼此。所以,这部书,也是一部个人化的民族交融史。还想解释一句,这个松州不是今天行政区划中松涛县的特指,而是清代、民国年间那个更广大的松州,一个上演过很多历史悲喜剧的广大舞台。

我更想说,并不是老想着史诗这样的宏大字眼,小说中才有历史,其实,忠实记录个人史,也就用另一种方式诚实地记录了历史。

"巴金文学院签约作家书系"[①] 序

我们说如今是文化繁荣的时代,通常是以生产的规模与数量而言。

这样的数量与规模,常常是由于定制性的生产。

我们甚至可以说,今天的文学已经进入了定制时代。

由出版商定制的长篇小说批量出版。电视剧脚本、网游脚本和卡通脚本大量生产。特别是属于非虚构的我们称之为纪实文学或报告文学的文体,目前大多由企业团体和政府部门所定制。正是由于这种定制,造成了今天的文学特殊的繁荣景观。

在为这种繁荣景观倍感鼓舞的同时,我们心中也怀有一种隐忧。原因在于,各种各样的文学定制,是在大面积收获数十百年文学探索与原创所积累下来的那些成果:思想的,技巧的。因为各种文学定制需要尽量面向大众的写作,有了这样一个特定的前提,定制的写作从艺术角度而言,通常会成为降低难度的写作。不是创造新的方式,而是消耗已有积累的写作。在这种文学生产形态中,最

[①] 四川文艺出版社 2012 年起出版。

原创，最具探索性的写作常常被忽视。

原创文学与定制生产之间的关系，犹如自然科学中基础理论研究与应用技术的发明的关系。如果没有前者，后者的繁荣是难以想象的。如果要找一个更浅显的比喻，就譬如大自然，如果没有众多看起来无用的草木，也就无法生长出那些有用的植物——可以建造房屋的大树和富含营养的果实。所谓可持续发展理论的一个重要方面，就是提醒我们，对于这个世界的一切构成，不能只关注当下就能被充分利用，产生各种利益的部分，更要关注使那些"有用"的部分构成得以发展，得以呈现的基础条件。

文学的持续生产，也要仰赖于文学最基本部分的建设。这个建设是帮助新人涌现，是期待新人带来的新作品，带来新的感受力，产生出新的思想方法与表达的艺术。

基于这样一种认识，四川省作协巴金文学院，取得四川省省委宣传部的大力支持，和四川文艺出版社合作编辑出版"巴金文学院签约作家书系"，着力发掘富于原创能力的新锐作家，资助出版他们在文学创新方面的文学成果。这种举措的唯一目的，就是为四川文学长远的可持续发展，做一些计之长远的人才培养与新的艺术经验积累方面的基础性工作。

治与乱的历史与现实
——《金川历史文化览略》[①] 序

金川，因贯穿全境的大金川而得名。渐渐被忘记的藏语名"曲钦"，意思就是大河之滨。

这一藏区东北部地区，因为优越的地理与气候条件，渺远的传说略过不提，在有据可考的历史中，曾经是与藏族其他区域文化同中有异，有时甚至异大于同的嘉绒文化的中心地带。自佛教从印度传入，广泛流布于青藏高原，在不同历史时期在不同地域形成了藏传佛教的各个流派，并成为这些地区藏人的普遍信仰时，以金川为腹心的嘉绒地区，还继续保持了苯教这种本地宗教信仰——自然，这时的苯教也相当佛教化了，但当地土著首领维护本土宗教的努力，应该说，还是与期望保持住嘉绒地区文化的相对独立性有很大的关系。

很长一段历史时期中，位于金川安宁的雍忠拉底寺，成为这一地区苯教文化的中心，并得到地方首领的全力支持。

有清一代，这所苯教寺院更是与清朝中央政府册封的土司势

[①] 张海清主编，中央民族大学出版社2012年出版。

力融合为一，与土司的世俗权力构成一而二，二而一的所谓政教合一关系。必须指出的是，这种政教合一的关系与同时期中西藏由康熙皇帝一手导演促成的政教合一关系有所不同。康熙在位期间，彻底废止了西藏世俗的第巴政权，政治权力全部转入达赖喇嘛为首的僧侣集团手中。虽然其后这个政权也有一些世俗贵族参与，但僧侣集团控制核心与最终权力的格局从此固定。这是西藏地方政教合一的一个鲜明特点。而在嘉绒地区，主要权力依然掌握在以清朝中央政府册封的土司贵族手中，宗教也是在世俗贵族支持下才得以兴旺。那个时代，许多苯教寺院的住持，往往由土司家族未能承袭土司名号与权力的其他男性家族成员担任。经常出现的情形是，土司家族的兄弟，一位承袭土司职位，一位出家为僧，掌管寺院。也就是说，这种以地方豪强家族为中心的政教合一统治模式中，一般而言，世俗权力往往高于教权。这是嘉绒这一普遍实行了土司制度的地区，政教合一呈现的另外一种面貌。

这也提醒我们，藏族，或者藏区，一方面具有统一的文化特征，一方面，因为各自不同的自然地理条件，不同方言区间各自具有的不同历史文化渊源，以至于政治经济形态，都具有各自不同的面貌，决不可一概而论。我想，成都武侯祠中，"不审势则宽严皆误"这个"审势"，应该就包含对藏区不同地域，不同历史的深入研究与考察。

近些年来，因为藏区呈现的特殊局面，常使人心有戚戚之感。宋代司马光编中国历史，用意不是讲过去的传奇故事，发思古之幽情，而是要用历史映照现实，所以，皇皇大著，名叫《资治通鉴》。意思是，今天的世事，说不定是过去出现过的事情再次重演。外表虽然因时移势迁会有所变化，但内在的规律与情理，却可能并不新鲜。所以，研究历史，其实是借一面镜子来照见今天的现实。古希腊哲人说，"太阳之下无新事"，就是这个意思。现代的法国历史学家说，"所有历史都是现代史"，也是这个意思。

自己虽是一介文士，不是施政谋局者，却不认为这些情形就与自己毫无关联。听到令人忧虑的消息，看到令人痛心的情形，所用办法，还是文人的自解：读史。特别对清代以来，四川藏区的治乱有很大的兴趣。其间，自己设置了两个重点：一是沿金沙江一线，历来属于四川藏区的甘孜州几县与西藏地方政府统辖的西藏藏区的相互作用对这一地区治乱的影响。再者，便是我的家乡嘉绒地区。特别是乾隆一朝，两次对金川大举用兵的过程，以及前因后果有很深的兴趣。

今年春天，应邀参加金川梨花节，我明白金川县挖掘与宣传旅游资源的用意，这也是自己可以贡献微薄力量的地方，更兼这些年读了金川数种史料，计数百万字，更有兴趣重返那些事件的发生地，考察一番，建立一点现场感，便欣然前往。在金川县委县政府召开的座谈会上，我也没有多谈梨花之美。因为这作为旅游资源的美显而易见，同来的作家诗人们自会奋笔疾书，所以，我谈的是这个地方当年的治与乱给我的感受与启发。

金川小小一县，乾隆皇帝兴举国之力，两次用兵，过程在卷帙浩繁的《清史录》有中大量篇幅加以呈现，更有亲历金川战事的阿桂主持官修的《平安两金川方略》一百余卷，战事过程可以详考。但战事的起因，直到今天仍然缺少深入考察。为何当地一介土司，地方不过千里，人丁不过数万，正是清王朝如日中天的强盛时代，却敢于突破中央王朝划定的势力范围，向相邻的土司领地武力扩张，原因何在？全系于夜郎自大的野心膨胀？难道与地方官员予取予与、欲纵欲擒的分寸拿捏，进退失据没有丝毫关联？更有意义的是，平定金川后，清廷作为善后有两大处置措施，一是在当地化兵为民，实行屯防。当时，本地部族男丁在战争中几乎消耗殆尽，汉族留屯的兵丁与当地妇女大量婚配，从而形成以汉文化和当地嘉绒文化相融合的两金川地方文化面貌。这是硬的一手。举措之二，用现今流行的话，就是软的一手，体现在宗教方面。金川战事期间，当地苯教势力也是抗拒朝廷镇压的中坚力量。战后，苯教中心寺院雍忠拉底被平毁，随即又在原地兴建起一所属于藏传佛教格鲁派的寺院广法寺。20世纪80年代初，我曾在"文革"中毁坏的废墟间做过实地考察，记得曾在旁边玉米地旁发现一通墓碑，属于广法寺某任堪布。如果记忆无误，碑文记载，这位圆寂于任上的堪布是由西藏拉萨色拉寺派出的高僧。清朝入主中原不久，就着意扶持藏传佛教格鲁派，到康熙朝，更让格鲁派完全掌握了西藏政教合一的核心权力，基本的出发点，是"以安蒙藏"。金川战事结束后，又通过皇命，强制嘉绒信仰苯教的地区改宗达赖喇嘛为尊的格鲁派，也是认为这种宗教教派能为己所用。在当时，这种举措确实起到过一些安定地方的作用。但晚清以后，至民国，至中华人民共和国，这股力量却不再有当初所谓康乾盛世时曾起的作用，藏传佛教中涉入政治越来越深，对权力产生更大渴望，无论在蒙古还是在藏区，对于中央政府而言，终于发展成为一股离心力越来越大的颇难制约的力量。其间的得失，令人深思。清廷倾举国之力，平定金川后，不是兴办教育，推广文化，以巩固以暴力手段得来的胜利成果。反把更能影响后世的，影响百代千秋的施加文化影响的机会"赏"给了最终会成为异己的力量的西藏佛教教派。可能正是看到这点教训，晚清时期，赵尔丰在川边地区实行改土归流时，兵锋过后，即便财力微薄，人才奇缺，首要举措，便是通电报建学校。可惜，这时，大清朝气数已尽，一个野心勃勃的能臣，并不能挽狂澜于既倒，扶大厦于将倾。

所有这些，春天的金川之行，虽然浅尝辄止，但和县里领导还是有所交流。其间多次谈到，有清一代，金川当地土兵，多次奉朝廷征调，先后参加清朝在西藏对廓尔喀等地用兵建立战功，鸦片战争中，开赴抗英前线，英勇无畏，做出重大牺牲。红军长征时期，还在当地短暂建立"格勒得沙"民族自治的红色政权。少数民族地区，对于国家政权的认同或疏离，除了当下日趋复杂的国内国外的种种因素，也与历史来路上发生过的种种事实不无关联。

总之，所有治理措施，计之长远，则最终效果彰显；孜孜于眼下短暂的安定，尽取权宜之计，则宽严皆误，最终贻留祸患。

前些天，金川县来人，说要编辑一套地方文史材料。我看过这些史料编目，对一个县来说，确实篇幅浩大。用眼下时兴的话，称为一项文化工程，也不为过。其中一些篇目，对我这个半吊子的地方史研究者来说，也只听闻其名，而没有机会深入研读。我想说的是，这些材料的意义，不止在于历史事实的钩沉与文化面貌的描述，更在于其中包含的教训与启示。这样的宝贵资料，虽然卷帙浩繁，也应该成为各级行政机构人员的学习材料。鉴古知今，对当地历史有相当了解，陌生的文化才会不再陌生。了解在前，才会对当地文化产生真正的尊重与洞悉。尊重是姿态，洞悉才是根本。

历史研究固然是历史学者的专业，但我还是觉得所有人都应该学一点历史，尤其是学一点自己所生活所工作之地的地方史。学地方史，光读别人综合性的二三手、三四手的泛泛转述不行。这样的转述往往空洞无物。这样的转述往往有了观点，然后搜寻可以佐证的材料。这样的转述有点像自下而上呈递的汇报材料，有彰显有遮蔽，往往造成"意义的空转"，甚至是认知的偏差。今天，各级行政干部，学历越来越高，有能力直接阅读一些原始史料。这些史料虽然也是转述，但至少是第一手转述，还能最大限度还原历史现场，给人以更强烈的现实感。

我还注意到，这套地方史资料的编目中，不但有大量的官方与汉文史料，更注意到有《促浸土司族谱》和《绰斯甲土司族谱》和一些基于本土记忆的"嘉绒藏区历史资料"。这就更加难能可贵了。这些资料，一方面，可以补官方与汉文史料之不足；一方面，这些本土的藏文史料，保存更多的历史文化信息。某种程度上说，文化的，也是政治的。在某些社会条件下，文化与政治间，总会发生一些奇特的转化。所以，某种程度上说，这些史料，对于今天的政治治理和文化建设，可能有更大的参考价值。

金川县委书记张海清，是我马尔康师范的校友，他要我为其主持的这套史料写篇序文。我说，为这样的大书，写序我没有资格。作为一个读过其中大多数篇目的读者，一个"心忧天下"的读书人，愿意把自己面对当下现实研究地方史的感受写在这里，就教于这些材料可能的读者。

小篇幅也是大小说
——《穿越2012》①序

时常会收到这样的书稿,被嘱托写叫作"序"的文字。老实说,绝大多数时候,读到的文字都不是自己喜欢的,有时甚至是难于叫作"文学"的。读这样的东西,耽误时间尚在其次,还常使自己正在进行的写作中断下来,重新拾起时,却被不文学、不干净的文字破坏了感觉,重新开始变得相当艰难。

尽管如此,受到难以推却的嘱托,拿到新的文字,还是仍然怀着会读到好作品的指望,带着看到作品背后那个人能够写作并尊重写作的期待来读这些文字,但这样的希望的确是非常渺茫的。拿到欧阳明的这本小小说打印稿时,心情也是这样。于是,一直等到手里新写的一本随笔集编得初具规模、另外的写作还在等待开始的时候,才敢下决心来拜读这本集子。

这个中午,我倚在沙发上,打开沉沉的打印稿,打算好就读下去,如果读不下去,就睡过去,休息一会儿。

读过打头的一篇《挥手》,虽然称不上"惊艳",睡意却消

---

① 欧阳明著,大众文艺出版社2012年出版。

失了。我坐直了身子,点了一支烟,来读这本小说。该篇借一种巧妙构思,写两个老人至死不渝的友谊,有深情,却又难得文字干净凝练。再一篇《空门》,写佛门清净地中的一个聪明和尚。一个并不想堕入凡尘而坚持与自己的凡心进行搏斗的人,终不免被凡尘垢染,看起来平铺直叙,但剪裁得当,短短篇幅叙述从容且不动声色。接下来第三篇《寻找桃子》,又换了题材,写一个成年人如何被唤醒了少年情感,事实残酷,情感却干净透明。第四篇,也是不错的用心的结构。

读到此,才忍不住回到开头看作者的介绍,知道他从1988年起就在刊物上发表作品,直到今天仍然在业余时间里笔耕不辍。再看目录,一本集子居然收入小小说有八十余篇之多。点第二支烟,想:也许好的都放在前面。于是跳跃了一下,随便翻开一篇靠后一点的——是《老师的那本诗集》,有点简单。再跳一下,又翻到一篇,写中学的两个同学:一个好成绩,一个坏成绩。好成绩的上了大学,当了老师;坏成绩的后来开了茶馆,却比当老师的同学挣的钱多。故事更加简单,甚至有说教的意味。心想:这厮终于露出马脚来了。但前面的几篇已经叫我不舍,再读起这篇简单的小说,想起当年流行过的话,叫作"做导弹的不如卖茶叶蛋"的,同时注意到文中所涉那些细节,知道这一定是作者早年的作品。早年,我们不都一样是这么简单着过来的吗?

于是,直翻到差不多最后面倒数几篇中的一篇——《99号当铺》。故事构思荒诞:上帝到人间开当铺,这个时代的人们无所质押,便当出情感。上帝发现,人们抵押了那种叫作"情感"的东西后,没有人再来赎回,终于只好停了人间生意,回去天堂。讥讽甚深，文笔却冷静依然。挨着一篇，写席卷这个时代各个角落的拆迁，却借了当下流行的穿越小说的"穿越"之名。与之所不同的，不是要借穿越而逃离现实，而是对小人物命运之无力与无奈做饱含同情的一声长叹。再回头想想类似《老师的那本诗集》的作品，再不觉得浅显，反而看到了一个写作者在小说中的成长——情感的日趋深沉与文笔的日渐老辣。于是，我知道，写这些文字并不是勉为其难了。又读了几篇，看见作者的认真——观察社会世相的认真，小说结构的认真，对待文字的认真。集子中的大部分篇目，都有相当的质量。其实，且不说小说写得如何或者作者将来会把小说写得如何，这份认真，在如今的写作中已经越来越稀有了。

于是，这个下午，我不待读完全部小说，就坐在电脑前，把这些新鲜的感觉记录在案。

好了，关于欧阳明这些小小说的读后感已经都在这里了，再说就是画蛇添足了。那么，就再说说小小说吧！

我是想说，我不太知道什么是小小说。更准确地说，我不太知道为什么要从短篇小说中间又分出一类叫"小小说"，就像我不太知道为什么有一种文体要叫"散文诗"。中国过去有很多叙述体的讲故事的文章，篇幅都不长，其中很多好文章，都是我的深爱。比如《搜神记》里的故事，比如《阅微草堂笔记》里的故事；何况，还有更了不起的蒲松龄和他的杰作《聊斋志异》。两三百字、三五百字、千把字，就能讲好一个惊心动魄的故事，但那时，没有人说它们是小小说。故事讲得好，作者对人生、对文字有深情，对世事有洞见，小篇幅也是大小说。在我眼中，《聊斋志异》就比什么《三国演义》《水浒》都要大。当代作家汪曾祺也有这样精悍短小的好作品，比如《陈小手》。但不太听人说这些故事、这些小说是小小说。一句话：小说之大与小说之小，不是篇幅所决定的。

欧阳明还当着我们四川小小说学会的会长，所以可能会反对我这种说法，但我的意思是，这个学会可以被当成一个业余文学爱好者切磋、琢磨小说的好沙龙，但千万不要真的陷入要构建一种新的小说体裁的狂想中去了。就从欧阳明集中的这些小说来看，按我的意思：写得好的，就是小说，就是大小说，不必因强调篇幅大小、字数多少而特意弄一个关于体裁的概念。现在小说越写越长，就短篇论，也动辄字数上万。我也揣测，也许大家强调"小小说"这么个概念，也是对这种现象的一种反拨吧？的确，大家可以一起探讨如何把小说写得精练蕴藉、如何谋篇布局、如何设置情节、如何留白、如何节制，其中一定有些共同的技巧和经验可以总结，但大象无形，过于拘泥于某个概念——比如"小小说"——反倒可能把文思与表达拘束住了。而且，短篇小说如何精练蕴藉、不因字数少而少了力量，中国人之外，外国作家对此也有很多经验。契诃夫、欧亨利、海明威一路下来，直到卡佛和奈保尔，都有很多地方可以让我们深入体味与借鉴。

一句话，这本集子里的大部分篇目自是相当不错，但写作者的宿命就是好一点、再好一点。因此，我也和读者一样期待欧阳明在接下来的写作中能够表现得更加优秀。这其实，也是一个祝愿。

为"康巴作家群书系"① 序

去年,"康巴作家群书系",一次性推出了七位甘孜州,或甘孜籍各族作家的作品。这些作品,水平或有高有低,但我个人认为,若干年后回顾,这一定是一个重要的文化事件。

康巴这一区域,历史悠久,山水雄奇,但人文的表达,却往往晦暗不明。近七八年来,我频繁在这块十几万平方公里的土地上四处游历,无论地理与人类的生存状况,都给我从感官到思想的深刻撞击,那就是这样雄奇的地理,以及这样顽强艰难的人的生存,上千年流传的文字典籍中,几乎未见正面的书写与表达。直到两百年前,三百年前,这一地区才作为一个完整明晰的对象开始被书写。但这些书写者大多是外来者,是文艺理论中所说的"他者"。这些书写者是清朝的官员,是外国传教士或探险家,让人得以窥见遥远时的生活的依稀面貌。但"他者"的书写常常导致一个问题,就是看到差异多,更有甚者为寻找差异而致于"怪力乱神"也不乏其人。

---

① 作家出版社 2013 年起出版。

而我孜孜寻找的是这块土地上的人的自我表达：他们自己的生存感。他们自己对自己生活意义的认知。他们对于自身情感的由衷表达。他们对于横断山区这样一个特殊地理造就的自然环境的细微感知。为什么自我的表达如此重要？因为地域、族群，以至因此产生的文化，都只有依靠这样的表达，才得以呈现，而只有经过这样的呈现，才成为真正意义上的存在。

未经表达的存在，可以轻易被遗忘，被抹杀，被任意篡改。

从这样的意义上讲，未经表达的存在就不是真正的存在。

而表达的基础是认知。感性与理性的认知：观察、体验、反思、整理，并加以书写。

这个认知的主体是人。

人在观察、在体验、在反思、在整理、在书写。

这个人是主动的，而不是由神力所推动或命定的。

这个人书写的对象也是人：自然环境中的人，生产关系中的人，族群关系中的人，意识形态（神学的或现代政治的）笼罩下的人。

康巴以至整个青藏高原上千年历史中缺乏人的书写，最根本的原因便是神学等级分明的天命的秩序中，人的地位过于渺小，而且过度的顺从。

但历史终究进展到了任何一个地域与族群都没有任何办法自外于世界中的这样一个阶段。我曾经有一个演讲，题目就叫作《不是我们走向世界，而是整个世界扑面而来》。所以，康巴这块土地，首先是被"他者"所书写。两三百年过去，这片土地在外力的摇撼与冲击下剧烈震荡，这块土地上的人们也终于醒来。其中的一部分人，终于要被外来者的书写所刺激，为自我的生命意识所唤醒，要为自己的生养之地与文化找出存在的理由，要为人的生存找出神学之外的存在的理由，于是，他们开始了自己的书写。

正是从这个意义上，我才讲"康巴作家群"这样一群这块土地上的人们的自我书写者的集体亮相，自然就构成一个重要的文化事件。

这种书写，表明在文化上，在社会演进过程中，被动变化的人群中有一部分成了主动追求的人，这是精神上的"觉悟"者才能进入的状态。从神学的观点看，避世才能产生"觉悟"，但人生不是全部由神学所笼罩，所以，入世也能唤起某种"觉悟"，觉悟之一，就是文化的自觉，反思与书写与表达。

觉醒的人，才是真正的人。

当文学的眼睛聚光于人，聚光于人所构成的社会，聚光于人所造应的历史与现实，历史与现实生活才焕发出光彩与活力。也正是因为文学之力，某一地域的人类生存，才向世界显现并宣示了意义。

而这就是文学意义之所在。

所以，在一片曾经蒙昧许久的土地，文学是大道，而不是一门小小的技艺。

也正由于此，我得知"康巴作家群书系"第二辑又将出版，对我而言，自是一个深感鼓舞的消息。在甘孜广阔雄奇的高原上，有越来越多的各族作家，以这片大地主人的面貌，来书写这片大地，来书写这片大地上前所未有的激变、前所未有的生活，不能不表达我个人最热烈的祝贺！

文学的路径,是由生活层面的人的摹写而广泛及于社会与环境,而深入及于情感与灵魂。一个地域上人们的自我表达,较之于"他者"之更多注重于差异性,而应更关注于普遍性的开掘与建构。因为,文学不是自树藩篱,文学是桥梁,文学是沟通,使我们与曾经疏离的世界紧密相关。

民族文化，多样性中的多样性
——《雪山土司王朝》[①] 序

有人从家乡来。

来的是几位热爱故乡，并把这种热爱投注于家乡历史与文化研究的有心人。他们都不是专业人员，长期在家乡的政府机构或文化单位工作，有些还担任过家乡县重要的领导职务；现在有的退休了，有的还在岗位上"服其事"，继续着自己看似普通平凡的工作。与此同时，他们长期坚持从事的历史文化研究工作却大有意义，其搜求资料，进而在此基础上考证梳理，去伪存真的工作成果常常也给我很多启示。这次，他们又带了已出刊多期的杂志型地方史与地方型文化研究资料《嘉绒文化研究》的最新一辑。

我当然要请他们喝几杯薄酒，翻翻新书，谈谈家乡，这真是一大快事。心里不禁涌上两句改窜过的古诗句，正是"浊酒一杯家万里，书被催成情正浓"。

想不到，几位家乡人还带来了更重的精神礼物，一本专著《雪山土司王朝》。更为难得的是，他们还从国内外各种渠道搜求到20

[①] 政协马尔康县委员会、阿坝嘉绒文化研究会编著，四川民族出版社2013年出版。

世纪前五十年与故乡社会状态和土司制度相关的大量珍贵的历史照片。这使得杯中的薄酒立即有了时间的深度，成了百年陈酿。

我的家乡马尔康县，历史上曾被称为"四土"，也就是四个土司统治之地的意思。这个地方生活的族群，是嘉绒藏族。嘉绒藏族，正如人类学家所说，可以视为一个大的民族内部所具文化多样性的样本。从明至清，特别是清代，这里形成了18个土司的统治之地。后来，一些土司，如杂谷，如曲浸，如赞拉，因为各种原因相继改土归流。改土归流后自然也就发生了社会结构、族群构成和文化面貌的巨大变化。但马尔康的四个土司却一直从清代延续到民国。这种局面直到共产党在20世纪50年代建政才正式宣告结束。相较其他实行土司制的藏族聚居区，其间经历了种种巨大变故，这种相对的稳定性使梭磨、卓克基、松岗和党坝四个土司掌控的马尔康地区（四个土司所统治的地域又不只限于今马尔康县境）成为保存嘉绒藏族文化最完整的地区。所以，研究嘉绒族群文化和嘉绒藏族地方史，有着非常重要的意义。

即便只从藏族这一民族的历史与文化着眼，这些研究工作与成果，也有着独特而重要的价值。

按现代人类学的观点，文化多样性不只存在于表现在不同的国家和不同的民族之间。文化多样性同样存在于一个民族共同体内部。嘉绒藏族地区从吐蕃时期才日渐融入藏族这个文化共同体内，除与青藏高原其他地区藏族人民保持的文化共同性，因为特殊地理位置与未融入藏族大家庭前的文化遗传，又有着自己鲜明的文化特性与历史传承。语言、建筑、生产方式甚至歌舞等文化的同中有异之"异"略过不谈，考察近现代历史，土司制下实行的政教合一制度与西藏地区所实行的政教合一制度，也是同中有异，而且存在着相当的差异。

文化人类学家列维-施特劳斯说过："在每个社会内部，在组成社会的所有社群中，同样存在着多样性问题，如社会等级、阶级差别，专业部门或宗教派别等等，差异得到一定发展，也为人们所看重。人们能够问，当社会因其他的关系而变得更庞大、更同质时，这内部的'多样性'是否趋于增强。"照此说来，这本书，对于一个土司社会内部的"社会等级"和"宗教派别"等社会情况也多有涉及与探究。这样的工作，在把文化——尤其是少数民族文化贴上一二符号化标签的今天，复杂的问题因此被遮蔽的今天，更是具有强烈的现实感。

这次《雪山土司王朝》的整理成书，即着眼于对土司制度的考察，并以"四土"中卓克基一土，又以此一土的最末一代土司作为中心，在我看来，是找到了考察一种地方政教制度的很好的入口，取得了一个很好的社会学模本。细读之下，不只是风云变幻的时代画卷得以充分展现，同时，土司家族权力来源和传承方式也得到了详尽的考察与说明。一个末世土司在时代巨变面前，无论是试图抗拒变化还是最终顺应历史潮流，曾经操控一切最后却无力挽留曾经的辉煌的过程，令人感叹。这种感叹难以一言尽之，姑且名之为命运之感吧。

十多年前吧，政协马尔康县委员会在为本县编文史资料时，出版过一本卓克基末代土司的传记。而这本《雪山土司王朝》同样以索观瀛土司作为中心人物谋篇布局。比较两本书，就可以看到家乡地方史与文化研究取得的进展。在这本书中，传主一生的功败垂成与所处的大时代有了更深广的联系。土司制度的终结和土司个人命运的沉浮都不是一个封闭体系中的自在运行。在那样的方法下，一切都是单独而偶然的事件。只有具有了宽广的视野与现代的思想方法，才能把地方史的研究置于巨大的历史背景下详加思量，才能把个人命运安置在社会巨变的洪流中进行考察。

  正是因为这些优点，家乡的朋友们告别后，我连夜拜读他们的新作，并把这些感想写在这里，同时祝愿并期待他们的工作有更深广的收获。

2013 年 11 月

从细部进入历史
——《成都市井闲谭》[1] 序

这是一本关于成都生活记忆的书。

更准确地说,这是一本有关已然消逝或正在消逝的成都日常生活的书。

人类有一个长处,就是可以在记忆中保留对那些消逝事物与社会场景的记忆,以保持文化与道德的连续性。人类同时也有一个短处,拥有记忆能力,却又偏偏在不知不觉中选择遗忘。对于已然消逝和行将消逝的事物与社会生活场景的记录,正是人类对抗遗忘的一种古老方式。李白诗:"却顾所来径,苍茫横翠微。"说的正是人回望走过的道路时生发的悠远感慨。

这本书由四川省政协文史资料和学习委员会主持编撰。基本的动机,就是记录与回忆。记录与回忆正在时光隧道深处渐渐离我们远去的那些事与物。当这些记录集中凝聚一个城市的生活时,便构成这个城市的历史记忆,是我们曾经的活生生的生活,是我们刚刚告别不久,余温犹在的生活。

---

[1] 四川省政协文史资料和学习委员会编,四川人民出版社 2014 年出版。

自人类进入科技时代以来，时代列车陡然加速，新事物层出不穷，带来生活发生的急剧改变。如此剧变的情形之下，人们把更多的精力投入对新生活与新事物的适应与操控，而关于历史、关于记忆更容易被疏忽，记忆的重要性本身也更容易被疏忽、被遗忘。基于此，省政协文史学习委的同人们，商定以此书作为开始，来启动一项关于记忆、关于历史的连续性的工作。希望这本书，是一个开始，而不是结束。

有心的读者或许可以发现，这本书的着眼点，与各级政协长期以来编撰出版的"文史资料"有所不同。如果说，"政协文史资料"更着重于政治与经济方面重要事件的记录与还原，那么我们以本书开始进行的记忆打捞，则更注重跟普通人经历密切相关的那些生活场景与日常生活中那些事物的呈现与还原。

研究一个时代，研究一个地方，从政经方面的重要事件入手，自然是非常重要的路径。同样，研究一个时代，研究一个地方，从一些特定的事物入手，从一些特定的公众生活场景入手，保持与还原的是鲜活生动的时代气息，也是为历史存真的一种重要方法。只有这两种方式齐头并进，才是保存集体记忆的更可靠、更有价值、更为人本主义的方法。

以政经为主线建构历史是一种方法，以事物与场景的细节为重要的支撑点，同样是一种建构鲜活历史的重要方法。

四川省政协文史委全体同人，希望以本书为始，开始一项记录四川方方面面历史的系统工程，除了我们专心致志来钩沉与打捞，搜求与记录，也希望，社会各界有识之士，加入到我们这项工作中来。

让我们共同以这种方式记录四川,记录四川在一个伟大的剧变的时代,所经历的种种变迁。

我们的宗旨是:为过往的历史存真,为消逝的生活留影。

2014 年 2 月

一部研究活态史诗《格萨尔》的力作
——《艺人、文本和语境：文化批评视野下的格萨尔史诗传统》[①]
代序

几年前了，我第一次以考察格萨尔文化为目的去康巴藏族聚居区，借的是在德格参加格萨尔文化研讨会的机缘。我出生并成长的嘉绒藏族聚居区，不是格萨尔传说特别流行的地区，过去只是听过一些片段的故事流传。后来读了多种《格萨尔王传》民间说唱的整理本，结合了藏族民俗、历史、宗教文化的思考，对格萨尔史诗特别是产生史诗的文化氛围的好奇心日益强烈，特别想深入进去一窥堂奥，而德格的研讨会，有许多格学专家参加，会后还可以在史诗流传的地区做田野考察，对我来说当然是可遇而不可求的难得机会。接到邀请，马上放下手里正在进行的写作，束装就道。

那时，与会专家中我认识的只有我们的文学前辈，同时也是格萨尔研究专家的降边嘉措老师一人，前去参加这样的专门会议，心里自然怀着一个门外汉的惴惴不安。记得那天车出成都，在雅安下了高速路，分乘不同车辆的人在国道318线上那组茶叶背夫们的雕

[①] 诺布旺丹著，青海人民出版社2014年出版。

像前聚齐了一同前往甘孜。那组雕塑标志的是川藏通道上茶马古道的起点。在那里,降边嘉措老师说,我要给你介绍一个研究格学的青年专家,全国格萨尔研究办公室主任。这个人就是本书的作者诺布旺丹。后来,我又获知,旺丹还是降边老师的博士。所以这一路上,我这个门外汉问题多,问题太多,怕降边老师嫌烦时,就向他的学生请教。我们先在德格开会。会后,又到德格、色达、白玉、甘孜、道孚、炉霍几县做田野调查,寻访各种说唱艺人,考察各种与史诗相关的历史遗迹。这一路真使我眼界大开,对于格萨尔史诗的流传方式与颇带神秘色彩的文化氛围,有了初步的认知与体察。也因此帮我下定决心,应邀加入英国一家出版社主持的"重述神话"的系列出版计划,用现代小说的形式重述这一体量庞大的藏民族英雄史诗。

这一行,也使我学到一些方法可以开始自己独自的寻访。

后来,我又和他们在拉萨参加更高层次的格萨尔研讨会,并现场欣赏一些说唱艺人舞台化的表演。

再后来,又和他们在果洛草原上领略较之康巴地区似乎更为浓郁的、在民间生活中无处不在的格萨尔文化。

小说《格萨尔王》英文版出版在即,诺布旺丹又帮我把史诗中所关涉的所有人名地名以标准的藏语发音标注了一遍。

这部小说的中文版首发式在北京举行时,还是蒙诺布旺丹的帮助,从青海果洛与玉树请到四位不同类型的格萨尔说唱艺人到现场演唱,使那场首发式别致而隆重。亦是这一举动,更得以让中文版的读者知道,这本小说并不是我的凭空创造,而是来自一个深广而神圣的民间传统;让读者知道,我这本书,只是一株丰茂华美的故事树一个粗线条的剪影。藏民族伟大的口头文学,我将其表述为我书面文学表达的口传文学来源。这个伟大而深广的来源,绝对不止是给一个今天的书面表达者提供了写作的题材那样简单,而是提供了一种富丽神圣的审美范式,一种演绎历史,或者说是历史在族群记忆中如何存在与表达的精神指引。

草原的风尺幅那样广大,草原上的黄河、金沙江那样深沉,那样映射星月而光华灿烂!

我的书写成后,对于格萨尔史诗的兴趣并未稍减。继续拜读着新发现的格萨尔故事的新唱本,继续领略学者们最新的研究成果。其中一本就是诺布旺丹的以格萨尔说唱艺人为入口,研究藏传佛教的"伏藏"与"掘藏"传统以多种形式与样态存在于格萨尔说唱艺人中间的专著。这本尚未出版的书,解答了我心中的不少困惑,扫除了我知识上的不少盲点。

最近,旺丹又把这本专著的修改稿发给我。我又重新拜读一遍。发现这本专著又增加了许多新的内容,总括起来是两个方面。一方面是说唱艺人的案例有了增加,不但继续对这些艺人获得演唱才能与冲动过程进行了更深入细致的挖掘,更对他们在日益现代化的环境中的生存方式与史诗流布出现的新方式有着详细的记录,从而使这本专著有了更明确的现实意义;另一方面,他从现代民族志、人类学、文艺发生学等学科前沿的思想成果中汲取养料,来观照格萨尔这一古老而奇异的文化现象。相比前稿,取材更丰富,思路更开阔。如果这样的说法太过一般化,太过寻常,那么,我可以引用民族志学者说过的话来概括我对这本专著的最初感受。有权威学者说:"……扎进社区里搜寻社会事实,然后用叙述体加以呈现的精致方法和文体,就是民族志。"格萨尔史诗可以说是一部藏族人的心灵史,一部藏文化的百科全书,于是,格萨尔史诗的流传与艺人的特殊生存状态本身就构成了一种特别的"社会事实",旺丹这部专著,从诸多艺人的生存状态与精神状态入手,也就是以"叙述体加以呈现",详细地呈现了这种具有特殊性的"社会事实",结果自然就构成了一部奇特的"民族志"——关于一部伟大的心灵史如何在日常生活中,由那些看似寻常,却通灵一般的民间艺人所传布的"民族志"。这"通灵一般"也不是我的发明,法国人石泰安在《西藏史诗与说唱艺人》一书中,就给出了这样的说法,他在论述格萨尔说唱艺人的种种形态的时候,就使用了"通灵"和"宗教性"这样一些说法。

我当然要为旺丹日益精进的学问而感到鼓舞。今天,有越来越多的本民族的中青年学人,用科学方式对本民族文化进行着越来越理性深入的研究,改变着藏族文化研究大多是"他者"的观察的现状,而有了越来越多的自我表达。这是这个古老民族内在的巨大进步。每一个真正致力于构建这个民族的现代性,并以此追求藏民族自新与自强的同道,都有理由为这样的成果感到由衷的高兴与鼓舞。

也是叫作"民族志"的这门学问告诉我们,一个民族,要在今日真正屹立于世界民族之林,都必须要有一个一直在社会科学各个领域中深究种种"社会事实",并把呈现这种事实视为使命的专业知识分子群体,来一一奉献出自己的研究成果,与整个世界沟通与对话,才会真正成为世界民族大家庭中一个够资格的,具备了现代性的成员。

文化人类学家列维-斯特劳斯说过："要理解人类诸种文化何以不同，在何种范围内不同，它们是互为抵消，还是共同形成一个和谐整体，我们首先应当列出一览表。"如果要列出藏文化的"一览表"，那么格萨尔史诗，及其传承流布的方式，无疑会位列在非常非常靠前的位置。但这个"一览表"的编制，无疑必须采用当代社会科学的研究方法。旺丹这部用功多年的专著，所做的正是这样的工作，作为一个读者，我是非常赞赏的。

但是，他随书还附有一信，要我为他的这本专著写一篇序，就让我深感惶恐了。前面说过，他是带我进入格萨尔史诗之门的引领者之一，今天，倒反过来让我写这篇序文，真是让我非常不安了。

犹豫很长时间，觉得还是要不揣浅陋，接受他的嘱托。

正如他在书中所说："格萨尔文化在进入后现代主义视野之前就曾遭际过一次较大的洗礼和变迁，在那次变迁中，格萨尔文化开始部分地走上了书面化、佛教化和职业化的道路。如果说前者是由近现代文化语境所导致的对格萨尔文化的异化，史诗开始走向变异、偏离民间文化游戏规则，表现了一种宏观性、整体性异化的特点的话，后者便是后现代文化语境所带来的对格萨尔文化的异化，它表现出具体性、碎片性和结构性异化的特征，使史诗朝着它的终结化即'文本化'道路发展。"

我想，用这样动态的眼光来观察格萨尔文化的流布与变迁，是这本书最有新意的一个方面。很多时候，一些浅尝辄止的研究，往往将这种文化现象视为一种静态的样本，反倒是在具体的民间语境中，随着史诗流传地区人们生活形态的变化，社会组织方式的改变,与过去时代相比,也在发生着许多富有意味的变化。

旺丹说得好:"边缘化使《格萨尔》在民间生了根,未被拔离土壤而保持着活的多种文化因素的哺育并成为艺人心魂系之的天才创造。"

但今天,一切都在变化之中,格萨尔文化因为国家政策的引导,正在登堂入室,文本书面化、艺人专业化,这自然是一件好事,但与此同时如何保持住其民间性所带来的种种活力,的确是一个微妙复杂的课题。旺丹的这个文本,已经给了我们一个提醒。作为一个以写故事为生的人,我希望看到这棵巨大而丰美的故事树能在民间继续成长,天天开枝展叶。我以为,旺丹这本用心之作,即便只是在这一点上给我们一个提醒,那也算是一个很大的功德了。

过去的格萨尔史诗,往往是从某种现象入手,将不同艺人、不同文本固定为分析对象,虽然洞幽察微,但多是静态的分析。旺丹这本书的题目是《艺人、文本和语境》,"艺人、文本和语境"这是格萨尔史诗的三个关键词,这三个关键词在格萨尔史诗从古至今的流传过程中,自有一种非常紧密的互动关系。以动态的过程研究格萨尔史诗流传过程,考察这种互动过程,便动态地把过程作为考察的重心,侧重点就在语境和艺人的状态,虽然,艺人获得故事的途径与演唱过程中的种种神秘之处,在这本书中并未完全解秘,但,作者未避重就轻,反倒正面着力于此,就已经是一个非常重要的进展了。

2013年3月于北京两会时

《康若文琴的诗》[①] 序

从年轻时候起,我就喜欢把诗人划分为两个类型。

一种是宽广的诗人,他们无时无处不在行动中,视野宽阔,精神强健,双眼所见的一切,都可以入于雄浑奔放的诗章。这一类诗人中最杰出的代表,北美大陆一个:惠特曼。套用他诗章中的表达,可以说他自己就是一个"带电的肉体",穿越北美大陆时,看见什么事物都过电,都入诗!南美大陆一个:聂鲁达。跟惠特曼一样,写起诗来,整个南美大陆都是他的:神话、历史、政治、地理,无一不可入诗,特别到了他写诗集《平凡事物的颂歌》,这种才能算是登峰造极,在南美大地上,遇见什么就能歌唱什么——也就是说,他就是有着超级强悍的题材处理能力,几乎没有什么事物不被开掘出美妙的诗意。

想起年轻时候,我是多么喜欢这样的诗人,那时我常常背着这两个人的诗集出去旅行——去开阔自己。我曾把这样的经历写入自己的诗句:"传说中某一峰有一面神喻的山崖,我背着两本心爱的

[①] 康若文琴著,四川文艺出版社 2014 年出版。

诗集前去瞻仰。"

还有一种类型的诗人，是聂鲁达与惠特曼的反面，但也是我的最爱。她们待在一个地方不动，把自己的内心当作一个深不见底的井来不停挖掘，总能把复杂的幽暗不明的心绪点染出诗意的光芒，这样的诗人处在另一个极端上。其中两位，也出在南北美大陆，南美那位，叫米斯特拉尔，她在一个小地方，写自己对爱情的向往与失恋，居然写到得了诺贝尔文学奖。和惠特曼同在北美也几乎同时代的狄金森小姐，也是一辈子待在一个小镇上，在独居的阁楼上用一首又一首诗挖掘内心的孤寂，以及在这孤寂的状态中倾听内心所折射的世界的回声。

有时，我会想，也许在早前自由体诗歌开天辟地的时代，这些极端的位置都被那些先到者占据了。于是，后来的诗人进入诗歌这个王国时，便只好游移于一个中间地带，诗歌的取材也在这个中间地带徘徊，有倾向内心体验的自我审视而洞烛幽微的时候，也有迈开脚步涉入深广现实与历史时空的种种尝试。似乎前述的诗人在两极间开辟出的天地，已成为我们写作的疆域，从此以后，便鲜少跨越疆界的成功探险者了。

这些日子，我在美国一个叫爱荷华的大学城小住几月，读书写作。城很小，弄书累了，就去周围种满玉米的乡村里走走，秋风无边无际地吹拂，阳光跳荡其上，这时，我会想到漫游美国大地的惠特曼。更多的时候，我在一座两层小楼里写作，窗前有草地，有高大的松树、枫树和橡树，草地正在秋风里日渐泛黄。不由得，我就会想起小楼上，百叶窗后面幽居的狄金斯。

所以有这些联想，还有一个缘由。便是电脑里康若文琴的诗。

这些诗稿藏身在我电脑里，随我从中国到了美国。这是一个任务，我要看完她们，并要为此写点什么。阅读这些作品，也是引起我关于诗歌写作领域联想的重要原因。

康若文琴这本诗集从关涉的题材讲，正是在我刚才所说的那种在前人所开拓的诗歌疆土的中间地带往返的写作。往返也是寻找。一个成长中的诗人，对于人生意义的寻找。一个成长中的诗人，对于日常生活情境中隐藏的诗意的执著寻找。因为这种寻找，她必然要在内心与外部世界这两极间不断往返——前面已经说过，这里应该再强调一下：往返就是寻找。

不要以为写作者是一位女性，就不会写那种阔大的诗。浏览目录的时候，我一眼就从众多标题中看到了我熟悉的一座山峰的名字：莲宝叶则（《莲宝叶则神山》）。那是青藏高原上许多雪山中的一座。我曾从阿坝和果洛两个方向最大限度地接近过这座雪山，所以知道诗人那些诗句的由来：

格萨尔曾在这里拴住太阳下棋
兵器一次次从火中抽出
让铁砧胆寒
珠姆一转眸
时光就隐匿在粼粼的波光里
往事鸟一般飞走
曾经的金戈铁马凝固成奇峰怪石
在心灵的家园或站，或蹲，或卧守
护着比花岗岩更凝重的历史

这是一个藏人通过一段本族神话发生的有关历史的联想，转而到这座山峰地理形态的描绘，两者间转换自然，描绘更是妥帖准确。但仅仅如此是不够的，诗人面对并不理想的现实还要发出深长的感慨：

> 而今，马蹄声已走远
> 马掌静静地躺在草根与腐骨的深处
> 草原就这样悄无声息了吗
> 亘古的牛毛帐篷枯荣着岁月
> 时光昏黄在酥油灯前，诵经声中
> 等待，还是艰难地爬涉
> 黑色的帐篷任凭风吹雨打
> 世界已把莲宝叶则的历史遗忘
> 只有雪山多褶的皱纹记得
> 只有石砧台斑驳的沟壑记得
> 世界在互联网上奔腾

是啊，藏文化，在好多世纪前便已成型，且一度强势而辉煌，格萨尔史诗中很多伟大的场面，正是逝去的英雄时代的余响。包括其中所关涉的爱情，也是一个伟大时代的形态，开放，因开放而多姿多彩。但这一切，仅仅是过去，这个文化，在今天已经是另一副模样，似乎被固化，被自我封闭。是啊，世界在新的轨道与空间中奔腾，这个文化却很早就停下了前行的脚步，所以，"世界已把莲宝叶则的历史遗忘",所以,作者离开那座山,或者离开桌面上铺展的诗稿时,只能是这样,只能看见一片略带原初意味的自然美景:

  一回头
  莲宝叶则
  牛羊起伏在绿浪之间

  在这本诗集中,这是诗人处理自身之外的,更具社会性的题材的作品中,我个人最喜欢的一首。这本诗集中,以题材论,还有走得更远的诗,比如写古都西安,写国内那些旅游目的地,更还写印尼的排华风潮,但我更喜欢她写梭磨河、写阿坝草原的那些篇章。虽然那些写远处的诗歌也有情感,也有恰当的修辞,但诗歌又不仅是情感和修辞,更重要的还是那份切身感。
  宽固然是一件广阔,深也自是另一种广阔。而深的达成是与切身感切切相关的。
  所以,更多的时候,为我们奉献了这本诗集、这些曼声歌唱与吟哦的诗人,不是惠特曼式地走向广阔,而是向着自己内心深入。而正是这些转入内心深处,深入体味的诗歌,更让人感到亲切。也许,还是更为成功的。
  例子很多,随意选一首吧。比如这一首:《一直向右转》。

  生活啊,永远不缺少那个老大哥
  月白风清之夜

斟一杯薄酒，淡淡地告诉你
向左转，像喝醉一样没有道理

平实到无须修辞，但以一种轻描淡写的幽默感，固定了某种情境下，稍纵即逝的领悟与情怀。这样的成功来得一样可以说"没有道理"。诗歌写作，很多时候就是需要进入这种"没有道理"的境界。

我想，从莲宝叶则神山，到这个在内心里映现老大哥教训的时刻，其实也就划定了文琴作为一个诗人最为稔熟，最能举重若轻的疆域。任何人在写作生涯中，必定都会有一个最为应付裕如，最能充分心领神会，最能洞幽烛微，也最能充分表达的疆域。

文琴写作已经好多年头了，如今整理出这本诗集来，算是一个小小的总结。因此，我还想，如果这本诗集只是一个再出发前的深入整理，那么，我们就有理由期望她以后的作品，在其已经显露了才能与深情的领域中，再度深耕，一定能得到更深广的体验与诗意的收获。这样的深耕，正如本诗集中的一个题目《一米跋涉》，是的，在诗歌王国中，一米就是跋涉，而且往往等同于，甚至超过了一万米的跋涉。

沉静的宣叙
——《钢的城》[①] 序

1

我喜欢长句子的诗。或者说,本能地不喜欢那种过于短促,形式与体积上先就不成气候的诗。

在眼下这个连时间和感情都在变得短促的年代,这样一种爱好是不可思议的。从诗歌美学本身来说,这样一种爱好,更显得可笑。其实我也不是不知道诗作的质量与诗行的长短之间并不存在一种同比的定律。想想原因,可能和我喜欢的一些诗人有着很大的关系吧。名单如下:惠特曼、聂鲁达、昌耀、埃利蒂斯、圣-琼·佩斯和一个非洲人,对了,我想起那个非洲人的名字了。他的名字叫桑戈尔。这个人我已经遗忘许久,但前些日子在巴黎完成观光客日程表中的一项,游塞纳河,巴黎众多的桥一道道从头顶滑过,导游指着其中一座说,米拉波桥。好几个人大声喊出一个名字:阿波利奈尔,继而又都像答对了题的小学生一样,兴奋地笑了。我没有作

[①] 龚学敏著,四川人民出版社 2014 年出版。

声，只是久久地看着一个黑人小贩，他在我们这群游客中兜售旅游纪念品。每次他做完一单生意，见我看他，就露出满口白牙，说："你好，中国。"他还说，"你，中国，我，塞内加尔。"黑人走在船上狭窄的人缝中，也不安生地摇晃着身子。他的血液中，一直响着一种舞蹈音乐的吧。船穿过米拉波桥浓重的阴影，温煦的阳光又落在身上，脑子也随之一亮，出现了一个词：达姆鼓！一个诗人写过：黑非洲空气与情感都很稠黏的夜晚，月光如新鲜牛奶，这样的月夜，有达姆鼓声，从夜的深处，从血液深处逶迤而来。二十年前在青藏高原群山之间读过的诗句，在这一刻突然苏醒过来了。那个当过塞内加尔总统的桑戈尔，那个在巴黎留过学，参加过法国当代文学运动的黑非洲诗人桑戈尔。

那本桑戈尔诗集，早和一个背囊一起遗失在深山里了。书柜里大诗人的诗集中间，没有了他的身影。但在巴黎，大家都在符咒一样念叨着雨果们、萨特们的名字的时候，我想起了他。每一个满口白牙，步子摇摇跩跩的黑人，都让我想起那个人，想起一些片片断断的绵长诗句。这些诗句姿态逶迤，起伏有致，节奏舒展，收放自如，气韵悠远。如果短诗句是城市中指向天空的唐突而慌张的水泥建筑，是现代情感恰当的外在形式，那么，我相信，长诗句更多地将对应着古老而生机勃勃的自然。

2

于是，我找到了第二个原因。因为喜欢有着"大"的气象，而不是我们诗歌方法中大力提倡的所谓以小见大的方式，所以，对那些暗示着"大气"的东西可能出现的形式,就有了一种特别的偏好。而在我现代诗歌阅读经验中,虽然不能完全说"大"的气象与局面,就百分之百地与句式相关,但在很大的程度上,一个诗人将世界与内心抒情性地展开的方式,几乎会宿命般地决定诗人重塑的那个世界——无论是主观还是客观——是了无趣味的荒漠,还是生机勃勃的美景。

我已经说过了,我不是一个力求公正全面却不幸总是沦于偏狭的批评家。我从出发的时候,就跟诗人们一样,想以一己的偏,概世界之全。作为一个保持了比较长时间诗歌阅读习惯的读者,我就是常常跟随这样的路径进入诗人们的世界。夜深人静的夜晚,长诗句绵延而至,在这样一个短促突击的时代,这样的诗句给了我一种情绪沉静的可能,一种血流舒缓的可能,一种沉思默想的可能。

长诗句们交错叠加:字、词、词、句子、句子。一座精神的建筑从情感的地平线上生长起来。喜爱诗歌,很多时候,也是因为喜欢这种建筑般的美感。何况,通常看到的建筑,不管是物态还是情态都已凝固,而诗歌的阅读,是历时性的,我们无时无刻不在参与,无时无刻不在这个过程中欣赏到历时性的美感。不记得在哪个地方,看到过陈丹青的几句话,说是喜欢中国画中手卷那样一种形式。我想,其理由,也是因为在展开过程中,有了时间延伸的元素。

3

理由之三,在审美上,我想自己更多地属于原始自然的感应,而不是现代城市的判断。看吧，河流剖开一层层岩石，深切着山谷，又在宽广的三角洲制造平原。山脉曲折行进在高原和大海之间，使大地深邃辽远。每天太阳照亮这些群峰的音阶，度完崎岖，高原的平旷，犹如一声余音绵长的亘古浩叹。所有曲折婉转，所有的奇崛诡异，都伴随着情感无际的流淌，都应和着血流中跌宕的吟唱。

吟唱，对，宣叙般的吟唱，在青藏高原这样雄奇旷远的自然界中所包含的抒情性，总是可以这样连绵吟咏的。当抒情与吟唱结合在一起，记录这种宣叙的诗行就很难短促了。写短诗行的朋友不要生气，在我这样没道理地会从外观上喜欢或不喜欢一种东西的人来说，那些诗行太短促的诗，像挂在晾衣竿上缩了水的衣裳——至少在形式上是这样的。而且，我在这里还要预先堵一下先反驳的嘴，因为我只是说我喜欢某一种形式的诗，而不是声称我懂得诗歌，或者是宣称自己发明了唯一的或最后的诗歌美学，声称根据这种美学原则创作的诗歌一旦产生，世界这张纸就给写满写尽，后来者想签个小名的缝隙都没有了。

4

龚学敏写这种长句子的诗行已经好多年了。

早年读到这些诗行绵长的篇什时，就有一种喜欢。那时，他刚刚提笔写作不久，长句子的处理还不顺畅，时常，情感与表达都有些磕磕绊绊。这种磕磕绊绊的抒情，我看有两个原因：第一，对奇崛效果的过度重视，造成了一些句式、一些词的构成，过于缺乏书面语或者口语中的依据；第二，尝试到了铺陈的易，但也显现出了收束起来的难。即便这样，我也早已慷慨预支了当这些毛病被克服后的喜欢。在我的感觉中，很多诗歌写作者，对于语言形式的选择，并不服从于内在的表达欲望，而是因为商业策划一样的精细规划，我觉得这两者之间有着巨大的区别。后一种方式很强暴，总是要把诗写成很刻意的样子。而前种方式，可能是听命于情感与自然召唤的。而龚学敏的诗，好像就走在前一种我觉得隐含着更大可能性的道路上。

那个时候，我们曾经在九寨沟的一些很蓝很幽深也很沉静的湖边谈过诗。是不是谈过诗句的长短却是不记得了。但我相信，在那样一种有规定性的情景下的谈论，如果不是与诗，起码也是与诗的感觉是极为相近的。但我相信，我们谈到接近自然的诗歌，应该发展起来一种幽深与沉静的属性是一定的。当然，还有这种诗歌应该有的颜色：蓝，来自黑人音乐中那个蓝调的蓝。

自然的淡定与雄浑让人沉思默想，那时，我们都共同地肯定，这样伟大的自然，肯定能孕育出与之相对应的伟大的诗歌。但是，这些伟大的自然，长期都是汉语文学的化外之地，要对其进行成功地表现，还要有更多的人，更多的作品，来开掘一条通往巅峰的成功的道路。很多人，正在这样做。甚至做得非常好，比如，昌耀，以及当时一些藏族年轻人的作品。但这些人的创造，仍然在中国诗界的主流意识之外。那时，中国的诗坛正在围地树旗，拉帮结伙，正在野心勃勃地书写一部诗歌运动史。虽然，面对高原的这批人，大多并没有去上山入伙，但老是不进入主流视野（体制外的主流与体制内的主流），这支队伍也就星散了。昌耀死了，还有一些人，告别诗歌，去用另外的文体坚持着自己对西部高原与族群的表达。还有一些人，生活中出现了不同的机会，他们消失了，比出现时更加的无声无息。

在我的印象中，龚学敏好像还在坚持。

但这种坚持也是另辟蹊径的，他去独自重走了一遍长征路。写下了一部《长征》。以后，我就很少读到他的东西了。这么几年忽忽过去。当年的那些事情已经成为温馨的回忆材料的时候，龚学敏却送来了他新旧创作的一部诗集，要我看看。我就带着这套很多长句子的诗集打印稿去了法国。不然，也不会在塞纳河上，引起那么多联想，就像福克纳一个精彩故事篇名《话说当年》一样，忍不住来话说当年。

是的，当年的那个龚学敏又回来了。又一次归来的时候，诗人的写作成熟了很多。想必，他已经重新认识了自己置身的这片西部高地，和西部高地上这个沉默族群的独特价值。而且，他肯定做得比过去更好了。技术上更加熟练，沉郁的风格也更加对应西部高地的人群与自然。当然，在我看来，需要努力的地方还很多。这既有对诗歌技艺本身把握的问题，也有对表现对象理解的问题。面临这种问题的，不是龚学敏一个人，而是整个西部高地上，所有的写作者共同的挑战。

唯一使人鼓舞的是，这么些年来，我们已经有了很多的经验——写作的经验以及对文坛的经验——有了这些经验，成功固然会使我们鼓舞，而失败，也是一种后来者很好的起点。

为"阿坝作家书系"[①] 序

在四川省文学奖和四川省少数民族文学奖颁奖会上,听阿坝州文联领导说,由阿坝的作家、诗人创作的"阿坝作家书系"即将出版,要我写点文字在前面。其实除了对这套书系的出版感到高兴,并要对这套书系的创作者们表示祝贺之意外,我感觉自己并没有太多的话要说。

阿坝是故乡,常来常往,自己关于文学的粗浅见解,与文朋诗友在正式与非正式的场合都有过充分的表达,再说,也没有多少新鲜的东西了。如果要多说什么,难免是重复过去的一些观点与说法了。我最觉得高兴的是,阿坝作家书系将是一个长期的项目,眼下将要出版的第一辑只是一个开始。的确,文化建设是一件持之以恒的工作。而文化建设中文学显然是最基础的工作。所有艺术门类在很大程度上,要取得更大的进步,除了不同艺术门类技术性的表达与创新而外,一切内在的审美的、观念的形态,其实都与文学提供的审美经验有着密切的关联。

---

① 中国文联出版社 2016 年起出版。

拿到阿坝作家书系第一辑的名单，我注意到大家都是在阿坝的文学园地中活跃多年的熟人和朋友。同时，这份名单从作者的族别上看，有藏、羌、汉等各个族别。阿坝这块古老的土地，在今天又显得前所未有地富于活力，正是各族人民团结一致，共同建设的结果，而在文化建设上也出现这种并肩前行，以各自的精神成果互相辉映，这样的局面，在国际国内极端的民族主义和极端的宗教思潮频繁影响到社会和谐安定的情形下，更是有着特别的意义。

在全球化的时代，文化的表达，特别是文化多样性的表达是非常重要的工作。这种工作，不止是不同民族文化的多样性表达，更重要的还是更致力于一个民族内部的多样性的表达。仅就阿坝的藏族文化而言，就有安多、嘉绒和白马等不同的族群与文化。而且，我们更要明确的是，文化多样性的表达不是加深不同文化、不同民族间的鸿沟，文学表达、文化表达最终的目的，是增进文化间互相的尊重、了解与融通，这是文学创作者所必须具有的一种善的动机。而这套书系首先登场的几位朋友，长期以来所做的正是这种有意义的工作。他们的作品所起的正是文学应起的作用。

我们更要充分意识到的是，文化从来不是一个僵硬固化的版块，而是一个动态的过程。只有那些不断发展，不断吸纳广大世界中其他文化中的积极因子的文化才能长存于这个日新月异的世界。所以，我们的文学表达，更有责任关注文化中正在萌芽、正在成长壮大的那些新的积极因素。新的现象，新的思想，新的人，新的事，只有对这些"新"保持充分的敏感，对新的时代对于文学的使命有深入的体认，我们的文学才会真正出现新的气象。

阿坝大地，具有高度的文化多样性，这种多样性，其实是由地理多样性决定的,更是由各民族人民共同创造的。文学自然也不在这种历史的规定性之外。文学的责任在于表达这种丰富的存在,文学的使命更在于以审美的方式呈现这些伟大的存在。

当然,这种多样化的文化书写同时也是要完全依从于个人的深刻体验与表达这种体验时个人化的表达。文化意味与个人风格互相辉映,互相生发,那就是真正的文学了。

祝阿坝文学在这样一片热土上有更新更大的进展。

2015年12月

《饥饿的女儿》[①] 序

这些日子，读了两本听说过很多年的书：《饥饿的女儿》与《好儿女花》。

这是两本读来让人心生惊悸的书，本来我以为是小说，有很强自传性质的小说。但作者自己的说法——至少在《好儿女花》中，她不止一次明确指认《饥饿的女儿》是一部自传。那么，《好儿女花》也可以视为自传了。前一本书的人物都在这本书里悉数登场，围绕着最主要角色的母亲的去世，与一场中国城市下层社会常见的葬仪，以沉痛的追思的方式延续了、丰满了母亲和与她一生密切相连的那些人物的故事。作者说，她是用这两本书写出内心深处的"黑暗与爱"。在我看来，前一本书更多是黑暗，和对黑暗的反抗。后一本书，则是爱，以及通过这种人类伟大的情感达成的宽恕。

锋利的解剖，勇敢的坦陈，因为深挚的爱恋，因为无论对自己还是对世界还怀有美好的期待。

[①] 虹影著，四川文艺出版社 2016 年出版。

作者写第二本书时,已经有了自己的女儿,所以她说,写这样的书,既是为了母亲,也是为了女儿。作者没有说出来的话,也许是希望自己不要再像书中的母亲,女儿也不会再是书中那个女儿。

　　其实,所有这些,作者在这两本书前的寄语中都有充分的说明。而这两本书,母亲之外,另一个主人公正是那个既为女儿,如今已成为母亲的作者自己。女儿与母亲两个形象相互映照,才是这本书开启情感之门的锁钥之所在。

　　而《你照亮了我的世界》这本短篇集,多数篇目中那些隐约或明晰的故事应是"发生"在写作前两本书之间的时间与空间,是不是也可以视为对这两本书的某种补充,补充了一些关于从反抗走向恕道过程中情感与精神嬗变的留白？同样可以为"照亮"我们的阅读提供一些帮助。

　　此时,在一个清晨结束了漫长的阅读过后,我一边写下这些文字,一边强烈地感觉到这在我可能是一次错误。

　　对于如此坦率真诚的写作,如此勇敢的写作,还有什么可说的？

　　我说自己可能犯错还有另一个理由。

　　这三本书的作者是虹影,在我还是一个文学上籍籍无名的初学者时,她就已经很有名了。在已经变得相当遥远的20世纪80年代,我就常从半地下状态的四川诗人圈子里频繁听说她的名字。虽然,那时我只从民间刊物上读过她几首尖锐的诗,但她的确是很有名了。当她把叙事性的作品也写得很有名的时候,我还在似乎毫无前景的黑暗中摸索。而且,依然没有读过她的书。那时,虹影在媒体上常常是一个话题,或者某个事件,我总是对成为话题与事件的人物抱有某种警惕。

如果不是几个月前和她见了迄今为止的唯一一面——这次见面的机缘还非关文学，是在一次推广牙健康概念的公益活动上，一起吃了主办方请的一顿午饭，除了互相认识，也没有深入交谈。晚上，再见面，是在一个地方喝德国啤酒，吃德式香肠。她和出版社社长商量三本书的重版事宜。我在旁边和别人聊天。记不得我是怎么加入他们谈话的。那时，酒已经有些上头了。酒会让身体和脑袋都变得轻飘起来，这种感觉会让人暂时摆脱了现实的压力与拘束。也许就是在那样一种情形下，我居然应承要为这三本书中文版的再版写这些文字。

后来，一边后悔这个贸然至极的承诺，一面还是找了她的书来读。

在这个过程中，真的为作者表现出如此的勇气感到震惊与佩服。当下，我们大多数的文学早已学会用一套娴熟的技术掩去现实的残酷，用中庸的温情遮掩着放弃了对人性弱点与黑暗的开掘，也正因为此，当我们试图从正面表达爱意时，也总是显得虚伪而孱弱。但虹影在涉笔一部与中国当代史密不可分的家族经历时，不回避，不躲藏，从家庭成员复杂的关系入手，坦率而直接地写出了时代，写出了一个城市被长期遮掩的一个残酷的角落。更为难得的是，作者意图并不止于暴露和控诉，而是专注于幽暗的同时也闪光的人性开掘，专注于曾经的青春所经历的中国式的残酷挣扎与成长，以及更多生命从坚韧充沛走向衰竭与消亡，专注于这些生命如何在这个过程动植物般生存却进行着人的自我救赎。

救赎——不能通向哲学，但至少通过亲情、爱情，达至中国人朴素的宗教感。虽然宗教感中也充满宿命，但这就是人，出身于脏污现实中的人，挣扎求生，作孽而又向善，身行丑陋却心向美好。

　　三天后的本周六，我要去一个图书馆讲讲非虚构文学。我将试图回答一个问题，非虚构文学为何开始越来越多被有思想的读者喜欢。我想，其间最重要的原因，也许是因为虚构的文学正在大面积地从现实撤退，尚未撤离者也正以中庸的温情和精致的美学遮掩了我们共同经历过的生活的残酷与艰难。

　　那次答应写这篇序文的地方，是一个非常能代表今天城市光明繁荣那一面的场合，可以用来证明我们终于过上了中产生活。那样的场合适宜谈论风花雪月，适宜大家共同憧憬即将到来的更为丰裕的物质生活。但是，这三本书让我回到了我们这一代人程度不同地经历过的真实生活，共同置身其间的残酷现实——从肉体到精神。我们跟书中那些人物一样，有着黑暗的记忆，我们都需要情感与灵魂的救赎。如果我们没有勇气与能力自我实现，而且这个社会也没有人提供这种灵魂的指引，那么，我以为这三本书，尤其是《饥饿的女儿》与《好女儿花》，也是一种间接的启示。

2015年12月9日于成都

云行雨步,临观异同
——《也看风景也读书》[①] 序

早起,开邮箱。

邮箱里有一本书。一本尚未正式出版的书。下载。阅读。

冬天,天亮得迟,加上成都冬天的雾霭,还有城中依稀灯火,还是犹在半夜的感觉。在灯下读这些涉猎广泛的文章,情感流动,思绪弥散,心里就渐渐明亮起来。直到天真的放出了亮光。把这些文章放下,去做白天的事情。想好了,明天再早起,再来读着这些文字,并且等待天亮。

如此这般,过了三个早上。

读文章,就是读人:经历,学问,情感,思想。我不认识这本书的作者崔先生,但文字的魔力就在这里,从这些文字中,一个不认识的人渐渐地变得熟悉起来。

看见一个行走的人。一个行走中总是在观察,在记录,在思考的人。今天的社会,定在一地一时,不须行走的人已经很少很少了。每一个人总是在行走之中。但行走中那些经过的,看见的,都

[①] 崔济哲著,四川文艺出版社 2016 年出版。

那么容易地消逝在身后。被忽略,被遗忘。行走中的人,要么,从这里到那里,目的明确,只要到达,只要得到,并不留意过程。身在路上,却不知晓心的安放。崔先生职业记者,有行走的方便,但在职业的写作之外,还处处留心,把这么多行走中的所遇所感,认真描摹。并对所描摹的对象,无论是人,是事,还是物,都有深入的体察。比如开篇就写的山药蛋,既写出这种作物在晋蒙一带与老百姓生活密切的关联,更有对于这种作物从安第斯山中启程,而欧洲,而中国,而晋蒙的漫长历程的追溯。想起读过一本关于马铃薯的书,记得那个外国作者说过大意如下的话:在写这种最终走遍世界,养活众生的植物的时候,不论是把场景放在大的历史背景下,还是普通人的生活中,都能反映出社会运作的另一种真实的层面。现在,我读这篇文章,所收获到的,就包含了这样的认知与体察。又比如写希腊,从顾拜旦这位奥运会的缔造者说起,很自然就转移到对于古希腊文明的缅怀与古希腊文明价值的从容的分析与言说。

不由得想起曹操诗中的两个词。一个叫"云行雨步",一个叫"临观异同"。这首诗也是写在路上,东征乌桓的路上。但他不写自己作为一代豪杰四方征讨的事功,而写"东临碣石,以观沧海"的人生感慨。"云行雨步",不是真的就腾云驾雾了,而是带着情感与思索地行走。而这样的行走,正是为了"临观异同"。我想,崔先生的这些行走中的文字正有这样的效果。

读这些文字,还让我看到一个沉静的读书人。

一个读得宽,读得杂,读得深的读书人。一个读后有所思,有所得的读书人。

一个愿意把所思所得与人分享的读书人。

即便是那些看起来随手摘录的文字，也会让人了然会心。我读到关于傅斯年，关于李济这些民国学人的逸事时，哑然失笑的同时也怦然心动。我自己也愿意效仿前辈，多读些书。这些年也读了些佛学方面的材料，读过慧能继承禅宗衣钵的故事，读过鸠摩罗什翻译的佛经，也曾去过古凉州武威和禅宗五祖寺追慕先贤，却不能像崔先生，写下像《佛门神僧》和《参禅悟道》这样翔实诚挚的文字。其考据与思索的正是禅门中一直追问的问题："如何是佛祖西来意？"

总之，这本文集题材涉猎之广，钩沉之深，都远超我阅读前的想象。所以，更多的篇章中所关涉的学问与思考却是我无力置喙的了。

最后要申明的是，崔先生比我年长，更比我阅历深广，让我来作这篇序文，显然是很不合适的。

但崔先生的文稿，是一位亦师亦兄的人所推荐，又不能不从命。于是，只能作为一个先读到这些文字的普通读者，写了一点读后感在这里，请读者原谅。

2015 年 12 月 19 日清晨

爱花人说识花人
——《看花是种世界观》①序

十多年前了吧，读过一本有意思的书：《一点二阶立场》。书是出版社送的。眼下是一个书太多的时代，又是一个有意思的书很少的时代。用时下的流行语说，这是一本"开脑洞"的书，从此对著者刘华杰这个名字留下了印象。后来知道他是北大的哲学教授。愿意如先贤的教言，"多识花鸟鱼虫之名"，不仅认识，还上升到一种人生的方法论，深入探究人与世界有趣的连接。以后，遇到他网上纸上的文字都会认真学习。人的经验世界本是开放丰富的，但受制于狭窄的世界观和即时兑现的功利心，也会变得相当狭隘。我们这个社会中的人，日益夹缠于人与人，人与事的种种纠结，即便天天狂吞国际国内的海量信息，也只是日益深陷于一个简单的经验社会，而失去了一个更广阔的关涉天地的生命世界。

更早几年的十多年前，云南的一位文化记者杨鸿雁，采访过我。不是因为博物学，不是因为自然界，而是文学。以后，再去云南，在有关文学的活动上都能见到，又有过采访或交谈，也都不

---

① 半夏（杨鸿雁）著，中国科学技术出版社 2017 年出版。

是有关博物学的。当下的中国的文学，特别是叙事文学，只纠结于人与人之间的关系的某方面的现实。中国社会，日益陷于功利的考量，只是着力于人与人关系的文学便日益深入社会的黑暗与人性的卑劣而无法自拔。中国文学本是有亲近自然传统的，但似乎都集中在诗歌与散文，一入小说，便陷入功利与权术了。近些年来，我觉得把自然作为一个重要角色引入叙事文学，看见美丽，发现生命自在超拔的本性，或许是条拯救之道。当然，我不知道一位文化记者也会关注如此之类的问题，自己在这方面的兴趣也从未在采访中提起过。只是每次去昆明，得空总要到离城还有些距离的植物园走走，看看。见了久闻其名的花与树，将称名与实体对应上了，自己欣喜一番。

前几天，应北大中文系的邀请，去跟学生谈谈文学经验，过未名湖，还在想，某一株树是不是就是刘华杰写过或拍摄过的。恰在此时，接到杨鸿雁一通电话，说，写了一本博物学家的传记，说知道我也愿意了解一些自然界的具体知识，愿意多认识一些花草树木，所以，希望我看看这些文字，然后写篇叫作序的文字。写序我是不敢的。但这书所写的事是我有浓厚兴趣的，所写的人和写这个人的人，也是我知道，我称许，我认识的。所以，愿意写一些感想在这里。

我在植物分类方面的知识远没有传主那么专业系统，更遑论还在此基础上生发出那些哲理性的思考。但他博物学兴趣生发的起点，倒跟我多少有些相同之处。他出生在一个小山村，我出生的村子更小，山更大，可以说从小就生活在大自然中间。树、野菜、草药、蘑菇都跟生活息息相关，都是熟稔而亲切的。只是那种乡村式的认识目的，与称名方法与系统的植物分类学相去甚远。但总归是引起了我的兴趣，更重要的是认识到人的生活和这个世界的更广大的关联。

而且，对这些草与树在植物学系统中较为规范的分类和称名，最初的发现也和传主一样，来自一本红塑料皮的手册。只是遇到这"红宝书"，比起刘华杰教授就晚多了。那已经是20世纪80年代了。我去若尔盖草原上寻访一位有学问的前喇嘛。这位喇嘛还俗后将寺院中习得的关于人的医学知识，转向摸索研究兽病的防治。他在"文革"中还开班在牧民中培训兽医，各种教材也由他自己亲手编写。其中一本高原药用植物手册，就成了我重新认知青藏高原植物的最初指引。由此可见，文化的事功与影响，有时并不在那些高深的论文和高蹈的讲章，而是与人的境遇的契合。刘华杰学地质出身，我1977年考中专时，所有志愿都是地质学校。如果他们录取了我。我想，今天我肯定不会以写作为业。

除此之外，我和传主的成就相差就太大了。借用他"一点二阶"这个表述，我对植物学的爱好，只是在初阶上长久徘徊，远不如他来得那样专业。我也曾去夏威夷大学访学。进校第一天，专事研究环太平洋地区文学的弗兰克教授说知道我喜欢观赏植物，便致送一本夏威夷本土植物画册，作我在海边岛上遇见植物时的指引。刘华杰教授去一趟夏威夷，带回来的就是几本自己写成的植物考察专著。更不要说如他那样坐而起行，由己及人，在总体上缺乏自然认知的中国人群中努力推广亲近与理解自然的博物学——作为一种与自然更友好的生活方式，作为一种现代人早该具备的素养与观念。

博物学不只是积累一些有关自然的知识，不只是一种生活态度与方式，更是一种世界观。一般而言，中国人关注的通常只是人与人的关系，也就是马克思所说的社会关系，而对更广大的共生于地球的其他生命没有关照与关怀。佛经里说天下众生不止是众人之众，而是所有的生命。佛经里说，这些生命和人类都是"一云所雨"，"一雨所孕"的结果。共存共荣，这才是真的众生平等，这才是一个真正的世界。超越人的社会的更广大更美丽的世界。佛学中当然有许多无稽之谈，但这种整体性的世界观在今天来说还是有相当意义的。我想，美国人利奥波德所倡导的"荒野伦理"也庶几近之了。

因为这样一些缘由与认知，我也愿意如博物学所提倡的那样深入自然，亲近自然。愿意在自己写作中思考人与自然的关系。愿意向刘华杰教授、杨鸿雁记者这样有更丰富的植物学、生态学知识，有志于在公众中倡导一种与自然平等和谐伦理观的先进们学习。因此之故，与其说这些文字是一篇序，倒不如说是一种呼应、一种支持更为恰当。

处处为家处处家
——《行走的达兰喀喇》①

去年底,单位来了新书记。

一看就是长期从事行政工作的人。头发一丝不乱,衣着齐楚整饬。工作起来,认真而有条理,和那外在的持重形象十分吻合。讲普通话,又带一点山西人的腔调,不那么字正腔圆,听上去反倒显得亲切,有同事说,这种腔调听起来总显得语重心长。就这样,慢慢在工作中交集。慢慢听他透露出一些身份信息。内蒙古四子王旗人。必补充,"回收神舟载人飞船的地方"。后来又一点点知道,曾当新华社记者,在东北工作。再来四川。记者转行做行政工作。当过地级市领导,又到国企工作。

然后来了我们作家协会。一起商量工作,组织活动,开会,下乡。半年多了,一起吃过好多工作餐,却没有一起喝过酒。他来就应该接个风的,但如今不提倡这个,自己掏钱专门设饭局,也显得俗套。第八个月的时候,才在别的朋友做东的饭桌上喝了第一顿酒。关于他个人的情形,所知依然不多。

---

① 侯志明著,四川文艺出版社 2017 年出版。

昨天下午,他走进我的办公室。我以为又有什么工作上的事要商量。结果他说,要出版散文集《行走的达兰喀喇》,要我写些话在前面。说实话,这出乎我意料。这个人含蓄,口风紧,到作家协会来工作,却没有说过"我也写作,我也热爱文学"。

昨晚,还和他一起工作,请几位文博行业的专家,听他们对作协一项工作的建议,回去才看到他发到我邮箱里的散文集的篇目。文章是分辑精心编排过的。"感恩"和"感情"篇讲亲情。母亲、父亲、儿子。其对父母儿子的一往情深自不必说,他自己作为儿子出门远行,去外省,再去另一个外省,而到他这里,又要送自己的儿子远行,这回是去外国了。其中,最重要的原因是教育,中国的家庭靠教育改变,家国相连,无数家庭因教育而改变,而上升的轨迹正是中国这个国家日渐进步与改变的一个缩影。

一个人命运改变最重要的方面就是接触的世界越来越宽广。这在这本集子里也可以看到。"感言""感物""感人"和"感事"篇正如文集的标题中的那两个字"行走"。行走即经历,经历则有体验,有感悟,文学表达从古到今,最重要的功能就是为体验与感悟提供手段。文学书写的确可以加深和强化人生的深度与广度。今天,有很多关于散文的讨论,各种意见自是异彩纷呈,但最重要的,还是真实的人生经历,真实的情感,以及基于这两种真实之上的有根有据的体悟。不然,任何路径都会成为散文的歧途。

当文学写作日渐成为专业化竞技时,这本书可以带给我们另外一个方向的思考,这就是作者自己在跋中提到的"非专业写作"。我们应该更多地关注这种更接近文学表达本意的写作。这或许是更真切,更具生命本真意义上的表达。他还在跋中说,这本书原题是

《无家可归》。侯书记同志,我看倒是大可不必,世界如此广大,虽然乡愁浓重,但世界一经展开,人生必然就越来越开阔,必然就要"处处为家处处家"了。这首词还有两句也补在这里:"一段天香飘海角,万重相思去天涯。"在四川安顿又一处家园,也是不错的选择,即便冬意日浓,君不见,芙蓉刚落不久,蜡梅又要开了。

来不及更细品味了,他透露消息很晚,催稿也急,还要把我的这些话也附在书里面。我要告诉读者朋友的是,我的这些话可以略过不看。因为他自己的文字,才是这本书得以存在的理由,是真正有价值有意义的部分。

我看这本书中的文章,最后一篇写于十多年前,这是不是意味着,我们可以开始期待第二本书了。

2017 年 11 月 30 日

好小说的两个标准
——《追赶与呼喊》[①] 代序

关于好小说,或者说值得一读的小说的标准,在今天已经变得非常纷繁复杂。很多时候,这些标准还彼此消解与冲突。这些消解与冲突原本只会造成专业研究者自身的困扰,但在这个所有行业都有专家的时代,人们往往在未了解事实(对文学来说,就是读者未接触到具体文体)之前,就会听专家的意见,并且逐渐养成了先听权威意见的习惯。于是,这些标准间的彼此消解与冲突,也就影响到很多小说的读者,造成了阅读上的莫衷一是,引起某种标准的混乱并因为标准的复杂纷繁而使人们失去自我判断的自信。

其实,人们不只在阅读时失去自我。

"自我"在今天已经是一个极为可疑的东西了。

所谓"自我",是由一些流行的潮流所规定的。"自我"并不是出于内省基础上的坚持,或者基于某种坚守的内省与修为,而是看能否融入某一种时尚流行的潮流。时尚杂志说,梳一个什么样的发型可以表达自我,于是人们就群起用发胶塑造这种发型。穿衣

[①] 倪学礼著,陕西师范大学出版社2018年出版。原名《小麦进城》,后改编为同名电视剧。

顾问说，把衣服穿得像一个流浪汉，就很"混搭"，很"个性"，于是，街上就立即出现用这种方式体现自我的人群。同样，在这个时代，阅读什么样的小说，认定什么样的小说是好的或者说真的值得一读的，也不再出于读者主动的选择与判断，而由成功操纵媒体的那些看不见的手来指引。按这些指引来消费，就是品位，就是流行，就是时尚，阅读也越来越具有强烈的消费色彩。所以，好小说就根据流行的需要，被创造出越来越多的标准。搞笑是一种标准，脱离百姓生活实际的纸醉金迷是一种标准，官场的厚黑是一种标准，假主旋律之名而能多多耗费公帑也是一种标准……

其实，以我的浅见，古往今来，好小说的标准无非是两种。

一种，有没有创造出一种新的人物形象，并通过这样的形象表达了作者对于某一个时代社会生活的感受与思考。

再一种，有没有在小说这种文体上有一定的创新。

如果按这样的标准下判断，就可以确定，眼下倪学礼的这本小说是一本值得一读的好小说。因为它至少成功地达到了第一条标准：创造出了一个全新的人物。用有些老套的话讲，就是"在文学画廊中成功增加了一个全新的人物形象"。

这个形象是一个不可能胜利的胜利者。

在过往有知青出现的小说中，有文化、有城市背景的上山下乡知识青年们，相对于蒙昧乡村的乡民来说，总是强大的。即使一时间因为体力上或政治上的原因，处于弱者的地位，他们所拥有的文化也会使他们自然显示出另外一种强大。而且，相对乡民来说，城里来的知青都是胜利者，因为在那些小说中，知青们最后终于都离开乡村，胜利大逃亡回到了城市。那些爱上男知青的乡下姑娘呢？那是回到城里后的男知青重新成家立业后一种遥远的情感回响:"村里有个姑娘叫小芳","谢谢你给我的爱,让我度过那个年代"。

这就是,中国城市对待乡村的基本态度。

但是这部小说,让我们看到了一个全新的"小芳"。

质朴、开朗、坚韧,而且,对他人富于理解与同情。

正是这样的品质,使她没有被上了大学的男知青抛弃在乡下。

到了城里,她也因为乡村给她的美丽心灵,非但没有被城市冷漠的人情与规则所吞没,反而用她敞亮的、富于同情的心化开了城里人的蔑视、自私与猥琐,最后,竟因为自己生命力的顽强反过来成为这些人的同情者与施予者。对她丈夫,对她丈夫的父母,对她丈夫的姊妹,莫不如是。

作者在小说中令人信服地塑造了一个生活中不可能胜利的胜利者。我想,这既是由于作者娴熟的写作技巧,更是基于他对于生活、对于人生独到的感受与宽广的理解,而不是在同类题材中相互因循,相互模仿,相互生发。

于是,我们才从同类题材中,得到了小麦这样一个少有的健康温暖的文学形象。

是的,这个形象清新自然,带着乡村广阔土地全部淳朴而健康的气息。

接下来,我们可以讨论关于好小说的第二条标准——有关于小说的文体。

看这部小说的时候,我觉得它的画面感,它人物行动的方式,它的起承转合,很像是一部电视剧。后来,举荐这本小说的出版方果然说,电视剧即将上演。我推测,也许是作者心里存着电视剧在写这部小说。甚至还有可能，先有电视剧本，再将其改写成小说。过程怎样，其实无须过问。要说的是，自影视市场蹿红以后，小说写作，大致已可以分为两类：一类，可以改编为影视剧的小说，或者干脆就是为改编而写的小说；再一类，是忘记有影视剧这回事，或者索性规避着影视剧的路数的小说。我不想对这两类小说孰高孰低下一个贸然的判断。但我得说，过于往电视剧的路数靠近，往往会使小说文体的创新性受到某种抑制与局限。这本小说，自然也就存在这样的遗憾。

但是，就因为小说塑造了这样一个别开生面的主人公，它起码是一本好看的、有价值的小说。

我们会记住，读过一本小说，它的主人公是可爱可敬的小麦。

03.

文化意味与个人风格互相辉映,互相生发,那就是真正的文学了。

在新的高度自由歌唱
——读《阳光与人群》①

诗歌写作本身,越来越被看成一场语词与形象之间的冲突,在不同的诗人笔下,这场冲突的大小随着诗人本身表达的愿望、抒发的愿望有所不同而决定。这种冲突是存在的,除非不存在想用独特声音表现自己的诗人。远泰是一个有追求的,准备远行,但还行之未远的藏族青年诗人,对这种冲突肯定有所体会,虽然不一定十分深刻。

我从他的第二本诗集《阳光与人群》中,便看到了这种在任何有追求的诗人作品中都能感觉到的冲突。

但是,仅仅讨论这种冲突,我不会有特别的兴趣。我自己就是在这种冲突中左右穿行,不想也不必从中超拔出来。我也曾见过许多同道,学会了粗浅的诠释,却再不能返回语词与情感的体验当中。作为一个写作者,我不愿冒这样的风险。不是人人都具有艾略特那样的才能,既能写出题旨幽远而又深深藏匿的诗作供人诠释,同时,又能详尽地解剖别人的作品。写下这些语句的时候,我其实

---

① 远泰著,四川民族出版社 1994 年出版。

是在想,该从什么地方开始,向读者朋友们介绍远泰的诗歌,而又不仅仅只是一个介绍。便再一次打开这本诗集。这里,几乎包容了他第一部诗集《阳光与高原》出版后所写的全部作品,诗人叶延滨在为该书所作的简短的序言中,对这本诗集的歌唱性给予了充分的注意。在诗歌仅仅被看成是诗,而其歌唱性被严重忽略的今天,歌唱性是十分重要的。在远泰这位成长于川西北高原的青年诗人笔下,诗歌确确实实具有歌唱性。他不是注意到了诗应该歌唱才歌唱,而是自然而然地歌唱。在我们共同生活的这片叫作阿坝的高原上,远泰绝不是使诗歌的歌唱性复活的孤独例证。他只是这片土地上许多诗歌爱好者中间一个领先的人物。这一群人稚拙,不能把领悟到的所有无形的东西通过有形的形象作充分的表达,但在他们的诗行、他们的情感流程中,却有着优美的歌唱般的旋律。叶延滨把远泰诗歌中这一特性归结为藏民族的史诗传统和风俗中情歌的盛行。藏族人在歌唱中将环绕高原的众多雪峰比喻为辽阔牧场的栅栏。撇开生活在雪山栅栏中藏族人对自己的看法不谈,栅栏之外的人们也把这片土地看成歌唱的国度。一个不依靠文字就能纵情歌唱的国度。这样的看法是有一定道理的,至少我们的历史与风俗提供了足够的证据来支持这一看法。也支持了一个远泰,和我们这一群即使用非母语的文字,也能在水平各不相同的创作中,保持了鲜明的歌唱性的人。

在路上你听到许多歌声
唱的都是关于你的颂词

在我远去的路上

也显得那么明亮清晰

这是远泰在献给父亲的《与你同坐》的诗章中的诗行。他在歌唱的同时，又倾听着歌唱。当他面对父亲，同时，也面对着一片历史一样崎岖，命运一样雄奇的土地，所以，当他有一天坐在灯下，面对稿纸，记忆中鲜活的一切又复活了，父性融入了四周的大地，闪烁出迷人的光辉，这时，土地的形象开始上升，一切有声的无声的都开始歌唱：

因为是雨季

心灵就不再泪流横溢

土地就会舒软而肥沃

狗尾草在雨中节节开放

孤独在不知不觉中

滑入彤明的火苗

并且在成长为一个诗人的今天，宣称：

我会成为一滴雨

落到你伟岸的身上

吸纳你的体温

然后，选择另一个雨季

无限地接近你

远泰和我置身在同一片瑰丽的自然与文化风景中间,生长其间,我想,这样的生存环境与民族的血脉,赋予了他超常的敏感,他的诗行使我们注意到这一点。他在《牧歌》中写道:

> 我们男人们
> 黑马载走的身体里
> 塞满了纯情而又迷离的牧歌
> 歌声不单是唱给远牧的羊群
> 也唱给听不见歌声的情人
> 他们的歌随着音乐之旋律
> 在草原上展开翅膀

他还进一步体味到:

> 这种牧歌你无法创造
> 只能用心体会
> 每一个细节

情形正是这样,要是没有这样细致的体会,就不会有这本《阳光与人群》,仅仅是诗集的标题,就把高原上最触动他诗情的两种形象呈现在了我们的面前。高原地理上的高度给了阳光以金属般的质感,使被照耀的大地呈现出雄奇的姿态。而高原的起伏,河流的蜿蜒,四处行走的人们坚毅的脸,又成就了阳光最大胆、最纵情的勾勒。有时，走在瀑布一样倾泻的阳光里，我想，阳光不仅为我们照亮了眼前的一切，更重要的是，阳光的明暗在我们思想最深处，描摹了所有事物的轮廓，确立了情感的界限。有大河的地方，阳光像情感一样汹涌，穿过浓重的山影，流向远方。在一些诗思被特别触动的日子，风吹动所有可以摇动，可以使之舞蹈的东西，闪烁其上的阳光便使眼前的一切变成动荡的海洋。此时此地，此情此景，正像我从敦煌文书里看到的一位无名藏族诗人用散文所写的："那里人的行动是自发的，人们的虔敬也是自发的，所敬之神的行动也是自发的。"而那时的人们所敬的九个神灵里就有一位是诗歌女神。

当然，如果我在这里只强调这一特性，强调我们自然而然就会歌唱，是没有什么意义的。因为，在藏民族的历史上，有名的诗人和更多无名的人都已经歌唱过了，并留下了无数动人的诗章。而且，强调自然影响的危险性还在于，会误导读者把这本集子里的诗看成早已有过的，藏族民歌的白话汉文版。我们生活在一个日益开放的时代，这个时代使新一代的藏族诗人具有了新的眼光，使他在看待生活、理解世界时，绝不会只有一个孤立的、完全传统的视点。所以，他的诗也就从民歌范畴中，从在诗歌百花园里聊备一格的景况里超越出来。

从藏民族本身的歌唱传统来说，和前二三十年的少数民族诗人相比较，远泰的诗不再是即兴式的抒情作品，不再是一种民歌基础上的发展，而是有意识地在更深更广的方向上拓展，寻找更多探寻美的可能性，学习更多的表现手段，从而写出了眼前这种现代意义上的真正的诗歌作品。

> 在每一次读史之余
> 都会重映我们的苦难和艰辛
> 我们尽力使身体劳作的形象
> 保持一种平衡
> 让后人感觉我们流汗的日子
> 联想到收割麦子的情景
>
> （《一个神话》）

短短几行，我们看到诗人使自己站在了历史与未来的联结点上，而且，并没有像在民歌中那样，简单地把苦难看成是幸福的反面：

> 我们随手雕刻的线条
> 寄托着一种精神
> 我们的前辈把许多神话
> 一遍遍口述给我们
> 将每一个不合理的情节理顺
> ……
> 且在松明如织的夜晚
> 讲给膝前的孩子听
> 然后在不知不觉中
> 发现我们大家都安坐在神话里
> 祈求春暖花开风调雨顺

我们的青山
从来不更换姿式
尽管人们对此产生倦意
……
沿着山路上下
我们观看山路两边的树林
如何变幻颜色
在不同的季节
……
我们的一生
乃至整个青山的形象
在我们的一滴汗珠里
临窗而卧

(《青山》)

在藏族诗歌传统中，当"青山"在史诗中出现时，仅仅是环境交代，在抒情作品中出现时，又总是一个喻体，往往在开篇时产生起兴的作用，而不被当作本身具有审美意义、具有象征性的形象来对待，但在这里，作为自然形象的阳光下苍翠明亮的青山获得了一个独立的人格。而在一个宗教盛行的地方，在书面文学里，被歌唱的总是神，而不是人，远泰却直截了当地写了人群。这群人是诗人的同胞，他们的经历正是诗人的经历，他们的苦痛能刺痛诗人的良心，他们的憧憬能使诗人深受鼓舞。这些人里，首先是一个在诗中叫"父亲"的人。在远泰对父亲这个形象的刻画中，我们会感到这个形象日渐丰满、高大，集合了苦难与抗争，这时，"父亲"已经不再是纯粹血统意义上的了，他已经成了这片土地上所有男性的化身，成了这片雄奇土地本身，他在歌唱这个肉体与精神的双重父亲时，自己也融入其中了，这时，歌唱就成了与自己心灵的对话。而在所有人群中，他又找到了一个女性的代表——绒牡，或者说，在他的诗中，绒牡是一切使他情动于中的女性的名字。绒牡是神奇的，她一出现，连空间的形态都会发生变化：

> 这时的草原
> 进入平静而没有思维的空间
> 我的绒牡
> 她眼睛微闭眉头舒展
> 她那双红润的双手
> 平放在身体的两边
> 她把所有美妙的曲线
> 恰当地分布在身上
> 均匀而慈祥地呼吸
> 使黑夜充满光明
> 她斜躺在毡毯上
> 微偏的颈部
> 是婴儿最为温暖的摇篮
> 她的头发飘散
> 成为一处黑色的湖泊
> 无数鲜花向她飞来

尽情地开在她身边
她关闭灵利的耳朵
等待一种光线
敲击她掩着的窗扉

在这里，我抄下了《等待日出》一诗的大部分诗行。在这里，我们看到了在整本诗集中，频频出现的一个叫作绒牡的藏族女性的具体形象，虽然，我不知道这种描绘是来自诗人对某个挚爱着的女人的具体描摹，还是他颇多寄寓的一种激发诗情的想象，但任何一个人都会看出诗人使这个形象成为所有女性同胞的美丽与高原大地深广母性的一个非常的意思的集合。正是因为有了诗人情动于中，描绘性的诗行也有了动人的神采。至此，诗人的情感与寄寓成了笼罩高原万物与人群的阳光，使寒冷的得到了温度，使黯淡的得到了光彩。当所有这些形象升华时，诗人的形象也就随之在我们面前清晰地站立起来。因为我们的青年诗人，从一开始，就和这片高原，和高原上的同胞站在一起，他歌唱，不仅仅是出于对语词的敏感，而是要为历史，也为未来，为父性的群山，也为母性的湖沼，为所有将成为父亲的男性同胞，一切和绒牡拥有同一个名字的母亲和姐妹歌唱。我们的诗人，不论是过去和现在，一旦开始歌唱，就成为人民的财富和良心，就不再属于自己了。

要说的话很多，但我最想指出的是，因为生活在这个非常适合诗歌的地域，从远泰及其他热爱诗歌的朋友们的作品来看，大家都仿佛受到某种强烈的驱使，不自觉地使用非母语的文学开始了抒情作品的创作。这样的作品，好处是显而易见的：自然，真挚，情动于中时，不乏丰富的想象和准确有力的刻画。但同时，这种歌唱，因为一个相对强大的自然与人文背景的驱使，加上一个落后民族的青年诗人的特别的命名感的作用，远泰在他的歌唱中也显出过于纵情而缺乏节制的缺点，这个缺点，使一些作品不够凝练，铺陈太多而使作品不够蕴藉与含蓄。远泰和我一样喜欢聂鲁达歌颂美洲的作品，我想，他从其中还会学到很多东西，比如，怎样使主观的东西在有些时代呈现出一种客观的效果，怎样仅因为遣词造句就制造出深刻的效果。更重要的是，在诗歌中，我们已经有了足够的情感投入，还需要理性光芒的投射，这样，就能既保持眼下旺盛的激情，同时，使歌唱具有主动性。只有在主动的歌唱中，诗人才能得到充分的自由，成为一个收放自如的语言的骑手，使语言与形象的冲突，形象与思想的冲突对诗才的妨碍、对表达的妨碍降低到最低限度。因为是同道的朋友，我愿意在这一点上，与远泰共勉，共同走向一个新的高度。

这个高度是一个诗人获得自由的高度，就像聂鲁达的马克楚比克楚高峰一样，在这个高度上，阳光下的一切都尽收眼底，诗韵舒展像鹰翅的回旋。

《当代文坛》1996年第4期

《藏地密码》[①]，或类型小说

文坛，更准确地说是出版界期待并操作类型小说的出版已经好些年了。

本来，中国也是有成熟的类型小说的，比如志怪与武侠之类。但只是有类型，却无类型的概念。所以今天呼唤类型小说的人，不但使用了西方关于类型小说的概念，真实的意思其实也是期待并操弄着这个概念下小说中更多的类型：侦探、寻宝、探险、科幻、奇幻、恐怖——而且，这些年里也有模仿之作大量应市，但也只是应市而已。

所以说，就是因为当前的所谓类型小说，还是太多的模仿，而鲜见自己的独创。当今之世，不只是文学，人文思潮、科技发明、国家制度、公司模式，在全球化背景下，也都循循相因，同时也有相互的催发。这个催发的意思是说，在后来者的模仿中，其实也有大框架中的小独创，从而反过来丰富了原先单薄的类型框架。于是，模仿就超越了模仿，成为得到触发而形成的原创。如果再有细

[①] 何马著，重庆出版社 2008 年起出版。

分，就派生成了新的类型。

我自己主编过多年的幻想类文学杂志，也有野心构建中国气派的类型小说之一种，应该说，除赚钱还算不少，文体建设上的结果并不理想。后来离开这个位置，至少有一年多不看这样的东西了。直到前些天，重庆出版社的陈建军把《藏地密码》前半部（也可能是1/3部）的电子文档给我，并对我说这至少是一部丰富的小说。我读过了，还有些意犹未尽，特别想知道"下回分解"，但想必那些"分解"还在作者脑海之中吧。初步的印象，倒是同意陈建军所说：一部丰富的小说。

但要我说说这半部小说——无论多么丰富，也是半部小说，甚至可能是小半部小说——我不知道，或许囿于我的哪一个身份？一个藏族人，作家，或者是个尚算称职的曾经的出版人？

我族同胞，因为自身文化及各方面的弱势，对于自身文化的种种言说，总有一种紧张的心情，我也不能自外于此种氛围，文化方面的评论可略去不说。

作家？现在写作的路数，写作的目的，真的是千差万别，自己不在这个路数之上，也可以不说。

那就只剩下曾经的编辑这个身份了。

从这半部《藏地密码》来看，倒能看出些类型小说成功的门道。

这里首先要说的是，类型小说也有自己的传统。这个传统当然是指类型小说写法上的流变。尤其要强调的是，类型小说首先要依附于一个文化系统。比如西方类型小说中圣杯的悬念，吸血鬼、蝙蝠侠之类的形象，绝不是小说家为了编织一个故事而一时兴起的想象，而是来自久远的神秘传说，也就是来自一种文化传统。虽然这种传统是非主流的，但非主流的文化也自有其长远存在的心理空间。

小说从这些传说出发，也就获得了一种牢靠的心理基础，具备了使故事得到读者参与和认同的可能。而今天，汉语中的类型小说，往往缺少这样的文化依托。从主流的观点来看，这些非主流文化是经不起科学检验的，但那种顽强的存在与生长，其本身已然构成一种诡秘的召唤，在某些特定的情境下，依旧会令人心驰神往。

应该说，《藏地密码》的作者已然掌握了这种小说的神秘配方。于是，依托于至今仍有神秘感的西藏文化与西藏的地理，找到了在真实与虚拟间往返穿越的自由，使这个故事有了心理基础，使这个故事的铺排具备了成功的可能。《藏地密码》中至少关涉了三个似是而非的知识系统：藏传佛教的历史与传说；藏獒的知识与传说；最后一个是青藏地理及探险。似是而非？是的，小说中提供的知识系统是这样的。这是小说特殊的需要。如果一切都在已经定论的知识范围内展开，那样的探险小说就失去让人想入非非的能力了。

再者，类型小说最终还是要由一系列的人物来推演的。类型小说中，人物的行为也是相当类型化的。但是，不论其处于如何高妙的想象境况里，在种种情境中的反应与感受，却是来自现实经验。对作者而言，小说家对人物的塑造，是来自现实生活中对人的观察与把握。对读者来说，热爱或者讨厌某个人物，也是基于现实中的真切感受，在阅读参与中同样调动了个人的生活经验。《藏地密码》中人物能抓人，阅读中愿意与之一路同行，其中一个很大原因，我想，也是基于这样的道理。

以上两点，如果总结一下，就是说类型小说的写作，在不同的成功作品里，自有其种种的秘辛，但可能大多都会具有上述两个特征：一个是其来有自的文化依托，一个是现实经验的投射。虽然大家常说，小说好看是因为故事好看，殊不知，故事并不会因为曲折，因为大出意外就变得好看，故事本身还需要更有力的依托。一方面，是读者群能够进入的共同的文化；一方面，是具体而微的人生经验。现在，摆在我们面前的《藏地密码》，能够吸引我们随同主人公一同前行的道理就在这里，并使我们对将要问世的后半部分，有了相当的期待。

《出版广角》2008年第9期

掬取比意识和理性更深沉的东西
——钟正林小说印象

这是一篇以汶川大地震中的极重灾区什邡市红白镇青牛沱——也是作者的家乡为背景创作的中篇小说。《鹰无泪》[①]之所以在极短的时间内完成,除作者对那片故土的熟悉及对大地震中的亲人和山川草木的情结外,我想最成功的就是作者的视角穿过了天灾事件的表壳,触角进入了内部,掬取了平时生活中比意识和理性更深沉的东西。这是日本小说家村上龙2007年10月在评介青山七惠的小说《一个人的好天气》获芥川奖时所说过的类似意思的话。我想用在这里评介小说作者钟正林的这篇小说毫不为过。

这从小说的标题《鹰无泪》可以窥见一斑。这是一个看了作品,甚至要读到小说的结尾部分,才能够领略到先前还以为作家故作高深挖空心思取的比较难懂的标题的用意。当那只地震中与山体崩溃比赛生死时速,在强烈的冲击波中周身羽毛脱落,被灾民钟二哥救起的一身红肉球的小鹰两个月后全身长出了金色的羽毛,"……它不断的烦躁声迫使钟二哥打开了竹笼,它振了振翅,腾跳

---

① 钟正林著,四川文艺出版社2011年出版。

了几下，就跃上了蓝天，在空中盘旋了一圈，发出几声叽叽的低鸣，就在天空中头也不回地向着青牛沱的方向飞去。村人们都站在板房前，望着老鹰在天空中飞去的金色影子，满眼是湿润的金色的光。"我们才理解了作者在《鹰无泪》标题下所特别附加的一句创作手记："……那天见过它的所有人都不会感到那金色的光泽是眼泪，百分百与悲伤的眼泪无关。"与主题的密切强调的暗示，于是我们理解了小说的意蕴——比意识和理性更深刻的东西。

其表现有三。《鹰无泪》的立意跨越了众多期刊刊载的直接聚焦地震题材的灾难文本，回避了电视、报纸甚或期刊等大肆渲染的英雄人物的典型事迹；我们在小说里读到了毛老师，一张害羞的娃娃脸，在学生家长不相信他是老师的眼光中钻进了废墟下的楼梯狭口去救被埋着的学生，如他去上一堂课一样平易自然。结果是八岁的岳芳芳得救了，毛老师被余震埋在了下面。还读到了舍弃被埋在楼房下的自己的亲人去抢救学生的雷书记。但更多的是一个村庄的村人在开采矿石、开发旅游、挣钱修建房屋等奔往幸福舒适生活途中发生的温馨浪漫丑陋甚至风流快活而杀害男人的故事；于是我们看到了吉娃子、三秀、潘老苕、赵跛子、张东娃、迟女子、牛胖子、全娃子等一系列为家庭、为风情、为金钱、为利益而明争暗斗的形形色色的村人形象。然而，地震中多了村人的欲望和即将到来的幸福，改变了一切正常的秩序，包括消失了几年的全娃子的戴着宝石花手表的白骨也从地下被挺举了出来，真相告白天下。表现之二是小说的意蕴很绵厚，也就是说小说有盐有味。小说从开头到结尾始终贯穿了"祖母天穹似的苍蓝的微笑"和有关"狗豹子"的延伸叙述，这是作者为了提高小说的意境，外国小说称之为象征的东西而发挥的语言和结构上的调和艺术，使小说的主题闪烁出了魅人的余韵。三是小说的语言，我赞同评论家胡平在9月11日上海《文学报》上《我读正林小说》一文中的观点，正林的小说有他自己寻味生活摸索出的带有浓郁川西语系的方言味，而又与普通话表述不隔，能够读懂意会。这正是时下许多小说流于一个格调的叙述面孔所缺少的。

正林是近几年来开始摸笔尝试小说创作的，仅今年，他就在《中国作家》《青年文学》《江南》《钟山》《小说林》等大型期刊发表了5个中篇小说、4个短篇小说，起手不凡，势头较好，是小说界涌现出来的一个勤奋而有潜力的新秀。在写完此稿时，翻读2008年第10期《小说月报》，正林的反工业题材中篇《可恶的水泥》赫然在目。衷心祝愿他的小说创作在掬取比意识和理性更深沉的东西方面，在挖掘和塑造更鲜活更能镌刻人性的本真艺术形象方面进入更佳的境界。

《中国作家》2008年第22期

一本书与一个人
——周克芹印象

想当年加入"文学新星丛书"时,那些与我同列这个名单上的大多数人,都是相当有名的青年作家了。而我这颗"新星"还是非常喑哑的。只发表过很少一点作品,而且都是在一些无名的杂志上。不要说在全国,就是在省内,数上十个青年作家的名字,我的名字仍在孙山之外。

20世纪80年代的文坛是多么喧哗啊!那时我写诗。诗坛的喧哗是集团性的喧哗,革命和造反的喧哗。革命总跟激情与野心有关。就是在这个时候,我慢慢离开诗歌,悄悄转入小说写作,一来,是不想加入某个团体去拥戴充满领袖欲望的人;二来,喧哗太甚的结果是,主张太多就失去了主张,标准太多就失去了标准,诗歌从看似的繁盛开始失序与凋落。革命的成果如何不重要,革不革命更加重要。新创的标准符不符合根本的诗学原则不重要,重要的是能不能提出几条大胆的标准。我写得不多,都发在很不重要的刊物上。没有参加过像样的文学集会与活动,没有打算去那些文学重镇去认识文坛上的重要人物,就是默默读书、写作。我的写作像是对于文坛的逃离,而不是进入。我想进入吗?也许。真要逃离吗?也许。

偶尔参加一次文学集会，最讨厌正走红或自认走红的新秀大谈文坛逸事，大谈和一些文坛重要人物的交往。无论如何，最后还是进入了。而且是自愿进入。那一年，看到一个四川省作家协会的通知，说是要与北京某杂志开笔会，在全省征集短篇小说，经过初选的作家有机会参加这个笔会。当时手头正有两个短篇。其中一篇是写当时一伙人半夜爬上马尔康镇北面的山头去等待彗星出现。为什么要看彗星呢？所有看彗星的人都不是天文爱好者。所以要去看，是因为那颗彗星叫作哈雷。每76年出现一次。也就是说，下次它再出现时，这伙二十多岁还觉得前程茫然的人都早不在这个世界上了。从某种程度上说，当你身处像马尔康那样一个僻远的所在，也就跟不存在于这个世界上一样。彗星终于出来了，人们却什么都没看见——没有观测器材。然后，一群人带着一身尘土，或者失望，或者仍然兴奋着回到了山下那日复一日的生活中了。

我把两篇小说寄给四川作协。信是春天寄出的，秋天得到通知去参加这个笔会。寄信人是四川作协的领导之一、当时很有名气的作家周克芹。那时，看过他的小说改编的电影，没有看过他的小说，但知道他的名字。从一个农民到一个名作家，他是媒体上宣传的用文学改变命运的一个传奇。

信写得很平和、很节制，有限度地表扬我很有小说感觉。并且说，如果有机会去成都，希望见面谈谈话，如果不愿意到单位，请到他家里去。后来，我们若干次见，都是在他家里。谈读什么书，读书的大致感觉。我觉得这个朴素的人，给我的好感比他小说给我的好感更多。我也谈一些关于写作的想法。那时，一个少数民族身份的人写作，总被认为有很多优势，但我并不这么认为，我谈用汉语表现非汉语生存与思想的困窘。

参加那次笔会是我和克芹老师第一次见面。北京杂志来的人，自信得有些傲慢。这也阻碍了和他们正常的交往。后来，我被告知，两个短篇都被留用了。散了笔会，坐长途车回家。记得公路经过的大山上已经积雪了。雪下露出未被完全覆盖的秋草，很萧然的样子，心境差不多也是一样。当然，也一直盼着那本杂志发表我的小说。那两篇小说没有在这本杂志上发表。而且，这两篇手写的没有副本的小说再也不会回到我手中来了。编辑部总被受宠的作者描绘成温暖的摇篮，须知很多时候，也可能是座用偏见构建的坟场。我有远不止一篇东西沉没不同的编辑部，再无消息。

有了这次经历，克芹老师再告诉我，他推荐我的小说进入作家出版社的新星丛书时，我不抱什么希望。但为了不拂他的好意，也为了一点不肯熄灭的希望，把当时得以发表的小说汇集起来，寄给了他。没想到，这书真的得到了出版，而且，还意外地看到了他写在书前的序。其间，我们见过一面，但他并没有提起写序的事情。那次，是到西昌市参加一个他主持的省内文学会议，那个晚上，在晃晃荡荡的卧铺车厢里，他说了很多的话。他一直在谈他构思中的短篇小说。这个谈到生活常常会陷入沉默的人，谈到工作时总有些无奈的人，这时却生动起来。直到今天，想起这个真心帮助过我的人，就是两个形象。一个是他在抽烟，再一个就是谈自己小说时顿时生动起来的人。也许，我们的小说是不大一样的，我们对生活与文学的理解也不大一样，但这两个形象，可能也是我容易留给别人的印象。

这个逝于盛年的人，我并不常常想起他。想起他时，曾经想也要像他一样对待和帮助后进的作家。一起谈谈文学，感到无话可说的时候，就一起把脸藏在烟雾后面。但我承认，我没有做到。书里遇到的不算，克芹老师是我青年时代唯一遭逢的著名作家。但我去看他，只是要谈谈小说。他帮我出版了第一本小说，而我从来没有提过这样的要求。他替我写了序，我也没有提过这样的要求。我没有做到像他对待我那样对待后进的文学青年。不是说我没有遇到。我遇到过很多。只是今天的文学青年有些不一样了。如果有人找你，不是要跟你谈谈文学。大多数人都省掉这个环节，直接要你写序言，让你介绍出版。现在更直接了，序那么长的东西都不要了，就要腰封上那句表扬话，那些表扬的话大多是过头的。现在这个社会有一种病，就是怕青年人不高兴。我也染了这种病。所以，我也写一些这类话，真诚的不过两三本，真想表扬的也就这两三本，其余都是扯淡。我不止一次检讨自己。警告自己在这些方面要检点。但是，警告总是不能奏效。即便如此，我在很多人眼中，还是一个很不通人情世故的人。前些日子，收到一个作者责怪我的短信，说从此不喜欢你了，你太骄傲了。其实我就是想对自己稍稍严格一点。一张嘴巴说话多少有人听时，还是稍稍把紧一点。这跟骄傲有什么关系呢？其实，骄傲一点有什么不好呢？这样人至少可以有点自重，有点自尊。所以，今天来回忆自己第一本书的出版，其实就是回忆一个人，回忆一种风范，一种文人之间互相交往的方式：不计功利，回味悠远。

  克芹老师逝去后，又过了些年，一次在青城山下一个常开文学会的地方，午睡的时候，我梦见了他。他还是那副有些心事的样子，场所也很真实，就在房间外面的花坛旁边。我醒来，走出屋外，那花坛的青碧与梦中所见一模一样。我燃了一支烟，放在青草之上，一丛栀子花前，我自己也点了一支，烟雾升起来，模糊了视线。如果这算是一次祭奠，那也是唯一的一次。但这并不表示我不在怀念。我只是不愿仪式性地频频显现自己的此时与往事的关联。

《文学界（专辑版）》2010年第4期

达真，扎根在康巴高地上的写者

小说《康巴》[①]是好友麦家在2007年5月推荐给我看的，麦家把《康巴》复印本，多达235页的A4纸，往我车上一撂说："这是一部深度描写康巴的具有史诗意义的作品，抽时间看看吧。"

我一向信赖麦家的阅读水准，于是在很短的时间里读完了这部近五十万字的初稿，确认小说《康巴》是首部现实关注藏人题材的大部头作品；是一部藏人用多元的视角深度呈现康巴"秘史"的长篇小说。随后我与麦家通话，除了对作品的赞赏之外，提出了一些修改建议，并告诉麦家有机会在成都与本书的作者达真见见面，麦家后来将我的联系方式告诉了达真。后来在我小疾住院期间，达真给我来过电话，我当时告诉他，我们的交谈（指谈文学）不是一两句话在电话里说得清楚的……遗憾的是，直到我给达真的小说《康巴》写推介，直到这部小说今年出版，直到我为达真的小说写评论，都未曾与达真见过面，颇有中国古典文人故事中隔河观景、以文会友的情致，这种精神的愉悦不受时空的限制。更何况达真同我

---

① 达真著，浙江文艺出版社2009年出版。

一样生长在川西高地,如出一辙,相同的地域、环境、生活习俗、语言和心理认同,心有灵犀的趋同使我在过目他的小说仅仅数行便有了把握,就如我在接受中央台和新浪访谈说的那样,"我写作的目的是要还原真实的西藏",力图从不同的角度和层面向外界化解那些像藤蔓一样七缠八绕地绞在一起的那种"雾障"。欣喜的是达真的小说也在做同样的努力,我们的目标是向外界做真实的呈现,告知外界一个一直"被遮蔽的西藏"。

达真的小说首先是在向外界做多层面、多视角的真实呈现。小说中代表不同阶层的云登格龙、尔金呷、郑云龙等人物的命运,完全是一种具体化,或者说是一种戏剧化的充分展现,从个人尺度上,展现了20世纪前五十年整整三代人所折射出的整个康巴社会的现状。通过人物命运对时代和环境的描述,是精准而客观的,充满了深刻的真实。小说用史诗般的叙述将20世纪前五十年"云遮雾罩"的藏地真实的社会生活向外界做力所能及的解密,用小说的手段呈现这片土地上的人们是怎样顽强生活的生命力量。这是展现人性、展现人物命运,关注生命的生老病死、爱恨情仇的感人所致,字里行间康巴的历史、政治、经济、文化、宗教、民风、民俗自然地恰到好处地与故事融在一起,既不夸张,也未缩水,真实在一个手势、一个眼神、一段谈话中自然流露出来,生动、感人、不生硬、不呆板、不矫揉造作。这与作者深深地扎根在这片土地上息息相关,字里行间透出对这片土地上生活的各民族冷静而穿心透骨的热爱,这种准备非一时一刻,是心静气和地在写作,心平气和地在呈现,由真实、细致的工笔画描摹而成的史诗,大气、磅礴,看不出当下某种急功近利的浮躁心境。

众所周知，世界有三极，南极、北极和广袤的青藏高原，南极北极除了企鹅和北极熊外是没有人的生命迹象的，而从考古发现旧石器世代青藏高原就有人类在活动，外界惊呼，处于第三极的青藏高原的极寒地带居然有人类的活动，居然创造出了与之环境相适应的灿烂悠久的藏文化——独特的建筑、服饰、饮食、语言文字等，而这种文化却因地理屏障的层层阻隔疏于与外界的交流和沟通，因此难以避免外界的误读和误解并被别有用心地神秘化。最近我在一篇访谈文章中看到，法国汉学家、前外交官魏柳南这样对记者讲，"在法国人眼里，所有的西藏人民都是信仰佛教的喇嘛，他们没有想到在西藏也有工人、农民、知识分子和其他阶层的人，他们没有看到事实上很多西藏人并不是喇嘛，西藏也有一些激进分子。"由此可见，这种误读、误传、误解的病毒持续上百年，蔓延在整个西方世界。这除了我们的努力外（指对在世界的话语权上，加强文化软实力的力度，占足自己的份额），那种西方强势的文化霸权思维和偏见只有通过《一个自行发完病毒的病例》所描绘的那样逐渐自行消失。

评论界也许感兴趣的是藏地的独特，面对千人一面的都市经验的审美疲劳，面对新鲜的、未知的，甚至带有猎奇的心态和视角进入藏地的，达真的小说，像是一种真诚的邀请，一个大胆的手势，用小说的巨大空间呈现一个被误读的神秘西藏。你可以在达真笔下的奇妙的康巴大地游历，那些风雪中与大地对话的驼队；那些披着氆衫在碉楼下幽会的情人；那些红墙下默默吟诵的僧侣；那些……一个真实的康巴藏地在全息式的呈现中满足读者的阅读经历。

小说《康巴》的可贵之处是浓墨重彩地将普通人的命运故事

放在伟大茶马贸易的大背景中，呈现普通人的命运。多年来我一直力图淡描僧侣文化，倡导关注普通藏人的命运。《康巴》给予了积极的呼应，小说写道："从此，这片数千年来仅为神提供的广袤大地上，充满僧侣文化的土地上，开始有了人，开始有了广大'凡夫俗子'的生存空间，这不能不说是大西南历史上因'马易茶'而起的一次人性的伟大解放。以物易物，以币换物的人类文明进程的曙光穿越神界的高墙，初照这片沉寂的大地，从过去神与神交流的天堂，演变成为神与神、神与人、人与人的交往的多元乐土，它串缀了沿途汉、藏、羌、回、纳西等二十七个民族的交流、融合。"这正是交流产生的和平结晶，"是茶马古道的脚步敲醒了这片沉睡的土地，使中国历史上寂寞千年的大西南开始空谷传音，开始蠕动，开始苏醒，开始繁荣"。"从历史的角度来看，他相信聪明好斗的康巴人是不拒绝进步的，因为康巴人把茶马古道从汉地的一端连接到藏地的另一端，甚至不惜生命将古茶道延伸到了印度和尼泊尔，这不能不说是人类生存史上的一大奇迹。通商意味着什么？意味着交流，意味着各族之间的互动，意味着发展，意味着和平。这种不拿武器的商战，它所蕴含的魅力，超过了狰狞怒目、兵戎相见的战争，它在经商的背后隐含的是一条震撼人类灵魂的和平之路。"

如此呈现，充满一种自信的相邀，正如我为《康巴》作推介所写的那样："康巴，这片广阔高地的故事，总是具备了一切传奇的要素，但又不仅仅是传奇……"

《民族文学》2010年第9期

《缚戎人》：诗中的悲剧故事

历史，无论是朝代史，还是地方史，都孜孜于"国族神话"的构建。中心从来都是那些处于权力中枢的政教人物。汉文史，是皇帝权臣；藏文史，是高僧大德。历史书中几乎不见小人物的身影，以及他们在时代迁递中的命运与感受。

这时，我们得感谢文学留给一些彼时彼地普通人生存状况的零星写照。在甘肃武威文庙，购得小书一本，武威县志力编于1985年的《古诗话凉州》，辑录各代诗人咏凉州的诗，印数两万。二十多年了，卖的还是当年那一版。也就是说，平均一年没有卖出一千册。回到旅馆，晚餐喝了当地的武酒。带着酒意坐在灯下，翻开新到手的书，却不是闲适诗文，是白居易的《缚戎人》。白居易的诗常见，这首却不常见。

缚戎人，缚戎人，耳穿面破驱入秦。

被绑起来的戎人，今天所说的少数民族，这里指吐蕃人，被押入了陕西——当时唐帝国都城长安。

"天子矜怜不忍杀,诏徙东南吴与越。"可知那时对异族的俘虏也不一味杀头了事。诗还有注,引的是和白居易同时代的诗人元稹的话"近制西边每擒边囚,例皆传置南方,不加剿戮。"那就是说,不同于近制,远制是要戮的。

当然,这传置不是今天安置水库移民,情形自然颇为悲惨。"黄衣小使录姓名,领出长安乘递行。身被金创面多瘠,扶病徒行日一驿。朝餐饥渴费杯盘,夜卧腥臊污床席。忽逢江水忆交河,垂手齐声呜咽歌。"歌中是故事,比夜更悲苦的故事。"其中一虏语诸虏:'尔苦非多我苦多!'同伴行人因借问,欲说喉中气愤愤。"上层的人比谁钱多权重,下层民众是看谁受的苦稍少一点。

一个无名氏的故事开始了。"自云乡管本凉原。"讲故事的是凉原人,也就是凉州乡下人的意思吧。"大历年中没落蕃。"大历,唐代宗年号,公元766至779年。"一落蕃中四十载,遣著皮裘系毛带。"穿皮袍系牛羊毛绳作腰带,虽是被"遣",也是入乡随了俗。"唯许正朝服汉仪,敛衣整巾潜泪垂。"严酷野蛮的时代,偶也见文明闪光,准许一个异族人在大年初一穿上本族的服装,行自己的礼仪。只要行着母族文化礼仪时,还悄悄垂泪,那么,这个人的心就未被征服。白居易还见过别的从吐蕃逃归的人,这见于他在本诗的自注:"有李如暹者,蓬子将军之子也,尝没蕃中。自云:蕃法唯正岁一日,许唐人之没蕃者服唐衣冠。由是悲不自胜,遂密定归计也。"

"誓心密定归乡计,不使蕃中妻子知。"已经有了吐蕃妻子,还和她生了子息,也阻止不了他"密定归乡计"。"暗思幸有残筋力,更恐年衰归不得。蕃塚严兵鸟不飞,脱身冒死奔逃归。昼伏宵行经大漠,云阴月黑风沙恶,惊藏青冢寒草疏。偷渡黄河夜冰薄,忽闻汉军鼙鼓声,路旁走出再拜迎。"哦,可怜人终于见到自己人了。可是,"游骑不听能汉语,将军遂缚作蕃生。"史载,唐代在边境设有守捉使,捉生将,遇人有疑,便捉之,叫捉生。

在汉人眼中,不管他会不会讲汉语,他就是一个吐蕃人了。结果自然与其他吐蕃俘虏一样:"配向东南卑湿地,定无存恤空防备。念此吞声仰诉天,若为辛苦度残年。凉原乡井不得见,胡地妻儿废弃捐。没蕃被囚思汉土,归汉被劫为蕃虏。早知如此悔归来,两地宁为一处苦。"对普通人来说,族与国都不可靠时,就只好"仰诉天"了。

缚戎人,缚戎人,戎人之中我苦辛。
自古此冤应未有,汉心汉语吐蕃身!

读完此诗,久久不能掩卷,想国族冲突下,该有多少普通人的命运如此悲惨。但历史,尤其是中国历史,从来都将这些个人充满悲剧感的故事,略过不述。今天,国、族,或者文化的论调被高谈,日甚一日。越是这种时候,越应该意识到,人,加上一个民,就会成为一个面目不清的集合体,被作为牺牲,或者必须的代价,被鼓动,被奉献,然后,被遗忘,被弃捐。

类似写大时代中族与国冲突下小人物"转若飘蓬"之命运的,同书中,白氏还有一首《西凉伎》,也可一读。

其实,民太被忽视,国与族也就难保了。所谓朝代更替,提供的都是这样的教训,却又从来未被新的统治者真正吸取。为写此文，查阅藏文史料，从《汉藏史集》中得到一则材料，说元灭于明的原因之一，其解释更是完全堕入佛教的因果报应，于是也抄在这里罢：

> 先前，当杭州官殿被蒙古人火烧之时，蛮子之皇子向蒙古皇帝归顺了，但不得信任，被放逐他乡，到了萨迦地方，修习佛法，人群集聚在他周围。此时，蒙古皇帝的卜算师们说："将有西方的僧人反叛，夺取皇位。"皇帝派去查看，见许多随从簇拥此蛮子合尊，将此情向皇帝奏报，皇帝命将其斩首。赴杀场时，他发愿说："我并未想反叛，竟然被杀，愿我下一世夺此蒙古皇位！"由此愿力，他转生为汉人大明皇帝，夺取蒙古之皇位。又据说，蛮子合尊被杀时，流出的不是血，而是奶汁。

每一种意识形态，都有自己解释历史的固定套路。佛教作为一种意识形态，也有着自己熟用的方法。这位法名合尊的人，就是南宋降元的皇帝。蒙古人先封他为王，但不放心，又将其发往西藏萨迦地方，也就是前文萨班所来的地方，出家为僧。这位前皇帝可能真的做了顺民，潜心修行，身边有了很多信徒。元朝皇帝还是不放心，又将他迁到凉州。到后来仍然不放心，便找借口把他杀掉了事。这也是丝绸之路不再繁荣后，发生在武威的值得一说的故事了。

《以诗会友》2012年第19期

雪域精灵与世界的相遇
——记油画家林跃

与大地相遇

青藏高原在地理上是一个奇迹般的存在。藏獒,是由青藏高原的地理和奇特的人居环境所共同创造出来的一个奇迹。

这种威猛的动物在面对所有敌手的时候,拥有足够的强悍,同时,又对自己的主人保持绝对的忠诚。在世界最高海拔的草原上,它们捍卫着游牧人孤帆一样的居所,主人的安全和牛群羊群的安全。在草原上旅行的时候,我听见过这种猛犬的咆哮声在星空下达于数里之外。渐渐地,它们走进了全人类的视野,被不同的镜头拍摄,在一些畅销书中成为主角。再后来,它们又成为画家笔下倾心描摹的神灵般的动物。

其中专注与杰出的描摹者,是和我同居一城的林跃先生。

我想林跃一定在某个星月之夜听到了藏獒在辽远星空下的咆哮。那是一种神秘的召唤。这声召唤彻底改变了一个画家的题材。从此,在他的画笔下,便只有这种充满人性,同时也闪现着自然神性的威猛动物。从此,一个画家,开始用他的笔触,用他的油彩,用他的执着，渐渐接近这种奇迹般的高原生灵。

那些雄踞于画框中的动物。看到这动物身后的高原奇景，更看到那一双双眼睛里流露出来的复杂的情感。当我接触到这一双双眼睛时，有时感到自己读到了自然之神的尊严与自在；有时，更读到人一样复杂的情感：坦然的忠诚、高傲的愤怒、深情的温顺……但这一切，都只与高贵相干，而与卑琐无缘。当这样英雄主义般的情感得到淋漓尽致的表现时，我想，我们其实已经从动物的世界进入了人的情感，画家的情感，和阅读画家情感的观者的情感，这时，我们受到的都是高贵情愫的感染。在当今这样庸常的世界，我想，没有人会拒绝接近和接受这样的情感熏染。

与世界相遇

我们知道，往往是那种渴望自由，具有英雄情结的人，才能打破缠裹生命的硬壳，不断摆脱各种困扰，将自己的命运和大地的命运连接在一起，由单纯的生命经历走向传奇色彩。中国艺术家林跃就是这样一位具有传奇色彩的人物。

在林跃的生命和艺术经历中曾遭遇过艺术的彷徨期，生意的落败，以及被人追讨债务的困惑。然而生命的韧性，每次都使他在转换方向的当口，发生了戏剧性的变化。特别是在他与藏獒相遇之后，他就一直跟踪描绘这种动物，从藏獒坚忍、忠诚、凛然不屈的品质中他找到了他所倾慕的、能够容纳他的精神天生的东西的英雄气质。同时他也从藏獒身上懂得了人对大地的依恋、对万物的仰赖和世间真爱。

林跃的创作以油画的色彩方式和藏地文化的相遇，其实也就是西方的文明方式和东方独特文明现象的相遇，同时也是人的天然自由情感与精神家园的相遇。林跃认为藏獒是它出生地和养育地送给他的珍贵礼物，更是祖国大地不可估量的永恒赠予。也正是他的油画鲜明的民族性，促成了它的国际性。

《艺术市场》2013年第23期

写龙仁青，也是写我自己

动笔之前，我一直在回想，我跟这篇短文要写的这个人，第一次见面是在西宁还是在武汉。可以肯定的是，在这两个地方，我们都见过面。但先是在西宁，还是在武汉，记忆确实是模糊了。唯一可以肯定的，见面之前，已经听说过他，看过他的小说了。那是刘醒龙在其主持的《芳草》杂志上刊发了他一组短篇小说。我想，是这组用汉语写下的小说中的异质性——不止是异质性的生活，更是异质性的修辞与表达——打动了醒龙吧，所以，醒龙郑重其事地向我推荐。他说，这个人叫龙仁青，是你的同胞。

我对"同胞"一词是怀有警惕的。像我在自己的诗句中说过的一样，我是一个"血缘驳杂"的人，只是因为对一种文化的感情，也因为每个中国人都必须为自己选择一个族别这样一种特殊国情，我被认定为藏族。而在藏族这个族群中，一些人对我这种血统不纯正的人的加入，很多时候是不屑，更有时候是相当愤怒的。所以，对于哪些人我可以引为同胞，向来是小心谨慎的。但有人写出了有意思的小说，特别是尚未著名的人写出来的小说以某种异质性——文化上的和表达上的——对于汉语小说的表达空间有所拓展，我是很愿意拜读一番的。

很快,我就看到了龙仁青那组短篇小说。

至今还记得一篇叫作《光荣的草原》。可以说,那真是叫人耳目一新。在大多数只有人与人关系探寻的汉语小说中,这篇小说却有那么多的自然的角色:青海湖、白蹄马、馒头花、芨芨草,甚至牧人的帐篷也是有表情、有动作的,既是小说的场景,也是在和主人公发生对话的小说中的角色。因此带有一股天真朴质的清新气息。王国维在《人间词话》中讨论纳兰性德为什么带给了汉语古典诗歌一股清新之气时,说其原因是:"以自然之眼观物,以自然之舌言情。"而龙仁青的小说便带着这样自然天成的特点。从这个角度讲,我喜欢这样的小说,更喜欢这样的小说展示出一个小说家的特别的才能。

《芳草》杂志社在武汉。所以,我倾向于和龙仁青的第一次见面是在武汉。那是《芳草》杂志的一次颁奖会。长江高岸上的黄鹤楼下。我见到的他和读了小说后的想象不太相同。他身体强壮,面孔黝黑,模样敦厚,不像是一个内心敏感的人,穿着一件像"二战"时期美军军用夹克那样的近似军绿色的夹克——在我至今的印象中,除了夏天穿着一件短袖T恤外,他好像一直穿着这样的衣服。在那样一个场合中,他显得有些局促,不够自如。在那样一个场合中,我也只是适度表示了对他小说的赞赏,但没有以一个同族人的身份和他表示过多的亲密。相较于他长得相当藏族的身材与面貌,我自己都觉得自己像是一些人始终想要证明的那样,是一个冒牌货。

然后,但凡他有小说发表,我都会找来看看。再然后,就是一个夏天,在青海西宁见面。那天,我去看了一个藏药博物馆。这些年来，我自己除了青藏高原的人文观察之外，也在做些认识自然的努力。那次，我知道龙仁青除了有很好的汉语表达，还通晓藏文。除了在单位的本职工作，他用汉语写作，也在努力把一些用母语写作的藏族作家的小说翻译为汉语。之前，我曾想跟他谈，期待他的汉语的小说写作有更大的进展。但知道他同时还在做着那么多工作的时候，这个念头也就打消了。接下来的话题，就转移到我感兴趣的青藏高原的植物学。我在青藏高原观察与记录野生植物已有好些年了，常常在不同的地方，遇到人们把不同的花叫作格桑花。有些地方，格桑花是黄色的垂头菊；有些地方，是某种高山杜鹃；也有把高海拔之上的金露梅称为格桑花的……更有甚者，人们把传入青藏高原不过百年的波斯菊也叫作格桑花。那一次，龙仁青为我解答了这个疑问。他说，藏语中"格桑"是幸福的意思，在这个祈愿盛行的语境中，也是祈求或祝福之意，可以并不特指某种植物。这么轻易，他就解开了一个纠结我多年的疑问。记得当时我还特意发表一条微博。当然，我不会炫耀这是我自己的发现，我发布了龙仁青这个给了我新教益的朋友的大名。

以后，我一如既往关注他的写作，一如既往期待他在写作上有更长足的进展。见面却是有限，即便见着了，也只是在人多的场合，简单的问候，简单的闲聊，没有深入的交流。只是知道他，本职工作之外，还在认真地把汉语写作和藏文作品的汉译齐头并进着。这时，如果再向他说，如果多读一些有助于更深入认知我们身处其中的文化的书，多读一些有助于使我们的文学体认更精微、文学手段更丰富的书，就有些多余了。尽管，我希望他不要因过于深入自己热爱的文化与事业，而忽略了更丰富的精神与文化资源。

今年秋天,我在国外一所大学驻校写作。和那些对中国文学特别是中国的藏地文学有着许多似是而非看法的人们交流,我还以龙仁青为例,谈过青藏高原上的族群与文学实际的面貌。

也许这样的举动也构成了某种因缘,回国时刚下飞机,就接到龙仁青的邀请,希望我来为《文艺报》写一篇作家谈作家的短文章。当时,我耳边回响着刚在漫长的国际航班上读完的理查德·耶茨的短篇小说集《十一种孤独》中的一句话:"众所周知,作家写作家,很容易制造出最垃圾的文字。"但是,基于最初读他小说时的喜欢与更进一步的期待,我答应写这篇短文,并希望他再寄一些我读过的小说和未读过的小说给我。他立即就寄来了。更意外,他还特意附来一封信,对他的身份问题进行了一个特别的说明。在后殖民理论盛行的今天,在大大小小的民族主义高涨的今天,各种动机的身份甄别无处不在,而少有人意识到,这样的身份识别在某些时候,却在阻碍交流与认同——人与人的交流,族与族的交流,对更大的文化共同体的认同,对人类这个共同体的认同。

读完他的信,我对他在自己的写作之外,一直默默致力于藏文母语创作的汉译工作有了更深的理解。祝愿他在文学创作更加精进的同时,其译介工作也有更多正面的认知,更深度的文化间的交流,在消除隔阂与增进不同族群的相互理解方面,有更多的收获。借佛家的话,这或许是一桩更大的功德。

为此,我愿意把龙仁青给我对于他身份的特别说明抄在下面:

> 想到您在为我写这篇文字的时候会提及我的民族,所以想给您说说我的族属问题。我父亲是青海河湟地区汉族人,母亲

则是这一地区早在民国时已经完成汉化的藏族。他们于20世纪60年代中期因为生活原因去了青海湖畔的纯藏族地区讨生计，我就出生在那里。我放牧长大，从小会讲汉藏双语。我庆幸我在这样一个地区，这样一个家庭长大，这使得我从小就少有民族主义的狭隘、偏执和张扬，似乎生来就有一种人文情怀和人类视角，或许，这便是促使我去写作的最重要的原因之一。

青海民族众多，文化多元，我越来越欣喜地看到我的写作可能会展示出的一种可能性。这种可能性，不会受到我的族属的影响，我也不会站在任何一种族属的观念上去看待问题。所以，我更愿意把自己看成一个在藏地生活的汉语写作者，而民族并不重要。

这篇文章已经太长了，但我还想说：如果不是因为政策规定，需要一个人必须认定自己属于哪个民族，我也愿意自己是一个藏族人的同时，也是我血缘中所包含的另一个或更多的民族。用这所有血缘赋予我的多重的眼光来看待这个世界，拥抱这个世界。

读他这封短信，我感到和他文化的处境与感受如此相似，所以觉得，写他，也像在写我自己。

《文艺报》2014年1月31日

落墨偏爱花世界
——读何水法先生众花图有感

西湖之畔的杭州,集江南三月之美,草长,莺啼,百花竞放。

三年前的这个时节,我在杭州写作,生出倦意的时候,便沿湖四出赏花。正是春意浓时,茶、梅、李、樱、桃,竞相绽放。且不说那一树树的华美艳丽,就在那些花树之下,那些绿意日深的草地上,也有那么多草花,普遍而诚恳地歌唱勃发的生命。紫堇悄然,二月蓝开遍了溪前林边。

也是那一年三月,有朋友引我访何水法先生画室,看他纵情笔墨,快意渲染的纸上春意:水仙、紫藤、萱草……那一花一叶,一枝一簇,明晰的纸条与洇染的色彩,具象与不完全具象之间那些笔墨情趣,因为个人情感与主观印象的渗透,使得强烈的生命美感通过种种不同的花,那各个不同的审美对象,得以呈现——疏淡者放逸,繁复者热烈。使我感到,那一方方纸上的歌吟,正是窗外春天盛景的深化。

德国哲学家谢林以为,自然是可见的精神,精神是不可见的自然。这句话我们当然可以理解为:艺术家可以通过对自然的书写,抒发情感,张扬精神;而经过情感与精神深化,自然的美感得到艺术的强化。佛家的一花一世界，一叶一菩提，本意是说佛理，借用来说中国人寓情写意的艺术观，也是相当贴切的。我对自然界的百花向有深爱，知道这林林总总的美是自生化界漫长演化的结果。寻美之心深重，想看到更多的美丽呈现，但个人生命与自然演化的漫长过程比较，毕竟太过短暂。因此，自然留心艺术对自然之美更深入，更多样，更超越的表现。何水法先生的画作，正好满足了我对自然之美的这种贪婪。

中国画描摹花草树木的传统，源远流长，或工笔重彩，或水墨写意。到建都杭州的南宋，纸上的花鸟山水已经蔚为大观。直到今天，许多画家还以模仿宋画为重要功课，若得其技法或神韵于一二，便足以号召市场。也是因为传统的渊深久长，到如今，中国画要再开新路，确乎难上加难。以描摹自然花草树木论，以我狭窄眼界见，题材与画法能出新意而自成一家者正日渐稀少。

今天尝试中国画困局突破的人，多走技术创新路径，或融入西方画法，或杂糅诸家长技，工巧者众，在技法之上有气象胸襟者寡。以题材论，似乎也忘记艺术的最初冲动来自对自然界的诚挚热情与观察。描绘花草树木者，多陷于传统绘画中那些特别的种类。绘画本是艺术中特别"及物"的门类，长期以来，却陷入一种"不及物"状态。画梅花，不是因为自己对这种植物放花状态的痴迷与热爱；画荷花，也不是因为在荷塘前动态的观察与凝思。所以落墨纸上，因为画谱里有它，技法可以因袭；诗词歌咏里有它，有现成的寓意，不必自己体悟与开发。这种情形，古话里说过，虽然"纸上得来终觉浅"，终究是"得来全不费工夫"。也因此，我喜欢何水法先生的众花图，那样的别开生面，抛开技法方面不谈，他表现对象的选取，就特别值得一说。在他笔下所入画者，自然有传统题材中所常见的，如荷花、芭蕉之类。重要的是，他使绘画的取材回到了自然界，回到了对自然的细致观察与感悟。有很多植物花树，很可能是他最先纳入画幅的。如他画过火棘，这种植物，中国南方各地，普遍生长，漫生于野地，也移栽园林。漂亮的丛生的枝条，繁盛的细白花朵，到秋天又一变为彤红的果实。传说古代军队野外行军作战，缺粮时，常以其繁盛的果实充饥，因此，还有一个名字叫救军粮。何先生画作中着力表现其一团红艳的果实之前，也许我眼界过于狭窄，真没有见过中国画中以此植物入画者。

何先生还画过少有人将其入画的萱草。萱草像百合花，但不是百合，是中国人食用的金针菜。此物虽是食材，但入于画中，并无鄙俗之气。中国画会画牵牛花，但以往的画者，是画可以靠其藤蔓，攀篱上架的那一种，何先生的牵牛，却是无有藤蔓而花朵繁密的矮牵牛，虽无攀高顾盼之态，但花朵的繁密中包含更强烈的生命激情。

我是画坛门外汉，不敢从技法上对何水法先生的花卉图妄加评判。但作为一个有自然美感崇拜的人，却觉得，他放开眼界，取材取法于自然，得以从囿于传统题材，看起来似乎在书写自然，其实却远离了自然的局面中得到了自我解放，因重返生气勃发的生命世界而彰显出艺术的生命力。在何先生那里，任何自然之物，都可以自由地作为画家自身情感与精神的外化。我以为，中国画的创新，一方面当然是技法方面的，但是，通过观察与表达传统题材之外的新对象，也是非常重要的另一方面，或许是更为重要的一个方面。何水法先生的这些众花图，其别开生面处，首先就是因为他对这个世界的重新发现。同时，何水法先生这些元气充沛的画作足以说明，技法并不单独存在，每一种新对象的出现，都自然要求适合这一事物的一套特殊的笔墨意趣。新对象要求新表达。当探索与创新，依止于一个个不同的表现对象，就不再抽象空泛，而成为切实可感的存在了。观物即是观心，写物亦即写情。大千世界重回笔下的时候，内心与艺术的生机，也就得自由的生发了。

以上，是一个画坛门外汉对何水法先生众花图热爱的缘由，以此就教于何先生，就教于所有爱何先生画作的人们。

《民族画报（汉文版）》2015年第10期

不是印象的印象,关于迟子建

飞行在天上。从旧金山到北京,再转机成都。

昏睡一阵醒来。眼前的电子屏幕闪烁着蓝光。上面是航迹图,漫长的飞行到了尾声。刚刚飞过的西半球正坠入黑暗,东边的半球正被阳光照亮。航迹的后方是蓝色的太平洋,前边是亚欧大陆,陆地的色彩多半是棕褐色,表示荒漠、流沙和过度开垦的农业区域和工业化时代的城市群落。但刚刚进入的这一片,却是少有的大片绿色。于是,脑子里便出现一本书的名字:《在乌苏里莽林中》。一个俄国地理学家的探险记。对俄国人来说,机翼下是他们刚从大清帝国掠夺来的陌生的新边疆,森林中便充满了历险与奇遇。是的,这里曾是中国的土地,但是,熟悉这片森林与河流的人们没有书写过这片辽阔大地。一片土地,如果未经书写这种发现与记录方式,并不构成真切的记忆。

连绵的思绪中,飞行在继续,到了今天的国境线上,仍是亚欧大陆上以浓重的绿色覆盖的地区之一。熟悉的中国城市的名字开始显现。最醒目的那一个是哈尔滨。于是又想起一些关于这片疆域书写的一些作品:《白银那》《清水洗尘》《额尔古纳河右岸》,

以及《群山之巅》。那是永驻在了中文里的无边的森林，连绵的群山，纵横的江河。而这些只是背景，重要的是，在这样宏阔的背景中，人开始出现——生产的人，生活的人。这些人，总是为了生活可以更美好一些而努力，但地理在赐予的同时也有更大的制约，文化与制度，在许诺光明前景的同时，也制造许多的悲情与黑暗。这些人，总是少许的成功，更多的挫败，依然仰赖于自然的庇佑，怀揣着光明美好的希冀而顽强生存，于是，莽林构成的荒野变成了现实的人间。这些文字，都是由一个出生在中国当代版图最北边的一个村落——北极村的女子来书写的。

文字是具有伟大力量的。

有了俄国地理学家对乌苏里的考察记录，那些土地就成为俄罗斯真正的边疆。而有了如迟子建这一系列文字的书写，黑龙江岸上这片广大的黑土地，也才成为中国人意识中真实可触的、血肉丰满的真实存在。这时，我似乎听见了她写过的那些在秋天的彩色森林中采摘都柿（蓝莓）的人们的脚步声和他们彼此间的声声呼喊。采摘是接受土地之神的馈赠，是收获。那些呼唤，却是人战胜孤独的、彼此照应关切的声音。我想，能捕捉到这些声音之美的人是怀揣着多么美丽情感的人啊！

飞机降落北京，开手机，十几个小时飞行中积累的信息叮叮当当显现在屏幕上。其中有一条，是迟子建发来的。商量的语气，说最近要在《北京文学》发表一篇新小说，杂志社希望附一个同行写的印象记，看我愿不愿意写这样一篇文字。人还在飞机上冥想的情境中吧，不假思索就回短信表示同意。然后，脑子立即陷入空白状态。印象记？我跟迟子建交往不算多，迄今为止，见面也就十多次吧,最长的同行时间十天,也不是每时每刻单独相处,而是几个、十几个作家共同去访问一个地方。在那些日子里,她给我的印象总是未见其人,而先闻其声。听见她在某一处和人交谈,但你总是会先于其他人的声音而听到她的。更多的时候,人还没有出现,就听见她爽朗的笑声,预告她的出现。我不是说她嗓门大,而是音质中的爽利造成了这样的效果。其实,嗓门大也正常,森林地带来的人,重重林木掩蔽,总是习惯用声音宣示自己的存在。在蜿蜒的山径上,悄无声息地猝然出现,难免使人心惊肉跳。

还是回到机场。

因为转机,在北京机场,和她有过几次单独的相处。两次,从俄罗斯,从意大利出访归国,同行的人大多住在北京,迅即散去,剩两个不在京城居住的人,还得继续转机,一个去东北,一个去西南。两三个小时里,一边候机,一边闲谈,话题最多的,终归还是文学,终归还是各自地域上,我们栖身其中的人群的生活,也就是人生与历史吧。马克思说,社会就是人跟人关系的总和。我们所书写的社会,范围会有所拓展,置身强大的自然中,当然不会漠视其存在,所以这种关系的书写中自然会呈现自然宏阔的身影。自然是环境,也不止于是环境,因为环境同样对生存其中的人有规定,有塑造,有启示。这样的呈现,迟子建的作品中,在在皆是。更为重要的是,我们都在共同书写边疆,黑龙江,是文化的边疆,也是国家版图的边疆;我身处西南内陆,按拉铁摩尔的说法,也是某种边疆,文化意义上的"内亚边疆"。这种文化的事功,应该说,中国当下的文学书写是少有留意的。在这样的情形中,作为一个书写者,我看迟子建,倒不在一点浅表的印象,而在于其书写价值的体认。

那几次转机时,总是在某个地方,买一壶茶,也就是买了两个座,一边缓解长途飞行的困倦,一边交换些对于彼此作品,甚而对于中国文学的看法。

记得有一回,是从南美回来,先从阿根廷飞至巴黎,在机场等待下一个航班,用了9个小时,说了多少回话,喝了多少回咖啡和茶,又逛了多少遍候机楼里的免税店。每逛一遍,这个有点购物狂的迟子建,都要买一两样什么,好像她对守着冷清店面的店员都深怀同情。她写作的文字深怀同情我是欣赏的,但如此不节制的购物,却不以为然。所以,她最后竟要出手买一样先前几遍都没有看上的东西时,我威胁过她,说若真买了,就不再请她喝茶与交谈了。后来,这件事被她稍加夸张,说是我要因此与之绝交,这倒有点言过其实了。两个写作者的交往,全赖于对于彼此文学所达的人性深度与美学建构的看重,不一起喝茶聊天了,还会读到彼此的文字。有情人绝交,从此不拉手,不亲热;生意人绝交,从此不再合伙生财。而写文章的人,即便绝交了,情形也并不严重,反正还会读彼此的作品。哦,印象记是不该发这许多议论的,还是说回那次漫长的飞行吧。那一回,从巴黎飞回北京,情形照旧,大多数同行的人到京即是回家,又剩我们两个,在那里转机,而且,等待的时间在5小时左右。照例,又是要一壶乌龙,坐下来有一搭无一搭地说话。

不做生意,也不在官场,两个写作人,要谈的还是文学,竟然能谈几个小时,在如今的文坛也大不易了。懒谈文学是文坛的风气了。如果要谈,主要是谈其边际效应,怎么让投资人喜欢改成电影电视，怎么让领导喜欢，谋个一官半职，再或者怎么让外国人喜欢。但我们不谈这个，我们谈人，谈土地，谈这样的人群和这样的土地上应该生长出什么样的文学。

然后，拖着各自的行李箱去不同的登机口，一个飞往东北，一个飞往西南。有时，还会来北京开会。同在一个会上，也没有刻意见面。远远点个头有的，没见上面也是有的；甚至听见她声音在某处响起，但没见到身影也是有的。算算，不见面其实又差不多两年了。只是见她不断出来新作。比如，《群山之巅》出来，就见到她到处领奖的消息。有两回，她在北京领奖时我也到了北京，也没有见面。倒是慢慢读她的新书，又欣喜于她的深入与进步。后来，我出任一个奖项的评委，是愿意投票给她这本新书的。但更多的意见还是要表彰诗歌的努力，那努力自然也不容忽视，也算一个遗憾。后来，看到她又有新书出版。这回，又有新作发表，让我写些话附在后面，我也是非常愿意的。所以，写了这么些话在这里。也是凑巧吧，刚从美国回来，又要同几位四川的写作同行去韩国进行文学交流，便用候机的时间写这些文字，仿佛又是与她在机场那些交谈的继续。

我得说，那是一些难忘的美好的交谈。

不写了，字数已经超标，音容笑貌都没有出来，所谈还是文字，好在，写一个作家，最好应该还是关于她文字的印象吧。

《北京文学》2016年第8期

马尔克斯与《百年孤独》
—— 十月文学院"名家讲经典"系列文学讲座

今天在中国文坛上,不能不谈马尔克斯,不能不谈《百年孤独》,一个原因当然确确实实是因为马尔克斯在当年的出现像福克纳的出现一样,从叙事学以及文学观念方面,革命性地刷新了我们关于小说的看法。

像我这样,从20世纪80年代开始写作的人,过去接受的文学是非常有限的。纵不接传统,横不受世界文化的影响。所以,"文革"结束后,文化禁闭之门一打开,不论是中国传统的经典,还是当代外国文学作品,都让人惊艳。中国文学传统的影响,不会那么直接,因为其间有一个文言文与白话文的区隔。但外国文学就不一样了,翻译成白话文进来,没有语言上的阻隔,加上所书写的都是现当代社会生活,反而引起更多的共鸣,带来更直接的启示。当然影响的层面有深有浅。就说马尔克斯吧,有些人模仿那个著名的句式,得其皮毛;另有人则更进一步,要问问马尔克斯这样的作家在那个社会所出现的原因,去研究体味这样一种文学现象,从这种现象得以发生的背后的原因得到启示。

现在中国文坛有一个毛病,往往热衷于一个话题,却很少真正深入这个话题。以马尔克斯为例,很多人没有认真读过马尔克斯,也没有认真体味过《百年孤独》这本书。但这个人和这本书就成为一个公共话题。大家都谈马尔克斯,谈《百年孤独》,谈魔幻现实主义。其中一些人是真正有所会心,更有一些是因为别人在谈,自己并没有特别的感触,但谈这东西时髦,所以也要谈。但无论如何,这还算一件好事,因为大家是在谈文学,没有谈别的。

今天我也不能免俗,我也来谈谈这个人,这本书。我分成两部分谈。

第一个是我怎么看马尔克斯和《百年孤独》,以及人和作品背后所代表的拉丁美洲。从20世纪三四十年代开始,50年代、60年代、70年代拉丁美洲的文学有一次有全球性影响的大爆发,被称为拉美文学爆炸,魔幻现实主义成为这次文学爆炸中影响最大的一个文学运动。马尔克斯在我看来则是这次文学运动的最高峰,是这个文学流派的集大成者。

第二个,如果说马尔克斯影响了一些中国作家,比如像我,那么这种影响是在什么样的层面,是以什么样的方式发生的,这才是一个重要的问题。但这些年,即便是批评界,也只是简单指认谁谁受了影响,如何影响却语焉不详。还经常有人挖苦说,中国作家学魔幻现实主义就学会了一个句式:"多年以后,当某某上校面对行刑队伍枪口,想起了……"这固然也是一部分事实,但这是事实的全部吗?

我二十多年前读《百年孤独》,当时读了两遍不止。因为当时在武汉到重庆的上水轮船上,在当年这要差不多一周时间。以后我没有再读过。家里的这本书也找不见了。今天要来这里谈这个话题，昨天在机场买了一本，也来不及读完，就翻翻两三处地方，飞机就落地了。

就说那个开头的句式吧，做浅表模仿的人，开头用一下就不用了。可在《百年孤独》中，这一个句式在文中是重要的节点，每当小说发生重要的时间更迭，发生重要转换的时候，这个句式还会出现。这有点像西方交响乐中有一个主题旋律，一句两句，总是会在进展到一定的时候出现，造成一唱三叹、循环往复的效果。但那些直接模仿这种句式的人几乎都忘记了后面的照应与回响。当年在江轮上读这本书，那么缓慢漫长的旅游中，确实让我想了很多问题。

那时候也不是第一次读外国当代文学，之前那些从技法到观念都很新锐的东西对我本人确实起了很好的作用。刚才说，我在"文革"中上学，又出身于边远乡村，所受文学教育非常有限，即便是有限的接触，也是"文革"中流行的那些不好的东西。这样的阅读首先是在把过去文学影响中那些毒素逐渐排除掉，同时养成新的文学观。在这过程中，靠什么东西呢？就靠两种文学。一种是中国的古典文学，另外一种当然就是西方外来的文学。外来文学似乎又是两个方面。我们这代人没有受过人道主义、启蒙主义的教育，那些18、19世纪的作家托尔斯泰们、雨果们对我来讲就显得非常重要。那是关乎思想的底色，是关于人与社会的基本观念。而西方当代文学，当然也包括马尔克斯们，又用各种新的技法和新的观念表达刷新我们的思想与感官。但不管受到西方文学影响有多么深，你使用的这个语言，你使用的这个文字还是中国自己的，还是中国声音，还是中国形体。那么，在对这种语言文字的表现力有充分体悟，光是五四以来的白话文文学那点经验是远远不够的。我个人尤其重视对中国的古典诗歌和散文的阅读。因为中文除了表意以外，在文字安排上，对于形体，对于它的声音，所暗含的某些东西是有刻意经营的。我们好像正在忘记中文这样一个特点，尤其在网络时代到来以后，正在把这种语言变成一种粗劣不文的真正的白话。我们必须充分注意中文的声形意皆具的特性跟世界上别的拼音体系文字有本质性的区别。这也是它的长处所在。

现在说回西方现代文学。20世纪80年代我自己读现代派文学，很多已经从意象派诗歌开始，象征主义、荒诞派、新小说派、意识流。这些不同流派，有些注重技术性，有些重在颠覆性的观念。比如意识流不是没有观念的东西，但确实更多给我们带来的是技术上的启发。像卡夫卡这样的作家则更多带来的是观念性的东西。所以，魔幻现实主义出现在面前的时候我们已经有所准备了，这时读到《百年孤独》，我自己既兴奋，也惊艳。但同时也知道它绝对不会是无因无果地凭空出现的，而是一定有它的原因，有它的前世今生。那时，我还主要从事诗歌写作，那时我真正在学习的是惠特曼和聂鲁达。那时只偶尔写过几个很不像样的短篇小说，但主要兴趣还在诗歌上面。也许正因为如此，读到《百年孤独》时，才没有急于去做表面的模仿，而是有工夫去弄清楚这样一本杰作何以会出现，去慢慢弄清楚一部杰作得以创作出来的来龙去脉。

因为过去接触西方现代文学的经验告诉我，马尔克斯和《百年孤独》的出现绝不可能是一个孤立的偶然的随机性事件，而应该是某种社会思潮、文学思潮发展的必然。我为什么强调这个？好些年来，无论是媒体、读者，甚而学术界批评界，都是看见了一个花斑就说看见了整只豹子。在谈到拉美的爆炸文学或者魔幻现实主义这种文学流派的时候，就是只见树木，不见森林。好像拉美文学就是一个主义，魔幻现实主义；这个流派就是一个作家，马尔克斯；马尔克斯就是一部作品，《百年孤独》。于是，就把和拉丁美洲独立运动连接在一起的拉美文化的意识觉醒，摆脱殖民文化色彩，寻求自身文化风范，探索对拉美现实的认知与表达的全新途径的一个轰轰烈烈的文化运动，简化成一个孤立偶然的文学现象。在这一点上，批评家也不能自以为高明，而去嘲笑那些简单模仿是多么肤浅，因为他们在对魔幻现实主义进行理论阐释时，差不多也同样简单。如果是这样，当然既说不清楚马尔克斯，也无法厘清《百年孤独》对中国文学产生了什么样的影响，以及这样的影响是如何发生的。如果对于《百年孤独》这本书，对马尔克斯这个人，都缺乏一个全面的认知，还要试图来论述其如何对于中国文学产生了什么样的影响，显然是一个难以达成的任务。

前面说到，那时我还没有认真写小说，却又受到这本书的震动，使得我可以慢慢做一点研究性的工作，回溯一下一个文学现象，追问它为什么会在那样一个国度，在那样一块大陆上出现。那个时候我主要的兴趣是诗歌，拉美大陆上也有一个我特别喜欢的诗人聂鲁达，到今天为止他还是我最爱的两个外国诗人之一。当时读过《百年孤独》就再没有碰过这本书，昨天才又在机场买了一本。但聂鲁达的诗歌，我每过两三年，就会把一些篇章拿出来重读一下。前些天得到去智利讲说文学的邀请，就更是在读了。

大堆关于拉美文学的书，各个文学流派，各个作家，我就把当时能够找到的书——翻译成中文的拉美文学的书，都读过了。现在那些书的封面样子我还记得。比如马尔克斯最早的一个中短篇小说集——上海译文出版社的,其中就有《枯枝败叶》《没有人给他写信的上校》这些篇目。当然也看了他的其他长篇。比如《族人的没落》《一件事先张扬的凶杀案》和《族长的没落》。现在又有新的译本,译名为《族长的秋天》。这样,就看到马尔克斯的写作,也是一个逐渐攀顶的过程,越来越得心应手的过程。比如,从《迷宫里的将军》还可以看到他对别的作家的学习和模仿。后来看他的文章也不否认这样的事情。那时我首先想看的就是拉美除马尔克斯之外还有谁在用魔幻现实主义的方式写作。结果发现那可以拉出一大堆拉美作家,拉出一个长长的书单。比如古巴的卡彭铁尔,他的长篇小说《人间王国》至少是最早的使用魔幻现实主义手法的作家之一。墨西哥有个作家叫富恩特斯,也是同样的写法。他的长篇小说《阿尔特米奥·克罗斯之死》,也被视为魔幻现实主义的杰作。

还有一个墨西哥作家胡安·鲁尔福,他前期写的小说完全是现实主义笔法的。那时有一个他小说集的译本《燃烧的平原》,写墨西哥乡村的事情,不是古典田园牧歌的乡村,而是现代性冲击下的破产的乡村。拉美这些国家工业化比中国要早,20世纪大概五六十年代、六七十年代已经开始农民大量向城市转移,离开农业,失去土地,进入大城市,沦为只有劳动力可以出卖的无根的人,有人逆来顺从,有人走上反抗的道路,甚至拿出枪参加游击队。他那些小说是简练的、冷静的、白描的。但是,就是这个鲁尔福,有一天笔锋一转,写出了一个中篇小说《佩德罗·巴拉莫》。一个人,他母亲是从乡村进城的。母亲临死告诉了他家乡在哪里,父亲是谁。他就上路回乡去寻找父亲。他找到那个村子,却已是一片废墟,一个人都没有了。但当他坐到黄昏的时候,村里人又一个一个冒出来了。这些人都是在这个破产的村子生活过的人，都是一些鬼魂。一群鬼魂表演自己已然成为历史的乡村生活。这是魔幻现实主义的笔法。鲁尔福这本书的出版时间是1955年。那时，马尔克斯还在墨西哥城里做记者，同时为广播电台写广播剧。略萨也写广播剧。看来那时广播剧比较热，是不是有点像今天写电视剧。略萨在小说《胡利娅姨妈和作家》中对这种生活状态有很细致的描绘。马尔克斯写过一篇文章，说当年他在墨西哥城的出租屋中做着文学之梦，一天，有一个朋友拿来一本薄薄的小说，扔在他面前，说，哥们儿，活就要这么干！小说就要这样写！并说，这种写法确实给了他很大的震撼。

这说明一件事情，至少马尔克斯不是发明魔幻现实主义这种方法的人。针对一个文学运动，我们只有弄清楚怎么发生、怎么壮大的这么一个过程，在向其学习的时候，才能领会到更本质、更内在、真正能改变我们的文学观念的，提升我们文学品质的东西。我慢慢读这些书，才知道魔幻现实主义小说出现的时间，还可以继续上溯。早在1930年，阿斯图里亚斯就写出了被称为拉美第一部魔幻现实主义色彩的小说《危地马拉的传说》。在这部小说中，过去被西班牙殖民者、被天主教文化百般打压几至湮灭的印第安神话被发掘出来，焕发出迷人的光彩。那时，阿斯图里亚斯和这个世界上很多文艺青年一样，在巴黎生活。接着，他又在20世纪30年代初写出了长篇小说《总统先生》。这部小说最终的出版时间已经是1946年了。紧接着他又写了长篇小说《玉米人》。后来，阿斯图里亚斯就靠在魔幻现实主义小说上取得的成就获得了诺贝尔文学奖。我没有记错的话，他得诺奖是1967年。

其实，从马尔克斯的一些作品，比如《迷宫里的将军》等小说中完全可以看到《总统先生》的影响。这固然是因为小说对象都是拉美各国相继出现的军事独裁者，因为那些是拉美各国共同的现实、共同的命运。但几乎相同的表现方法也是清晰可见的。《百年孤独》也在表达这样的现实，但很多讨论都被那炫丽的笔法所吸引，而忽略了背后隐藏的深刻的现实政治内容。一，对独裁的反抗。马孔多的人最初要抵抗政府派来的里正，后来发动起义，他们在反抗什么？二，就是书中对来开香蕉种植园的美国人的描写。他们高高在上，在城中开辟出独立高尚的社区，马孔多繁荣也是因香蕉而起，当跨国公司将产业投资转移到别的地方以后，这个地方就此衰落了。马孔多不只一个人面对行刑队的枪口。谁的枪口？起义者面对的是独裁者的枪口。我们读《百年孤独》，迷惑于那独特的修辞，背后这些内容却没有读出来，就学到一点花里胡哨的技法，而不是去思索这样的风格如何造就和形成。

大家只要去读读马尔克斯在诺贝尔颁奖典礼上的答谢词，就该清楚魔幻现实主义所产生的原因。这个我放在后面再讲。

现在我们还是继续来回顾魔幻现实主义这个文学运动。那时，比马尔克斯出现更早的还有出版于1949年的小说《人间王国》，也是魔幻现实主义笔法的。作者是古巴人阿莱霍·卡彭铁尔。说到这里，一个有意思的情况出现了。一个阿斯图里亚斯，一个卡彭铁尔，这两个人，他们文学观念发生变革的时候，都是20世纪30年代待在巴黎。那时海明威也待在巴黎。那是全世界的文艺青年都要去巴黎的年代。这两个人就待在巴黎，而且或多或少参加了当时的超现实主义文学运动。当时参与超现实主义文学运动的人不止于文学界，还有美术界。有法国小说家阿拉贡，诗人艾吕雅、阿波利奈尔。还有一些画家，后来在这个方面成就最大的是毕加索，毕加索一生画风有几次转变，最后变成超现实主义大师。

超现实主义文学要干什么呢？他们有一个理论家布鲁东，他写有一篇这个运动的宣言。大家有兴趣可以找来看看。总体意思是说，现实主义的文学不行了，照相式的模仿现实不行了，要写出一种更高级的现实，就是超现实。阿波利奈尔说过一句更形象的话。原话我记不准确了，意思是说，表现走路有两种方式，一种用腿，这叫现实主义；现在有了另外的行走方式，轮子和翅膀，这是超现实，现在我们要超现实。这是一个比方，后面的意味大家可以领会。

谈可以这么谈，但是真要写出想象中的东西其实很难。如果不要现实，超现实又是什么？往外走找不到，那就往里走。梦境啦，潜意识啦，太个人化了，写出来别人不懂。本来要超现实，写出来的东西却像是在逃避现实。怎么激发这些东西呢？还是艺术家的老三样：性、酒精、再不行就上毒品。但这样干了还是不行。现在看来超现实主义文学算是一个很特别的革命性的文学观念，但在它的发源地法国没出什么好作品，倒是在美术界造就了一个像毕加索这样的大师。造型可以随心所欲，但是文学表达这样的意思确实太难。

中心组的主要成员没有找到出路，跟着在外围玩玩的这些人，像阿斯图里亚斯，却得到启发。回想在南美，印第安神话当中，民间故事当中神神鬼鬼的东西太多了，人间和灵间是没有界限的，何况现实政治就更是光怪陆离，原来用不着到巴黎学习，我们就把我们这种东西写出来。

那时的拉丁美洲刚刚从西班牙的殖民统治摆脱出来，有了那么多国家。整个南美洲只有巴西是葡萄牙的殖民地，别的从墨西哥一路下来所有地方都是西班牙的殖民地。民族国家独立前后一定有一个政治意识的觉醒，用后殖民理论来说就是身份意识、文化认同的重新确立。原来都是以西班牙人为荣，现在不是西班牙人了。原先都跑到马德里去看看首都的人在写什么，说什么。但当他们不再是西班牙人，而成为智利人、哥伦比亚人、墨西哥人、古巴人，就有了新的政治身份、文化身份的认同。过去西班牙本土流行什么写什么，他们就跟着干什么。而马德里的人又不认，说你们这些野蛮地方来的人，怎么理解我们高雅的文化？而这个时候，独立运动以后，文化就出现相当具有政治性的诉求，那就是要发出拉丁美洲自己的声音，不能再学西班牙人说话，要用我们自己的腔调说话。

这也是知易行难。因为谁都不知道什么腔调算是拉丁美洲自己的文化腔调。找来找去，但是没找到。之前拉丁美洲只有一个人得过诺贝尔文学奖——女诗人米斯特拉尔。一个人恋爱失败后终身未嫁，但是写了一大堆缠绵悱恻的爱情诗。没有爱情，但是永远渴望爱情。那种风格，跟老欧洲并没有什么区别。但接下来就不一样了，反殖民运动以后首先是文化意识的觉醒，政治身份的觉醒，这两个东西一旦觉醒就要寻找自己独特的表达，而且表达上还要急于跟原来殖民国区分开来。文化也是政治，一些人常说文化不要政治，这个就是政治，文化有时候是比政治还大的政治。找到自己声音就是伟大的政治。最后是两个在法国待过的人，受超现实主义观念的影响，结合了拉丁美洲被压制的丰富的印第安传统，来反映拉丁美洲本身就荒诞不经的现实，而取得了巨大成功。过去西班牙人要疯狂灭掉印第安这种美洲的本土文化，现在他们承认印第安文化才能是拉美文化的灵魂。那些神话太汪洋恣肆了，那些民间传说太超现实了。在巴黎，那么多天晚上跑去吸毒达不到，在酒吧里喝得烂醉达不到，跑到妓院冶游也达不到，而这些东西就在他们的拉丁美洲天然存在，等待他们去书写，去发现。

　　拉丁美洲独立了，但期待中的美好社会并未出现。上台执政的往往是军事强人，他们几乎都成为新的独裁者，其残暴程度、贪婪的程度甚至超过原来的西班牙统治者。这也是殖民地国家独立后的普遍命运。这样的情形，放在法国也就是超现实。对这种现实的批判性描绘，《百年孤独》是，之前的阿斯图里亚斯的《总统先生》是，卡彭铁尔的《人间王国》也是。马尔克斯不止一次表达过这样的现实。《百年孤独》之外，还有《迷宫里的将军》，还有《没有人给他写信的上校》。这位等信的上校参加革命，立下军功，他在等什么信？他当年参与推翻西班牙殖民者的斗争。他的领导上台了，把他忘记了。他等了几十年，没有等来新政府落实他退休金的那份通知。须知他还是上校，不是普通士兵。这里头都是政治，但是人家用文学化的方式写。我们写政治就用政治的方式写。或者回避不写。还发明出一整套文学与政治无关的托词。

　　中国文坛流行一句话，大家应该都听到过，或许也跟着说过。怎么说的呢？说"还写什么啊，现实本身已经足够荒诞，超出所有的想象了"。我相信说这些话的人也说过马尔克斯，也谈过《百年孤独》。但当他们同时又说出这种话时，说明他们没有读懂马尔克斯，没有读懂《百年孤独》。拉丁美洲当年那个现实，比之今天中国现实的荒诞之处，如果不是有过之而无不及，那也至少是异曲同工。但他们的文学界似乎没有人说过这样的话。而是一门心思考虑如何表达这样的现实。昨天我读到一个网上消息,一个深圳的富婆被人骗了一百多万。有个人跟她说老子是乾隆再世,活了三百多年了,封藏了巨额财宝,只是忘了确切地点,需要勘探,拿点钱给我做开发费用,这富婆就给他了。这个事情不是挺魔幻的嘛,刚刚发生的。中国文坛有这么一种论调出现其实也很魔幻。全世界的负责任的文学都要寻找表达现实的路径。但我们有些人,说小说不行了,不能表达现实了,现实超过我们想象。这到底是何缘故?拉丁美洲的现实荒诞到那样一个程度的时候,马尔克斯们只是感觉到传统的小说方式是反映不了这种荒诞的,但是我们可以创造一种新的形式,这个形式就是把法国超现实主义和印第安文化的神话,两相结合,一碰撞,产生一个新的东西。这个新东西叫作魔幻现实主义。

一个老母亲要死了,和他儿子说我这辈子对不起你,你没有父亲,也没有故乡,现在我要死了,把你的故乡在哪里和你父亲是谁都告诉你。然后这个儿子就上路去寻找故乡,寻找父亲。每到一个地方问,你认不认识我父亲?结果人家告诉他,那个人也是我的父亲。原来,他父亲是地主恶霸,有点姿色的女人都不放过,全村子有好多他的儿子。但是这个村子在今天跟我们类似的城市化过程当中,逐渐衰落,最后这个恶霸也难逃大势,死去了。这个儿子终于回到他故乡的村子。但村子空了,一个人也没有,房子都塌了,院子里头长满了荒草杂树。但他到底是找到自己家乡,父亲是个坏人,还不在了。家乡一个人都没有了。他就在那里面对废墟沉思,感伤。黄昏的时候村子复活了,好多人都出来了。这个村子全是鬼魂,通过这种场景,重现乡村逐渐凋敝破产的过程。这就是《佩德罗·巴拉莫》。这就是魔幻现实主义。

马尔克斯曾经说过,他有两个文学父亲,一个人叫福克纳,一个人是鲁尔福。文学一步一步往前走,同一个文学流派,在内部也有一个不断积累经验的过程。鲁尔福好不好?好。阿斯图里亚斯得了诺贝尔奖,他写得好不好?也很好。但应该说,还是没有马尔克斯的《百年孤独》好。但同时要看到,没有他们在先,《百年孤独》就不可能出现。《百年孤独》里有一笔,写到一个海盗的名字,这个人就是在卡彭铁尔的小说里出现过的。马尔克斯是用一种隐晦的方式,向先行者致敬。今天,中国电影模仿别人的构思、桥段,不说是抄袭,反说是致敬。朋友们,致敬不是这样的。我听见致敬这个词因为其无道德的滥用而哭了。

魔幻现实主义了不起,虽然受到超现实主义文学的影响,但是它是在超现实主义失败的地方取得了巨大成功。国人想超越现实,写出的作品其实是逃离现实。什么潜意识、白日梦诸如此类,最后变成一个没有社会意义的个人化写作。今天很难有人记得超现实主义,记得布鲁东的文学主张,记得这些文人为了一种艺术突破,在巴黎过着那样一种生活。这也是西方现代派文学也面临的一个困境。革命者不是都能成为建设者。

说来也很奇怪,拉丁美洲的这些作家,包括阿斯图里亚斯、马尔克斯,他们就不一样了。他们从超现实主义得到启发,知道要写出比一般现实要高级的现实。结果,他们的作品非但没有脱离现实,而是更深刻揭示了现实,表面上是魔幻的,内在还是现实主义所主张的那种揭露社会、批判社会的精神,只是发明了使用了新的技巧和方法。一个人拖着一块磁铁来,把金属品都吸附过去了。这本来是科学的,但马孔多人不知道这个原理,情景就变得魔幻了。热带雨林的地方没见过冰雪,所以,当有人拿来了冰,马孔多的小孩去摸这块冰,感觉是"把我烧了一下",本来是冷,但小孩说是被烧了一下,这也就魔幻了。其实就是夸张了的放大了的陌生经验。仔细分析一下,你看魔幻多还是现实多?诸如此类吧。小说里说谁要长猪尾巴,其实小说里也写了,原因是近亲结婚。近亲结婚不一定长猪尾巴,但生胎是必定的。这也是可以证实的科学。古人没有科学命名的时候就懂得科学。

你把一个一个东西慢慢剥开,无论表面多么魔幻,其实都是在揭示现实。

不光是魔幻现实主义,我对任何一个文学流派文学运动的理解,都是通过读书一点点读来的。美国批评家布鲁姆天才地指出一种普遍的文学现象,叫影响的焦虑。批评家知道这个,急于指出某作家某作品受了谁的影响,但这种指证常常过于粗放过于匆忙。当影响的指证停留在这样一个层面上,作家则会予以否认。我也是被指认受魔幻现实主义影响的作家中的一位。我的态度是既不承认也不否认。为什么?指证者没有说清楚这个影响到底是如何发生的。

我没有上过大学,但始终在读书。我读书的方式,就是从一个点开始,一点一点扩展。我相信在座的人读书比我多,但是我还敢在这里讲讲我的读书心得,也是因为我对自己读书的路数还有些信心。当年就单从一本《百年孤独》开始,就想把这个文学流派的来龙去脉弄弄清楚,不光是读文学,还读了拉丁美洲国家的一些历史、宗教、经济方面的书。因为这都是魔幻现实主义这片文学森林生长的真正土壤。比如有一本马尔克斯他们同时代的一位记者写的

《拉丁美洲被切开的血管》,就讲跨国公司是怎么通过资本运作,在当地开发资源。这种开发都造成所在国家暂时性的经济繁荣。就像在马孔多的香蕉公司一样。但当这个资源消耗殆尽,或者说随着市场变化这些资源失去了开发价值,跨国公司他就走人了。开采矿产只留下破碎的山河大地。以前我去过拉美几个国家,当时我看那社会还不错,大概就是中国20世纪90年代的样子,在墨西哥上大学都是免费的。当地人告诉我,他们的社会发展到这个程度已经有几十年了,但是,从70年代以后,就是漫长停滞。造成这种停滞的原因很多,但最主要的,就是国家的政治治理,以及全球性流动的资本所致。

最近我还要去智利和秘鲁。对我来说,智利就是诗人聂鲁达的智利,秘鲁就是略萨的秘鲁。那边的大学叫我准备演讲题目。我说就讲聂鲁达和略萨。或许有人会说这不是班门弄斧吗?我说是讲学生对老师的心得。尤其是聂鲁达对我来说更是如此。虽然我不写诗三十年了。我很早就读略萨的《城市与狗》《绿房子》和《酒吧长谈》。虽然也是写拉丁美洲,但不能说略萨就是魔幻现实主义,他有自己的路子。拉丁美洲文学在寻找自己的声音、自己表达方式的时候,也不光是魔幻现实主义一条路子。马尔克斯们是一条道路,还有聂鲁达这样的大师他们都发出自己的声音,还有帕斯这位墨西哥诗人,也发出了自己的声音。他们的声音是大声音。佛经里头有一个人问释迦牟尼,说师父你说什么是大声音。师父说不是大嗓门是大声音,要味尽人世间真谛,这样的声音会去到天上,去到天上的声音就成为大声音。

总体上说,拉丁美洲在文学上向世界发出自己声音时,不是只有一个魔幻现实主义，魔幻现实主义也不是只有一个马尔克斯，马尔克斯也不是只有一个《百年孤独》。它自有它的起源，自有它的发展，自有它的高峰。这才是文学，这才是文学的真正生成机制。有些人特别愿意讨论哪个文学流派是好的，在我的经验中，很多文学流派也是很多小作家捧出一个大作家。大作家自然是好的，但如果没有那些小的，大的又从何而来呢？

所以，当我开始正经写小说的时候，当我想起马尔克斯的时候，就有一个问题：我向他学习，但该学习什么？他说生个猪尾巴，我就说俺村里有人生了个牛尾巴？学修辞？学比喻？我不会这样。为什么？我弄懂了一个问题。我不仅知道他是怎么写的，我还知道他为什么要这样写，我更晓得这种写法是怎么来的。那我就从这个起根发芽处来学习。那时，我已经不读《百年孤独》好些年了。但这本书的确给了人启发，魔幻现实主义的确给了我启发。我在藏族聚居区长大，也有藏族人的血统。我最初讲的不是这种汉语，而是一种叫嘉绒语的方言，不是真正的藏语。在那种语言当中，有很多原初性的和印第安神话、印第安民间故事相似的民间故事资源。神神鬼鬼的东西很多，但其实又是直指人世的。记得那时是推荐出去上学。同村一个邻居家姑娘，就这样出去上学，不知道什么事情自杀了。一个学生能干什么了不得的事，大概跟人睡觉了。现在不算什么，那个时候可了不得，于是跳河死了。这位姐姐死后很久，她妈妈还常对人说，她回来了。半夜里在屋里绣花，唱歌，在灶上忙乎煮东西。每天晚上都回来，讲得活灵活现。我们也相信一个死在他乡的人一定是要以这样的方式回来的。同村还有人在外当兵打仗死了，他家里人也常说他时常夜里回来，在屋里找他的烟袋。原来的文学观念是不能把这些东西写进小说里去的。我们是无神论者,你写了,编辑就不干,怎么写鬼啊,不能写鬼,要写人,要坚持现实主义。当然可以加上一些浪漫主义,但浪漫主义是想象未来的共产主义的幸福生活,而不是让写鬼,不行。他不知道,这写鬼或许可以写出一种更强烈的情感,更深长持久的思念,痛彻心扉,却以故事面目出现的思念。

那个时候的文学观念就是这样,到我写《尘埃落定》时,我觉得可以这样写,坚持这样写。同时,又提醒自己一切要适度,适度的标准就是不能冲淡,只能加强对现实的揭示与表达。于是,这事就成了。我们很多文学批评,只关注或拘泥于梳理书面文学间的源流,读了马尔克斯们的书,我就非常明白,民间口传的文学也是一个非常重要的文学资源。十多年前,我有一个演讲,讲过两次,分别在民族大学和清华大学。后来发表了,叫作《文学表达的民间资源》,其间就说清楚了我是如何从魔幻现实主义得到启示,而转入对口传文学的研究与学习的。在我那个嘉绒语的世界里,那些地方的村落、人群,人物的故事都是通过口传流布的。甚至神灵鬼怪也是这样。除了这些,乡村里还有类似精灵这样的东西在人们口中或意识中存在。它们幽默、顽皮,可爱而无害,娱乐性很强。我也努力把这些东西吸纳到自己的故事当中去。有些时候是材料,有些时候是气氛,有些时候,也就是方法本身。《尘埃落定》一发表,大家就注意魔幻现实主义,这是肯定的。但怎么影响的,这个却说不清楚。

中国人总是急于把命名权交给外国人。其实把人神之界打通,把人鬼之界打通,这种方法中国自古有之。我听说,我做这一演讲前,有一讲就是说《西游记》,它不就是这样吗?《红楼梦》开头是怎么回事?原来中国也有这种东西啊!从唐代话本里头就有,一直到《聊斋志异》。"如妄言之姑听之,豆棚瓜架雨若丝。料应厌作世间语,爱听秋坟鬼唱诗。"当年我读鲁尔福,无端就会想起这首诗来。林语堂先生在美国写作的时候,就用英文写过一本《中国传奇》,在外国很畅销,后来又有人把他用英文写的这些故事再译回中文,有一个出版社出版过,一个很有意思的东西出现了。今天我常听人说,翻译就是损失,最好是不翻译,读原文。外国汉学家跑到中国来说,中国作家不懂外语,不能读外国原文,所以写不出好的作品。外国人这么一说,媒体很高兴,很多学者也跟着高兴,只要说中国文学不行,就有一帮像打了鸡血一样兴奋的人。那真是一呼百应啊!所谓文化自信,其实在文化人那里我们就是没有的,所以要说读翻译作品是没有用的,要读原文。但世界上有那么多原文,没有人能读得过来吧?而中国文化就是靠翻译丰富起来的。至少新文化运动是拜翻译之功。再早,佛经的翻译也极大地丰富了中国文化。我看魏晋南北朝时期的译经人,他们可没有对翻译不自信过。我个人崇拜的翻译家中,翻译佛经的鸠摩罗什是头一位。翻译也可以创造的呀!我读翻译回中文的《中国传奇》,再对照原先那些故事文本来读,发现翻译不但没有减少,反倒增加了一些东西,比原来更丰富了,更现代了,更有意思了。回头再说《百年孤独》,若照此逻辑,中国有多少人真懂西班牙文?几万人,几十万人?可惜他们又不写小说。那怎么办?是不是都要学了西班牙文,学通了,才有资格向魔幻现实主义学习,那岂不得也写成西班牙文?以翻译之难否定不同语种间互相学习的可能,否定了文化交互影响的可能性。照此说法，世界文学间的交互可能也就很虚无了。如我这样的人，就没有资格说我从另一种自己并不懂得的语言中得到了什么启发，学习到了什么方法。马尔克斯在诺奖颁奖礼的演说词中，对于西方的强权有非常直白的抗议。得西方的文学奖，还要抗议西方的各种强权，这在中国文化界也许有点匪夷所思。但我非常爱马尔克斯这一点。

但我确实受到了很多翻译作品的启发。这启发就是回到本土的口传文学中去寻找资源。而对有些魔幻色彩的幻想性文学元素的运用，在世界文学中非常普遍。我喜欢美国作家托妮·莫瑞森，她的长篇小说《宠儿》里就有一个婴儿的鬼魂。法国有一个短篇小说家叫埃梅，所有小说都是幻想性的。比如有一篇小说叫《穿墙记》，写一个人突然就有了一种特殊功能，可以自由穿墙。这多好啊，可以随便到任何一座房子里去，整个世界都真正在他面前敞开，再也没有什么秘密。于是，这个人就因此忙得不亦乐乎。但造物主给你某种自由时又往往设下一些限制，使得人性最后总要在这些限制前接受考验。这个能穿墙的人没有接受得了这个考验，所得的惩罚就是有一天这人卡在墙里出不来了，变成了一个半个身子陷在墙里的塑像。所以这些幻想性的文学元素，世界各国的文学当中一直都有出现。总而言之，魔幻现实主义固然用了一些极富幻想性的文学手段，但同时，也不能说有点幻想性超现实经验元素的文学作品都可以戴上魔幻现实主义的帽子。这也是需要加以注意的。这其中有一点很重要，魔幻现实主义是以超现实的手法揭露出更深刻的现实。而很多看起来很魔幻的作品，兴趣并不在揭露现实，而是借此逃避现实。

从中国偷走茶叶的英国"罪犯"

——读《茶叶大盗：改变世界的中国茶》[①]

一本中国人读起来会有些难过的书。

其实，但凡读晚清和民国史，那些书基本上都会让人有些难过。

这是一本人物传记。一个英国的小人物，通过来中国偷窃茶这种植物种子，而功成名就的故事。这个故事的主人公叫罗伯特·福钧。（福钧是本书译者的译法，以前通常译为福琼。）

植物猎人

福钧只上过小学。他的植物栽培知识与技艺是从当农场雇工的父亲那里学来。子承父业，他也成为一个园艺工人。

他的自然知识不来自大学教育，而是"拜职业学徒生涯所赐"。他也是一个一心想改变社会地位的人。所以，他一边工作，一边学习，获得了一张"一流园艺从业资格证"。即便这样，他也

[①] [美]萨拉·罗斯著，孟驰译，社会科学文献出版社2015年出版。

就是一个好园丁而已。但就是靠了这个资质,在英国对大清国发动第一次鸦片战争后,他成为英国皇家园林协会派往中国进行植物考察的第一人选。

第一次鸦片战争刚刚结束的1843年,福钧进入中国,用三年多时间,把许多中国植物带回了英国。这份清单包括了迎春、荷包牡丹、蒲葵、栀子、芫花和盆栽的金橘。

那个时代,从欧洲出发,去往全世界采集新奇植物的人,有一个专门的称号:"植物猎人"。这些人在植物科学的发展上当然是有贡献的。但在当时,商业目的才是最主要的考量。

那时的英国,"一种新型的、专门向英国家庭供应花花草草的市场随之发展起来。""拍卖行内充斥着来自海外的植物。"因此在全世界范围内寻找新奇的植物的人也被称为"植物淘金者"。

福钧此行还写了一本书《华北各省三年漫游记》。

那时,殖民印度的不是英国政府,而是英国的东印度公司。这个公司向中国倾销有毒的鸦片以换取茶这种健康饮料。鸦片战争也是由巨大的商业利益驱动而发动的。

东印度公司为了打破中国对茶叶生产的垄断,开始尝试在印度种茶。在此情形下,东印度公司特别渴望得到中国优良的茶树品种和中国人栽培茶树和制作茶叶的特殊技艺。

当时的清朝政府"禁止外国人访问任何一种茶叶种植区"。而当时的英国人除了酷爱饮茶外,对茶确实一无所知。连他们的植物学家都认为红茶和绿茶是来自两种不同的茶树。在此情形下,已经在中国取得成功的福钧便被东印度公司看中了。

偷窃茶树

1848年,福钧再一次前往中国。目标,中国茶树和茶种。

在上海,他尽量把自己打扮成一个中国人。穿中国长衫,剃掉头上前半部的头发,还弄来一根假辫子,用马鬃和自己的真头发编织在一起。然后,再雇上一个翻译,和搬运行李的苦力坐船深入中国内陆。

他先去了浙江。再往安徽。奇怪的是,长着一副欧洲人面孔的福钧因为头上的假辫子,以及一身中国式长衫,竟没有引起过人们的怀疑,也没有经受过有守土之责的政府官员的盘查。

他在上海雇佣的王姓翻译兼仆人就出身于一个种茶为生的安徽农家。到了安徽省,福钧就住在王家,并在王家附近的松萝山上从容地开始了他的偷窃工作:采集茶树苗,和茶树种子。

这些东西装满了一只又一只箱子。他有一种颇有科技含量的玻璃箱,装进活的茶树苗后密封起来,经过数月的海陆路运输后,这些植物依然是活的。他还自由地进入茶叶加工作坊参观,把一整套制作绿茶的工艺记录下来。后来,他又"拜访了另外三处著名绿茶的产地"。

福钧的收获是一万三千棵茶树苗和一万颗茶树种子。这些东西从上海装船运往印度。又分别栽种到阿萨姆和大吉岭的植物园中。只是因为管理植物园的英国人毫无种茶经验而导致了这次引种的失败。

但他在中国茶叶作坊里的发现,却使英国人从此远离绿茶而专嗜红茶。他发现了中国人为了让茶叶更好看,有更饱满鲜艳的颜色而在制作茶叶时加入有毒的化学添加剂。一种是亚铁氰化铁,又叫普鲁士蓝。另一种是石膏粉。添加的目的是为了使这些茶叶"看上去整齐漂亮。"

福钧还从现场取得有毒添加剂的样品,"这些东西将在1851年的伦敦世博会上被隆重展出"。"这将为英国自行种植、加工茶叶提供无可辩驳的依据。"

1849年,福钧再次来到中国。这次他从浙江进入福建武夷山区,寻找红茶树和种子。这次,他雇了一个家乡在武夷山的中国人胡兴作他的仆人。他需要胡对武夷山的了解,需要胡会讲闽南语的特长。这一回,他已经不担心自己的化装会被人识破。因为他相信"这一带的人们不曾见过哪怕一张西方面孔。"

他看到了那么多茶园,并在这些茶园里仔细观察并记录采茶工序。他还进入寺院与和尚们一道品茶,并仔细观察与记录泡茶的技艺。烧什么样的水,烧到什么程度,怎么洗茶,怎么在洗茶的同时预热茶杯,怎么冲泡,怎么品尝。

他还去了仅有几株大红袍的岩壁下面。最后,他从那里带回几百株树苗,"它们都是大红袍的后裔"。他离开武夷山的时候,寺庙的方丈还送给他"几株珍贵的茶树和茶花"。

福钧回到上海,用那种叫作沃德箱的玻璃箱子往印度运去成千上万棵茶树和更多的种子。

为了让这些茶树更好地在印度的大吉岭茶园中成长,福钧于1851年雇用了八名中国制茶师,一起登船前往印度新开辟的茶园。他此行还带着全套的制茶工具:"烤箱、铁镬、用于炒茶的宽大铲子","一大堆各式各样的制茶工具"。还有一些茉莉之类的香料植物。因为他"发现中国制茶工在包装茶叶之时,常常将这些香料植物一并装入包裹内,以增加茶叶的香气"。

然后,"只用了一代人的时间,英属印度新生的喜马拉雅茶产业,无论在茶叶质量,还是在茶叶产量或是价位上都超过了中国的茶叶产业"。

"当福钧已是白发苍苍时,印度出产的茶叶已经全面压倒了中国产品,中国茶叶在西方市场上失去了竞争力。"

知识产权

这本书的作者萨拉·罗斯是一个美国人。这是她的第一本书。难能可贵的是,作为一个西方人,她明确指出,茶树、茶树种子和制茶技术都是福钧从中国偷走的,福钧就是一个罪犯,而东印度公司则是"这场人类有史以来最重要的商业机密盗窃案的幕后黑手"。

在西方,知识产权和商业机密的概念明晰化正与鸦片战争发动的时间相当。萨拉·罗斯引用了1845年美国一个有关专利权判例中法官的判决词:"只有这样我们才能保护知识产权,这种所需精力和兴趣不亚于一个人……种植小麦或饲养羊群所花费的精力和兴趣的脑力劳动的成果。"既然此时西方人已有这样的认识,那么福钧受东印度公司委派进入中国寻求茶种那就真是一桩明知故犯的罪行了。

萨拉·罗斯在书中指出:"茶叶符合知识产权的全部定义:它是一种商业价值极高的产品。制茶需要遵循一整套受中国严密保护的中国式的独特程序；这套完善的准则和程序是中国茶叶对其竞争对手保持巨大优势的秘密所在。"

值得注意的是，福钧这个巨盗行为一直得到中国人的帮助。也许我们可以说那是因为当时蒙昧的尚未走向现代社会的中国人不懂得知识产权这个法律概念。但今天，中国已经是一个法治社会，但对于大部分人来说，尊重知识产权的观念与习惯尚未养成。虽然方式与过去有所不同，但随意侵犯知识产权的事情，在机构，在个人，还在广泛发生。

在这一点上，我们很多人和机构在现代社会中还处于前现代的意识状态。

一头煽动了鸦片战争的商业巨兽
——读《东印度公司：巨额商业资本之兴衰》①

读完茶叶大盗福钧的故事。

一本关于雇用了这位大盗的东印度公司的书又到了手边。读书总是这样，至少我读书总是这样。读自己需要读的书。不是因为人家在读，因此去读。而是因为自己正在写着什么，思考着什么，那么书或者有很好的观点可以给我启发，或者其中有以前未见过的翔实而生动的材料。这样读来，自然会比跟风读书有更多的收获。

一本书带出另一本书，书与书之间，会形成环环相扣的知识链条。知识互相连接，才不会形成互不连续的知识孤岛。

《东印度公司》这本书，出差时购于首都机场。回家，就放了起来。那段时间都在读清代或民国那些在中国土地上如入无人之境的探险家的故事。一连读了好几本。斯坦因、伯希和、顾彼德、约瑟夫·洛克。他们自己写的书，或别人写他们的书。因为正在写一部以西方探险家为主人公的小说。读这些探险家传记，福钧是最后一本。这是小说的准备时期。小说开始以后，这些书就要封存起来

---

① ［日］浅田实著，顾珊珊译，社会科学文献出版社2016年出版。

了。写作期间要读与写作内容不相干的书。

现在来看这个东印度公司。首先必须说明，这里说的是英国的东印度公司。因为那时的欧洲还有别的国家的东印度公司。比如荷兰的东印度公司。这些公司最初都是因为渴望东方（中国自然也在其中）物产而建立起来的。其目的，都是要把东方的物产输送到欧洲。

比如紧接着葡萄牙崛起的海上强国荷兰，从1595年开始，就相继成立了14家贸易公司，在亚洲特别是印度和东南亚一带收购胡椒和香料。这些公司彼此竞争，打价格战，结果造成在亚洲的收购价不断提高，而在欧洲的销售价不断降低。最后发现联合才是赢取最大利润的成功之道。如何解决这个恶性竞争带来的问题？联合。于是，世界上第一家股份公司于1602年诞生了。

此前两年，英国的东印度公司成立。1602年，这家公司的四艘航船从伦敦起航驶向东方。经过半年的时间到达苏门答腊，在此装载103万磅胡椒驶回英国。相比荷兰东印度公司，这时英国的东印度公司在组织形式上还很落后，他们每次出航前才募集资金，船从东方回来，销售货物后就按股份分取利润。严格说来，算不上规范的公司运作。自然也无法与荷兰的股份制公司相抗衡，最终被荷兰人挤出了香料产地。

直到1657年，英国的东印度公司才改组为永久性的股份公司，"重新踏上了东方贸易的旅程"，向荷兰对香料贸易的垄断发起挑战。两家东印度公司的相互竞争其实也是新崛起的海上强国英国对旧的海上强国荷兰的霸主地位发起的挑战。为此，英国和荷兰两国间还爆发了三次海上战争。

在人类史上，从未有过这样的战争，其目的只是为了争夺贸易利益。而这些贸易物并不是什么不可或缺的战略物资，而只是一些可以丰富食物的味道的东西：胡椒、肉桂、丁香……贩运这些物品唯一的好处就是带来利润，使资本增值。这是人类历史在工业革命以前发生的一个革命：商业革命。从此以后很多战争，就不再单纯是为了争夺权力与扩张领地而发生的了。

残酷的竞争还在继续。贸易物的清单中又增加了新的品种：纺织品。印度的纺织品。主要是棉布，也有丝织品。本来，东印度公司想向印度出口英国的毛纺织品，但手工纺织技术更先进的印度并不接受，那里炎热的气候不适合使用英国的毛纺织物。但对欧洲人来说，"棉花的使用令生活在不知不觉中变得细腻而丰富"。和进口香料不同，印度棉对英国的毛纺织业造成了巨大冲击，英国甚至还通过法令禁止棉织品的进口和使用。但这些法令最后都没有得到认真执行。人类历史上好像没有一个政府要禁止什么，令行禁止，并完全禁绝成功的例子。东印度公司照样在棉纺织物的贸易中获得利益。

他们的贸易物清单中的物品继续增加：咖啡和茶叶。

英国人开始喝茶了。

"英国人饮用茶叶的习惯在形成初期，是由公主或女王这些身份高贵的女子率先引领的。"起始点是1662年。在以后的几十年间，茶叶作为一种昂贵的奢侈品，还只是在"宫廷为中心的上流阶层中流行"。1664年，英国一共只进口了2磅2盎司，也就是不到一公斤茶叶。一百年后，英国一年消费茶叶373万磅，进入了全民消费的时代。

因为茶叶，中国被动地加入了日渐兴盛的世界贸易体系。1697年，两艘英国船到达厦门，中国茶叶从这里第一次直接运往英国。以前，英国人和荷兰人都是从印度尼西亚间接得到中国茶叶。1704年起，英国开始就直接从中国进口茶叶与清廷进行交涉。闭关锁国的清朝对此并无什么兴趣。经过英国人十多年的努力，清朝才终于同意英国人进入广州进行茶叶交易。1717年，东印度公司首次从广州发船把中国茶叶运往英国。东印度公司因为这种新增的贸易物而实力倍增。

实力的增加刺激起更大的野心。

后来，在印度发生了人类史上第一次由一家公司组织军队发动的战争。东印度公司建立了一支由英国人担任军官，印度人充任士兵的军队。这支军队在印度发动战争，首先占领了孟加拉地区。战胜者从印度莫卧儿王朝那里夺得了征税权，并把征得的税收作为公司的收入，使得其利润大幅度增加。之后，东印度公司不断发动战争，扩大征税的地域，最后，直接从莫卧儿王朝取得整个印度次大陆的统治权。一家公司拥有了一个人口众多，幅员广阔的殖民地。是的，印度这块殖民地不是由国家，而是一个国家的公司建立起来的。这个公司任命各级官员统治这个国家，掠夺这个国家。

东印度公司这种行为在英国国内也招致了强烈的反对，这倒不是因为他们践踏了一个国家的主权，而是因为其垄断了从印度到中国，从香料到茶叶的贸易。

那个时候，除茶叶之外，东印度公司还从中国购买大量的瓷器和丝织品。他们遇到的一个问题是，英国如此需要这些中国商品，中国却不肯购买来自英国的商品。于是，富于商业智慧却没有道德考量的东印度公司这头商业巨兽就发明了一种商品。

这种商品是从印度生长的罂粟提炼而来的鸦片。这种商品利用的是人性的弱点。清朝政府当然要禁止，但在民间，包括那些执行这项禁令的各级官员，却渴求鸦片所提供的身体与精神的快感。大清国，这个拒绝正常贸易的国家的意志，终于被这种毒品所瓦解。以前，都是英国人用银子来换取中国货，造成巨大的贸易逆差，但鸦片一旦流入中国，这种情形就发生改变。大量白银外流，引起清帝国严重的财政危机。于是，禁烟。

这时的东印度公司，先是于1773年掌握了印度鸦片的专营权，又于1797年取得了鸦片生产的垄断权。东印度公司派福钧前往中国盗取茶种和制茶工艺，是为了商业利益。在印度种植鸦片，并向中国倾销也是为此。他们已经出于商业利益的需要使用武力把印度变成了自己的殖民地。所以，当林则徐在虎门销烟时，他们自然也就不惜为了倾销鸦片而对中国发动战争。这就是中国人都熟悉的鸦片战争。这也是中国这个东方古国走进百年屈辱历史的开端。一个封闭的国家，被迫开放口岸与外国通商。

奇怪的是，在我们国家，一般性地论述鸦片战争的文字自然不在少数，但真正研究这场战争深层的原因，以及研究策动并导致这场战争的东印度公司的文字少之又少，尤其是大众读物更是一片空白，以至于今天我们要靠读一个日本学者的书来弄清其来龙去脉。这也说明我们历史观的某些缺陷，显露出我国历史书写竟有这样的荒芜地带。

最后，说一说东印度公司的终结。

英国工业革命爆发后，工业资本家作为一个新兴的阶层崛起，他们创造出新的生产技术、新的工业产品,而东印度公司这种垄断性的资本对于他们的发展形成巨大的阻碍,他们自然要为打破这种秩序而对东印度公司这样的商业资本发起挑战。东印度公司成立并称霸两百多年后,其由英国王室授予的贸易垄断权被全面废止。这个商业与政治合体的巨形怪兽的末日来临了。

最直接的导火索是枪支技术的进步。

英国恩菲尔德兵工厂发明了一种叫P53的新式步枪。东印度公司以这种更先进的步枪替换雇佣军使用的棕贝丝步枪。这支雇佣军有两万六千名英国军官和二十万名印度士兵。这种新式步枪将提升士兵们装填弹药的速度。但在操作上,士兵必须用嘴把涂满润滑油的弹药包打开。英国人做这种事情时,有效率的考量,却没有文化的权衡。于是,危机因为这点润滑油而爆发了。

弹药包上的油是用牛和猪的脂肪混合而成。而使用这些弹药的印度士兵不是印度教徒就是穆斯林教徒。牛和猪身上的东西,正分别是印度教徒和穆斯林教徒的禁忌。东印度公司采用这种润滑油,是由于其成本低廉。但他们漠视士兵的宗教禁忌而在军队中强行使用。于是,反抗发生了。拒绝使用的士兵被严厉处罚,甚至被投入监牢。

惩罚激发了更大范围的反抗。1857年,起义发生,印度士兵们杀死英国军官,烧毁东印度公司的办公场所和货物。很快,起义就向全印度蔓延开来。东印度公司不得不请求英国政府派兵支援。直到1859年,这场起义才被镇压下去。此前的1858年,英国国会通过《印度统治法》,剥夺了东印度公司对印度的统治权。至此,这个罪恶累累的公司才魂归西天。

但英国人也并未把统治权还给印度人,而代之以英国政府对印度殖民地的直接统治。直到第二次世界大战后,元气大伤的日不落帝国才结束了对这个南亚次大陆国家的殖民统治。

直到今天,中印之间的许多问题,也都是英国殖民时代留下来的罪恶遗产。当然,这已经是另一个话题了。

鸟类的悲剧是地域的，家族的宿命也是属于这个地域的
——读《心灵的慰藉：一部非同寻常的地域与家族史》[①]

1月中旬去北京，和北大哲学系的刘华杰教授做了一次对话。

不是谈哲学。刘华杰教授有强烈的植物学爱好，我对植物也有超乎常人的热爱。中国科学技术出版社出了一本关于刘教授如何爱植物，如何不遗余力推广博物学的书——《看花是种世界观》。书是云南爱昆虫的记者杨鸿雁写的。我应邀为这本书写了一篇序《爱花人说识花人》。这一回，几个爱看花的人，爱看鸟看虫子的人聚在一起，借北大生物系的地方，开了一个小会，就十几个人参加，听我和刘教授漫谈。刘教授多从博物学谈起。我谈得多的是自然文学。角度不同，最终都归于如何认识自然、热爱自然。

北大已经放假，校园里不像平日那般喧哗。早晨，北大图书馆的王彬陪我绕湖行走，他教我认识很多鸟。湖上的绿头鸭与鸳鸯。湖边干枯苇丛上停着的燕尾雀。还有树上吱吱喳喳飞来的两种喜鹊。未名湖结了冰，冰面上映着博雅塔的倒影。

[①] [美]特丽·威廉斯著，程虹译，三联书店2012年出版。

这个活动让我打消了为两本与印度有关的书写读书记的念头。一本写印度阿萨姆茶叶种植园，一本是奈保尔的。去北京时，往电脑包里塞了两本自然文学的书。利奥波德的《沙乡年鉴》和特丽·威廉斯的《心灵的慰藉》。这是第三次读利奥波德了。他观察自然，在人与自然关系上有大领悟，发明一种自己命名为"土地伦理"的新观念，影响了全世界人的自然观。过去，人们看待自然，都以有用无用作取舍的标准。利奥波德提出，自然界所有生命都是自在的，互相依赖，共生共荣，在这个意义上，都是缺一不可的，人类不能以有用无用来决定其价值。我在会上转述这个观点，刘华杰教授说，这就是当下所说的"命运共同体"，从人类扩展到地球上所有生命体的"命运共同体"。我想起《妙法莲华经》中的句子，天下众生都是："一云所雨，一雨所孕。"

去年夏天，我应邀去上海，与一个来访的美国作家对话。这个作家就是特丽·威廉斯。我去了，因为我读过她的自然文学作品《心灵的慰藉》。开谈的时候，彼此都有些拘谨，谈到中途，她就站起身来与我拥抱。并相约，相同的话题还要邀我去她工作的大学再谈一次。

那这回索性就谈谈这本书。

这本书的副标题是《一部非凡的地域与家族史》。所书写的地域是美国犹他州的大盐湖，美国最大的水禽保护区。区内有208种鸟类。湖泊任何一点的变化，都给鸟类生存带来巨大影响。有一种变化是自然的变化，湖水面积周期性缩小或扩大。由于气候变暖，上游来水增加，湖泊的水面不断升高。

"在过去的两年中,犹他州失去了85%的湿地。"

"在大盐湖周边营造地巢的鸟类之中,反嘴鹬和长脚鹬被彻底驱除了。"

这是自然的变化,也有的变化是人类活动的结果。一条铁路从湖水穿过。路基把湖水一分为二。有来水的一半含盐量越来越低,自然水流被阻断的另一半湖水越来越咸。这都造成了动植物生存秩序的紊乱。

还有沿湖而行的州际公路也挤占了或分割了鸟类的生存空间。

人工干预又会造成新的问题。比如在上游筑坝,减少进入盐湖的水量,但新的水库又会造成什么新问题不得而知。加上新工程耗资巨大,未能在州议会通过。只好任盐湖水继续上涨。

书中说,此前州议会曾通过决议,不能让盐湖水面超过4202英尺,但人类的纸上决议对大自然没有约束能力。大自然的意志不受法令限制。于是,盐湖水不断上涨,很长时间都在4211英尺,也就是在超过法令规定9英尺的峰值上下徘徊。

何况美国空军还把这里视为无人之地,在沙漠里摆布大量坦克装甲车等军事装备,派飞机来轰炸扫射,进行大规模的实弹训练。

特丽·威廉斯女士在这本书中,详尽地记录着湖的变化导致的鸟类生态的变化。

"海番鸭的巢顺水漂浮。"

"雪鹭在漫过柏油路的水流中捕鱼。"

"我在大盐湖寻找方向,在变化之中给自己重新定位。每去一次都不同凡响。湖在变,我也在变。不变的总是这里的海鸥,平凡依旧——黑色、白色和灰色。"

最后一段的描写,人与自然已经合二而一了。我们有一个经常使用的词:"融入"。对于人际的不同圈子,野心勃勃的人总是拼命融入,但于自然界而言,大多数时候热爱或融入就是一句空话。中国文化,从审美感到道德观,在自然的认知上都缺少真诚的实践。在上海的讲堂上,我说起自己对青藏高原植物的观察,那些美丽植物给我的美学与道德滋养,特丽女士问我:"你确定你是说它们对你产生道德性的影响。"我给了她肯定的回答。她又站起身来,给我一个拥抱。我想,那时,我们就是生命共同体里的同志与同胞。特丽女士继续写道:"我继续观望海鸥。它们那由盐水浸过的羽毛变得清新,那羽毛的变化仿佛发生在我自己身上。"

这部书在书写大盐湖上鸟类悲剧性的命运的同时,另一条线索却是写作者自己的家庭。她的母亲得了癌症,全家人因此笼罩在亲人死亡的阴影中间。这是她的家族宿命的疾病。鸟类的悲剧是地域的,家族的宿命也是属于这个地域的。所以这本书的副标题是《一部非同寻常的地域与家族史》。

"我的母亲、祖母、外祖母以及六位姑姑姨姨都做了乳房切除手术。其中七人已经过世。"

"我自己也有问题:两次切片检验确诊为乳腺癌。"

特丽女士的家乡犹他州的内华达沙漠曾是美国试爆核武器的地方。

"美国西南部的孩子是喝着受污染的牛产出的奶,甚至是喝着自己母亲受了污染的母乳长大的,诸如我的母亲——多年后,有了我们这个单乳母性家族。"

在这种情形下,特丽女士没有麻木不仁,听天由命,而是由己及人,不但在书中思考人的命运,同时也不断通过观察鸟类,投入鸟类保护运动,把个人的命运与更广大的现实连接,与更众多的生命共振,在更高也更大的范围内思考与叩问。

在书的结尾,她把母亲生前喜爱的万寿菊带到湖上。

"我们红色的独木舟成了一片顺水漂浮的流木。"

"一只环嘴鸥从我们头顶飞过,接着,又飞过一只。我坐起来,小心翼翼地从衣袋里取出一个小袋子,解开系住袋口、防止袋内之物外流的那根细长的皮绳。布鲁克坐起来,探过身子。我将花瓣倒入他的手心,然后,又倒入我的手心。我们双双把万寿菊抛洒进大盐湖。"

"它是承载我忧伤的港湾。"

"我心灵的慰藉。"

这才是本书的要点所在。大自然并不是一种外在环境,而是我们生命与情感的一个部分。中国社会,即便在古代的发展,就总是以牺牲环境、山河破碎作为代价。从古代有农耕社会起,就开始制造荒漠。所以,没有对自然造成如今天这般普遍性的损毁,只是因为人口不如今天众多,技术手段没有今天发达而已。即便是那些纵情山水的文学书写,也是托物寄意的路数。不仅没有发展出科学的自然观,甚至连斯宾诺莎们类似于宗教体验的自然神性也告阙如。

如何健全我们的自然观,真正了解自然,尊重自然,融入自然?刘华杰教授和他的朋友们提倡的博物学,正是从身边一草一木,一虫一鸟的认识开始。西方科学的昌明,博物学正是一个伟大的发端。这也合于中国古代"多识花鸟虫鱼之名"和"格物致知"的古训——虽然在中国漫长的文明史中,这一古训从未被真正实践。

如何树立正确健全的自然观,在我看来,阅读美国自然文学那些经典作品,也是一个可靠的途径。

这本书的译者程虹教授多年从事美国自然文学研究,其研究专著《寻归荒野》可以作为阅读自然文学的入门书。关于自然文学,要读哪些书,知道哪些人,《寻归荒野》是一本很好的指南。

这些书和写下这些书的人,不只是成功地对自然进行了科学而诗意地书写,更通过行动,把这些认知与观念传递到社会的各个层面,影响并修正了人类文明的发展方向。

说了这么多,读者会问,什么是自然文学?

还是引程虹教授为她亲译的"美国自然文学译丛"所作的序言作为结束吧。

> 自然文学又不是一种高高在上、脱离社会、逃避责任的文学。它主张现代文明应当重新唤起人类思家的亲情,人类与土地的联系,人类与整个生态系统的联系,并从中找到一种平衡的生活方式,引导人们从个人的情感世界走向容纳万物的慈爱境界。

《作家》2018 年第 4 期

除了理性与感情融合的力量,我们更感到一个伟大科学家强大的人格力量
——读《爱因斯坦晚年文集》

这个世界上有些词,我们听起来十分熟悉,甚至经常挂在嘴边,其实我们并不确切知道这个词所代表的意思。

这些词多半属于名词。

在古代人的生活中,这样的词多半属于政治。比如说"天下",从古代到现代,人人都说"天下",其实只有深宫里的皇帝才能充分体会得出这个词有着怎样的意味。

现在的时代比起皇权统治的漫长世纪已经有了巨大变化。巨变之一就是,科学在社会生活中的地位越来越重要。

于是,与科学有关的人与事便以名词的方式在我们周围通过各种途径广为传播。

与科学有关的那些人,没有哪一个能比爱因斯坦这个人的名声更大更响亮。与科学有关的事,可能没有哪一种会像相对论那样,被如此众多的人知道,同时,又不能确切地懂得,甚至似是而非地懂得。

记得看过一本科学家的传记,书中有一位著名教授说,相对论

虽然诞生很多年了，但这个世界上真正懂得相对论的人，连爱因斯坦在内不会超过三个人。说这话的好像是一位数学家，他当然自认为是那三个超级科学精英中的一个。

我则自认是那众多似是而非者当中的一个。

可能是受这观点的影响，我一直不敢正面来谈爱因斯坦。却又想谈一谈他。

因为这样一个科学史上继往开来的伟大人物，我们不可能永远假装他不存在一样避而不谈。

现在，一本《爱因斯坦晚年文集》放在了我的面前。

读完大部分篇目之后，重要的收获之一就是，我发现可以用曲折的方式来谈一谈爱因斯坦，也就是用不谈相对论的方式来谈爱因斯坦。

虽然在这本书里，爱因斯坦再次以尽量通俗的方式向公众谈了他的相对论。但是，我在这篇文章中也没有找到一种有两三句话便把事情说得一清二楚的简洁方式。倒是他的一些其他文章激起了我更多的兴趣。

在晚年，他对自己的研究领域，对别的科学家，对政治，对整个人类社会，发表了许多自己的看法。

其中一辑，便以集中的方式写到了好几位科学家。其中有物理学巨匠牛顿和天文学家开普勒这样属于历史的伟大人物，更多的笔墨却集中在了与他生活于同一时代的科学家身上，比如玛丽·居里与普朗克。

从这样的文章中，我们当然可以获得一点科学常识，更重要的是，这些文字同样也是具有审美意义的：内在激情通过简洁的语言得到了有力的表达。

　　流行的观点向来把生动的表达归属于文学，同时认为，文学之外的表达自然就是枯燥的表达，这其实是一个非常错误的观念。古往今来，很多说理的文章在见解深刻的同时，写得情感饱满、文采飞扬；而一些很文学的感时伤怀的文字却空洞乏味，矫揉造作，在美丽辞藻后面隐藏着的，其实是一个空洞的灵魂。

　　而在这样具有实在内容的文字中，除了理性与感情融合的力量，我们更感到了一个伟大的科学家强大的人格力量。

《科幻世界》2002年第5期